魔女に呪われた私に、王子殿下の夜伽は務まりません！

★

紺乃 藍

Ai
Konno

Noche
BUNKO

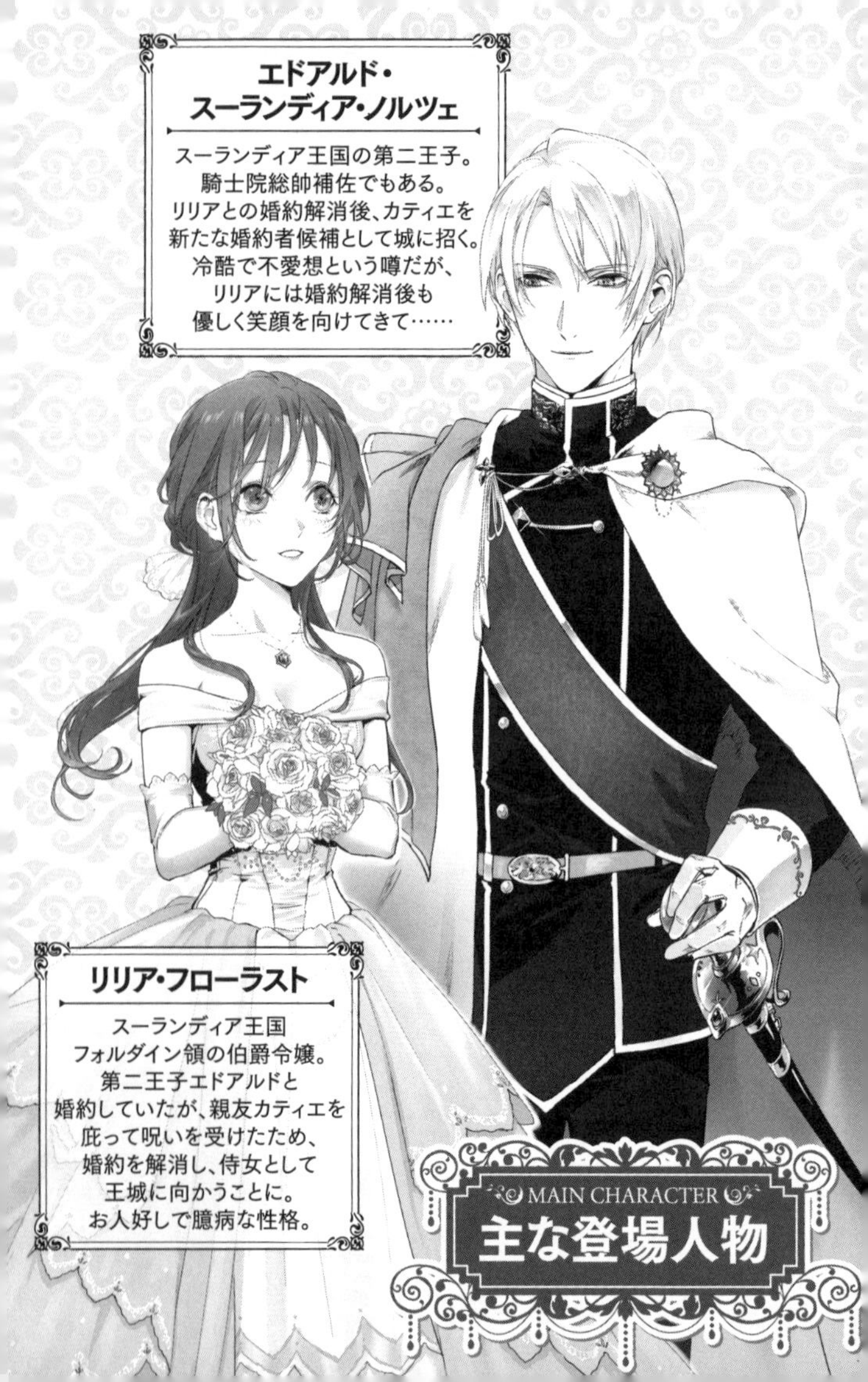
エドアルド・
スーランディア・ノルツェ
スーランディア王国の第二王子。
騎士院総帥補佐でもある。
リリアとの婚約解消後、カティエを
新たな婚約者候補として城に招く。
冷酷で不愛想という噂だが、
リリアには婚約解消後も
優しく笑顔を向けてきて……
リリア・フローラスト
スーランディア王国
フォルダイン領の伯爵令嬢。
第二王子エドアルドと
婚約していたが、親友カティエを
庇って呪いを受けたため、
婚約を解消し、侍女として
王城に向かうことに。
お人好しで臆病な性格。
MAIN CHARACTER
主な登場人物

レオン・フローラスト

スーランディア王国
フォルダイン領の
領主であり伯爵。
リリアの父親であり、
家族と領民のことを常に
気にかけている。

セイラ・アザールス

スーランディア王国の
王宮に仕える侍女。
リリアの仕事仲間であり
互いにとって良き相談相手。

メイナ・マイオン

エドアルドの姉で、
結婚し王族ではなくなった
今も絶大な影響力を持つ、
王宮秘蔵の魔女。

フィーゼル・ロナ

スーランディア王国
ヴィリアーゼン領の領主で
あり侯爵。カティエの
父親であり、彼女のことを
非常に可愛がっている。

カティエ・ロナ

スーランディア王国
ヴィリアーゼン領の侯爵令嬢。
リリアの幼なじみで親友。
わがままで感情的だが、
愛嬌がありどこか
憎めない性格。

リーゼリア

魔女の呪いで幼い姿に
なってしまったリリア。
身体の年齢に影響を受け、
この姿のときは感情が
表に出やすくなる。

目次

魔女に呪われた私に、王子殿下の夜伽《よとぎ》は務《つと》まりません！

王子殿下は侍女を愛《め》でる

王宮のエントランスに並ぶ豪奢《ごうしゃ》な装飾品の数々に、リリア・フローラストは一人圧倒されていた。

——これがスーランディア王宮……

壮麗《そうれい》な王宮の佇《たたず》まいに対する感動とあまりの緊張で、感嘆の声すら喉《のど》につかえてしまう。

「わあっ、すごいわねぇぇ！」

しかしリリアの隣で歓喜するカティエの目はきらきらと輝いている。リリアは、この状況で呑気《のんき》にしていられるカティエが羨《うらや》ましくて仕方がない。第二王子との婚姻が決まって王宮に嫁ぐことになったこともちろんだが、それよりも全く緊張していないらしいことが羨《うらや》ましい。リリアは緊張と不安で今にも卒倒しそうだというのに。

侯爵令嬢カティエ・ロナ。フローラスト伯爵家が領地管理を担《にな》うフォルダイン領のすぐ隣、ヴィリアーゼン領を治《おさ》めるロナ侯爵家の末娘で、幼い頃からのリリアの友人。リリアが第二王子であるエドアルドとの婚約を辞退するきっかけとなった人。リリアの代わりに新たな花嫁に選ばれた人。何度も拒否したにもかかわらず、半《なか》ば強引にリリアを王宮まで同行させた張本人。

『私、王宮に知り合いなんていないのに、たった一人で嫁がなきゃいけないのよ？　そんなの寂しいじゃない。ずっとお友達だったのにリリアと離れ離れになるなんて……だからリリアにも、私と一緒に王宮に来てほしいの！』

愛らしい表情が曇《くも》り、ダークバイオレットの瞳にうるうると涙が溜まっていく様子を見ると、確かにリリアも寂しさを覚えた。

しかしどんなに懇願されてもリリアにはカティエの要望が無謀な願いに思えた。

なぜならリリアは、第二王子であるエドアルドとの婚姻をこちらから断った身だ。一年も前から決まっていた名誉ある婚姻を辞退しておきながら、いまさら当の第二王子の目に触れるところへ易々《やすやす》と姿を晒《さら》すことは出来ない。

婚約辞退の経緯を知るカティエにもそう説明したが、

『大丈夫よ。私の侍女として王宮についてくれれば、エドアルド殿下は気付かないわ』

と食い下がった。

だが婚約を辞退したリリアが、新たな婚約者に選ばれたカティエの侍女に扮《ふん》して王宮へ赴《おもむ》くなんて、どう考えても無理がある。

万が一エドアルドをはじめとする王宮の人々に知られてしまったら、リリア本人だけではなく父レオンや母ラニア、場合によってはフォルダイン領に住まう全領民に迷惑をかける可能性がある。名誉ある婚姻から一転し不敬罪で処罰を受けるなど、想像しただけで胃に穴が開きそうなのに、まさかカティエの父、フィーゼル・ロナ侯爵から正式にカティエに同行することを求められるとは思ってもいなかった。

無論、すべての事情を知るレオンは相当の難色を示した。断っていい、政治に娘を巻き込みたくない、と優しい父は言ってくれた。だから最初は断ろうとしたが、貴族の社会は縦社会。侯爵位にあるフィーゼルの要請を、伯爵位にあるレオンが断れるはずもなく、フィーゼルの要請は日増しに強くなっていく。レオンの険《けわ》しい表情を見たリリアは、これはもう腹を括《くく》るしかないと判断した。


「リーリヤ、見て！　騎士の鎧《よろい》が飾ってあるわ。これ全部、純銀よ！」

「カティエさま。むやみに触ってはいけませんよ」

同行したフィーゼルが枢機院《すうきいん》の執務室に赴《おもむ》くというので、リリアはカティエと共に王宮のエントランスで待機していた。しかしフィーゼルが離れた途端、カティエは子どものようにきゃあきゃあとはしゃぎ出す。

王宮に嫁ぐ令嬢が豪華な装飾品を目にしたぐらいで浮かれないでほしい。ため息が出そうになったが、今のリリアはカティエの侍女だ。友人としてなら許容されるものも、侍女としてなら少しばかり気を遣《つか》わなければいけない。

ロナ家の侍女としてカティエに仕《つか》えるならば、名前も偽る必要がある。仮に人前でリリアと呼んでしまっても誤魔化せるようにリーリャと名乗ることになったが、それでは偽ったことにならないと思う。反論の一つもしたくなったが、名付けたカティエが呼びやすいなら、もうそれでいいわ、と諦めの気持ちもあった。

「カティエ・ロナ侯爵令嬢。どうぞこちらへ」

こっそり頭を抱えていると、開いた正面の扉から一人の男性が現れた。

執事の装いに身を包んだこの男性が、ここから先を案内してくれるらしい。エントランスの置物やステンドグラスを眺めて無邪気にはしゃいでいたカティエが、ぱぁっと笑顔になった。

きょろきょろと落ち着きなく周囲を見渡すカティエとは対照的に、リリアの緊張はどんどん増していく。それを表に出さないよう努《つと》めながら、カティエの後に従う。

長い廊下を何度か曲がり、豪華な装飾品と調度品に見つめられる中で辿《たど》り着いた場所は、広い応接間だった。中に入るように促《うなが》されたカティエに続き、リリアもそっと足を踏み入れる。

「こちらへどうぞ」

勧められたソファにカティエが腰を下ろす姿を見届けると、リリアもカティエの背後の壁に寄って控えた。

「お茶をご用意いたします。お好みはございますか？」

「なんでも結構よ」

執事の男性とカティエの会話に意識を向けつつ、視線だけで室内を確認する。部屋の広さは相当なもので、フローラスト伯爵邸にこんなに広い応接間は存在しない。

だが王子であるエドアルドと謁見するには、やや手狭《てぜま》な気がする。

それに装飾品がほとんどない。エントランスには金や銀に輝く豪華な武具《ぶぐ》や宝物《ほうもつ》が多かったが、この部屋には森や王宮を描いた絵画がいくつか飾られているだけ。それ以外には青銅の花瓶が置かれているが、肝心の花が生けられていない。まるで御用商人との商談の部屋、といった雰囲気だ。

（あまり歓迎されていない……？）

そんな印象を受けてしまうが、きっとリリアの思い過ごしだろう。今日は王宮に到着したばかりで、これはきっと正式な挨拶ではない。カティエを歓迎するための挨拶や食事の席には、花嫁に相応《ふさわ》しい場所が用意されるはず。

それに当のカティエは目の前に用意されたティーセットとお菓子に夢中で、この状況をあまり気にしていないようだ。カティエが気付いていないなら、リリアも良しとするしかない。

「それではエドアルド殿下がいらっしゃるまで、こちらでお待ち下さい」

丁寧に頭を下げた執事が、踵《きびす》を返して静かに部屋を出ていく。

その様子を見届けたカティエは、ずずっとお茶をすすりながら、

「ビスケットよりもケーキがよかったわね」

と呑気《のんき》に呟いている。

だから、どうしてお茶を飲むときに音を立てるのだろう。侯爵家の令嬢でそれなりの教育を受けているのだから、相応の振る舞いをしてくれないと見ているリリアのほうが反応に困ってしまう。

もちろんカティエはリリアに心を許しているから雑な振る舞いをするのであって、人

前に出ればマナーを弁《わきま》えた行動が出来る。けど、それなら今もちゃんとしてほしい。人目がなくなった瞬間に素に戻ると、いつか本性が出そうでリリアのほうが冷や汗をかいてしまう。


十五分ほど経過した頃、室内にノック音が響いた。

まもなく扉が開くと、入ってきた人物を直視しないよう自然な動作で頭を下げる。

「遅くなってすまない。久しぶりだな、カティエ嬢」

聞こえた言葉から、入室してきた人物がこの国の第二王子、エドアルドだと知る。

その声は大樹を思わせる落ち着いた低いトーンだが、新緑を思わせる清々《すがすが》しさもある。

なるほど、彼が人心を掴《つか》む魅力に溢《あふ》れていることは、発する声音からも感じられた。

「お久しゅうございます、エドアルド殿下」

「先々月の夜会以来だな。変わりはないか?」

「はい。殿下に格別のご配慮を賜《たまわ》っておりますので、ロナ家も領民も変わりありませんわ」

淡々と交わされる社交辞令では、カティエはちゃんと受け答えが出来ている。ならば最初からそうしてほしい、と考えてしまうが口には出さない。

「今回は急な報《しら》せになって申し訳なかったな。フィーゼル卿にも悪いことをした」

エドアルドの何気ない言葉に、リリアの心臓がどきりと跳《は》ねる。

王宮に混乱を招く原因を作ったのは、紛《まぎ》れもなくリリアとフローラスト伯爵家だ。

エドアルドに申し訳ないと思い、心の中で必死に謝罪する。

「とんでもございませんわ。殿下の花嫁にお選び頂けて、幸福の極みにございますもの」

「そうか……彼女は？」

カティエの喜びの感情をさらりと受け流したエドアルドの疑問符から、彼の関心がこちらに向いたことを知る。その瞬間カティエの纏《まと》う空気がピリッとした気配を感じたが、彼女が発した声の色はいつもと変わりがなかった。

「先立ってのご報告を怠《おこた》り申し訳ございません。本来身の回りの世話は王宮の侍女におまかせすべきとは存じます。ですが、彼女はわたくしを幼少より知る者ですの。せめて婚約の発表を終えるまでの間だけでも、彼女を傍《そば》に置くことをお許し頂けませんか？」

「まぁ、構わないが……君、顔を上げて」

エドアルドに声をかけられ、全身が凍り付く。顔を見せろ、と命じられてしまった。

どうしよう、と一瞬ためらう。

いや、冷静に対処すれば不都合など生じない。リリアはエドアルドに一度も会ったことがない。彼はリリアの顔を知らないのだから、対応を間違えなければ大丈夫なはず。

「……っ」

けれど不用意に顔を上げてしまったことをすぐに後悔する。目の前にいる人物と目が合った瞬間、リリアはそのまま息が止まってしまうのではないかと思った。

スーランディア王国第二王子、エドアルド・スーランディア・ノルツェ殿下。

この人が結婚相手だったと知っていたら。自分が生涯を捧げて添い遂げる相手になると、最初から理解していたら。

その上であの日あの場所に舞い戻ってもリリアはやっぱり同じ行動をして、同じ運命を選んだと思う。この婚約を辞退するという人生に、ちゃんと軌道修正したと思う。

だって、こんなに麗《うるわ》しい人の隣で毎日を過ごすなんて、きっと心臓が持たない。

やはりリリアの選択は正しかった。

たとえあの日あの場所で、この身体を魔女に呪われてしまったとしても。

友人のカティエは物心がついたときからリリアを振り回してばかりだった。両親と三人の兄に蝶よ花よと可愛がられ生きてきた彼女は天真爛漫――言い方を変えれば、わがままだった。

対するリリアは小さな頃から二人の弟の面倒を見ていて、人の世話を焼いてばかりだった。

カティエとは、悪い意味で相性がよかったのだと思う。

どうしてもパンケーキが食べたい。どうしてもその上に木苺《きいちご》のジャムをのせたい。そう言って森の中に足を踏み入れたのは、いつもならティータイムを楽しんでいるはずの時間だった。

「このぐらい摘《つ》んだら、もう十分だと思うけれど……」

「まだ必要よ。フローラスト家の朝食にも木苺《きいちご》のジャムが必要でしょ？　これじゃ足りないわ」

「うちはいいわよ……」

リリアが遠慮しても、カティエは木苺《きいちご》を求めてどんどん森の奥へ進んでいく。

けれどこれ以上は無茶だ。帰りが遅くなるし、魔女の領域に踏み込んでしまう。

そう思ってカティエの腕を掴《つか》もうとした瞬間、彼女が感嘆の声をあげた。

「わあ……！　リリア、見て！　いっぱいなっているわ！」

嬉しそうなカティエの視線の先に目を向けると、そこには確かにたくさんの木苺《きいちご》がなっていた。けれど。

「人の敷地だわ。柵《さく》があるもの」

少し古びてはいるが、木苺《きいちご》が実っている場所は木柵《さく》でぐるりと囲《かこ》われている。ここが誰かに管理されている何よりの証拠だ。いくらなんでも他人の敷地から木苺《きいちご》を摘《つ》むことは出来ない。

「大丈夫よ。だってここはフォルダイン領とヴィリアーゼン領の境《さかい》の森なんだもの。リリアのお父さまや私のお父さまの名前を出せば、木苺《きいちご》ぐらい誰だって分けてくれるわ」

「……」

本当に、そうだろうか。

確かにこの夕闇森《ゆうやみもり》は二つの領地の境《さかい》にある。けれど奥へ奥へと進み、反対側まで行けば別の領地に出ることも出来る。他の土地まで突き抜けるには三日三晩歩き通さなければいけないが、裏を返せば森はそれほど深いということだ。

深い森には、必ずといっていいほど魔女が棲《す》む。魔女がどの領地から森の中へ入り込むのかはわからないが、彼女たちはたった一人の例外を除き、深い森を好むものだ。

魔法が使えない人間が魔女に遭遇した場合、その末路は限られている。

殺されて食べられるか、殺されて畜生《ちくしょう》の餌《えさ》にされるか、殺されて薬の材料になるか、呪われるかの四択だ。——いいや、二択だ。どっちもだめ！

「やめよう、カティエ。引き返したほうが……って、ちょっと!?」

リリアの制止も空《むな》しく、カティエはワンピースの裾《すそ》を捲《まく》り上げると古い木柵《さく》に跨《また》りそのまま中へ侵入してしまう。脚を上げた瞬間、穿《は》いていたドロワーズのレースがちらりと見える。なんというはしたない行動をするのだろうと頭を抱えたくなったが、咎《とが》める暇もなく彼女は木苺《きいちご》をむしりとって籠《かご》の中に入れ始めてしまった。

「カティエ、本当にだめだってば！」

「大丈夫よ。こんなにたくさんあるもの」

夢中になって木苺《きいちご》を摘《つ》むカティエは、気付いていなかったのだと思う。もちろんリリアも、気付かなかった。

ぶわりと強い風が吹いて、ザワザワ、ヒソヒソと木々や草花が揺れ始めた瞬間、リリアの背後で地を這《は》うような低い声が聞こえた。

「何をしている……？」

最初は声だと思わなかった。獣の唸《うな》り声か、かまどが炎を噴《ふ》き上げる音だと思った。ごお、と身体の芯を震わせるほどの重低音が響くと同時に、こちらを見たカティエが恐怖の悲鳴をあげた。

「きゃあああっ……!?」

「お前たち、ここで何をしている？」

再び聞こえた音におそるおそる振り返ると、背後で冷たい烈風が渦《うず》を巻いていた。

魔女、だ。

そう認識した瞬間、身体を流れる血液が一瞬で氷漬けになる心地がした。

呼吸が乱れて、全身から血の気が引いていく。カタカタと歯の根が噛み合わなくなる。身体から力が抜けて、木苺《きいちご》を入れた籠《かご》が足元にボトリと落ちる。

リリアは、叫び声すらあげることが出来なかった。

「何を、して、いる！」

さらに低い声で問いかけられると、力が抜けてその場に尻もちをついてしまう。悲鳴をあげたカティエも木苺《きいちご》の入った籠《かご》を取り落とし、木柵《さく》の中で動けなくなっている。

「き、きいち、ご、を……」

震える声で答えるが、それがちゃんとした答えになっているとは思えない。

恐怖で見開いた目に、リリアを見下ろしている魔女の姿が映った。古びてぼろぼろになった黒い巨木《きょぼく》の上に、プラムのような二つの赤い光が怪しく光っている。ように見える。だがそれ以外には何も認識出来ない。人なのか、本当に巨木なのか、男性なのか女性なのか。ちゃんとこちらが伝えたいことが、伝わっているのか。

けれど目の前にいるのが魔女であることは間違いない。

黒い影のような姿と赤い瞳。それが魔女の特徴だと以前カティエに聞いたことがある。

「ここは私の薬草園だ」

重低音で告げられるとその声が空間を振動させ、さらに恐怖心が増す。

薬草園？　毒草園の間違いではないのだろうか。

そう思ってしまったのは、リリアの視界の端に映っていたはずの木苺《きいちご》が、すでに木苺《きいちご》の形を成していなかったから。

そう、あれは最初から木苺《きいちご》なんかじゃなかった。リリアとカティエにそう見えていただけで、本当は獲物をおびき寄せるための飾りだったのだ。

ごお、と風が鳴ると辺りが急速に暗くなり始める。空間が魔女に支配されていくのがわかる。生命のある虫や動物たちが散り散りに逃げていく声や音がする。

「この園では、若さと美貌を保つための薬草を厳重に管理している」

（若さと、美貌……？）

魔女が呟いた言葉にわずかな違和感を覚える。それは魔女なら魔法でどうにか出来るのではないのだろうか。

恐怖心は薄れていないが、リリアの思考は徐々に戻りつつあった。ただしそれは目の前の魔女をどうにかしようという考えではない。とにかくここからカティエと共に逃げ切って、無事に帰ろうという感情だ。

そう思えたのは、魔女がリリアにも理解出来る言語を扱っていたから。そもそも言葉が通じなかったら対処のしようもないが、言葉が通じるならまだ希望はある。

「あ、あな、たは……」

思考はそう働くが、身体は言うことをきかずまともな言葉を話せない。カチカチと歯がぶつかるだけの口を動かして、なんとか謝罪と弁明をしたいと思うのに、震える唇では会話を成立させられる気がしない。

「お前たちは、若くて、美しいな」

プラムのような赤い光にじっと見下ろされ、恐怖でひゅっと喉《のど》が鳴る。言葉を失って、そのまま気も失いそうになる。けれど今意識を失えば、二度とこの世で目覚められないことぐらいは理解出来る。

必死に恐怖と戦っていると、ふと魔女の意識がカティエに向けられた。彼女は誰が見てもわかるほどに、魔女の薬草園への侵入者だった。

「貪欲な生き物だ。これだけ若くて美しいのに、まだそれ以上を求めるのか」

「ち、ちが……！」

違う。リリアもカティエも薬草を狙ったわけではない。若く美しくありたいと願ったわけでもない。ただ木苺《きいちご》を得ようとしただけ。ジャムを作ろうとしただけだ。

「私の薬草に手を出そうとは、腹立たしい！」

だが同じ言語を扱っていても、こちらが言葉を発せないため意思は全く伝わらない。

魔女が怒声を放《はな》った瞬間、再び空気が波打ち、ぐわりぐわりと空間が歪《ゆが》んだ。周囲に地鳴りのような音が響き、辺りの風と空気が巨木のもとへ集積する。まるで時間と空間が吸い込まれているようだ。一点に集中したそれらが溶解すると、空間の一部が真っ黒に染め上がっていく。

「そんなに若く美しくありたいなら、その望み叶えてやる！」

咆哮《ほうこう》。その瞬間、魔女が集めていた昏《くら》くて黒い球体が、カティエ目がけて飛翔した。

「だ、だめ……！」

あれが何なのか、リリアにはわからない。けれど魔女が発した言葉から、魔法の類《たぐい》であることは想像出来る。魔法を扱えないカティエがまともに受けて無事でいられる保証はない。

そう気付いた瞬間、リリアは無意識に立ち上がっていた。

魔女からカティエを庇《かば》えば、あの黒い球体の犠牲になるのは間違いなくリリアだ。けれどカティエが魔女に痛めつけられる様子を黙って見てはいられない。身体も勝手に動いていた。

　リリアは結局、友達が大切だった。わがままで身勝手だけれど、自由奔放で天真爛漫なカティエが大事だった。代わりに自分が犠牲になるかもしれないとは、そのときは考えられなかった。

「リリア！」

　カティエが叫ぶ声が聞こえた瞬間、このまま死んでしまうのだと思った。

　占いに使う水晶玉ほどの球体がお腹に当たると、リリアの身体が突風にあおられたようにふわりと浮き上がる。しかし浮遊感は持続せず、すぐにどさりと崩れ落ちた。

「けほっ……ううっ……ふ、……」

　直後に感じた表現しがたい圧迫感と不快感から、そのまま臓物を吐き出してしまう気がした。けれどそれは錯覚で、実際には大きく咳《せ》き込んで呻《うめ》くだけだった。

「リリアッ！　リリア、大丈夫!?」

　カティエの甲高《かんだか》い声が聞こえる。首を縦に動かして『大丈夫』と示しつつ、うずくまっていた場所から地面に両手をついて起き上がる。荒い呼吸を繰り返しながら上体を起こすと、すぐ近くにカティエの心配そうな顔があった。

「カティエ……だい、じょうぶ……？」

「私は平気よ！　それよりリリアが……！」

焦ったカティエの声になんとか頷き返す。

大丈夫。衝撃は受けたが思ったよりも痛みはないし、身体もなんとか動かせる。それよりも魔女をどうにかしなければ。早くあれから逃《のが》れなければ、次は本当に殺されてしまう。そう思って黒い球体が飛んできた方向を確認する。

「あ、れ……？　魔女は……？」

整わない呼吸でカティエに訊《たず》ねると、リリアの困惑に気付いたカティエが、無言のまま首を横に振った。

魔女の姿が消えている。つい先ほどまで巨木のような黒い影とプラムのような二つの赤い瞳が佇《たたず》んでいたその場所は、いつの間にか元の状態に戻っている。鬱蒼《うっそう》と茂る草木も、どこかで小鳥が鳴く声も、植物が揺らす風の音も普段と変わらない。まるで今リリアとカティエの身に起きた悪夢が本当にただの夢だったかのように、すべてが元通りになっている。

自分たちの身に何が起きたのかわからず、きょろきょろと視線を動かして――息をのんだ。

ただ一つ、先ほどと違うところがあった。

それは、魔女が薬草園だと言っていた木柵《さく》の中。カティエが摘《つ》んでいた木苺《きいちご》も、まだ摘《つ》んでいない木苺《きいちご》も、すべてが丁寧にすり潰され一面が真っ赤に染まっていた。まるで血溜《ちだ》まりのように。

これはきっと、魔女の警告だ。

ここにはもう近付くな。次にここに足を踏み入れればもっとひどい目に遭《あ》わせてやる。潰れた木苺《きいちご》の赤い色が、何よりも色濃く憎悪の意思を表現しているようだった。その確かな警告に気付いた瞬間、ぶるりと身体が戦慄《せんりつ》した。

そこからは、ただ必死に走って森を抜けることに全精力を費《つい》やした。木苺《きいちご》を摘《つ》んだ籠《かご》も、そのままそこに置いてきた。もはや木苺《きいちご》でジャムを作りましょう、などと呑気《のんき》なことを言う気分にはなれなかった。

息が切れて胸と喉《のど》が割れそうなほど痛んでも、ただただ走り続けた。足がもつれて転びそうになり汗で視界がにじむ度《たび》に、今立ち止まったら確実に死ぬ、と自分を叱咤《しった》した。

必死に走り通してなんとか森を抜けると、すでに陽《ひ》は落ちかけていた。

夜がくれば魔女の活動範囲が広がるかもしれない。そう思ったら、さらに走ることに何のためらいもなかった。

途中、カティエが『待って』『置いていかないで』『少し休もう』と何度も弱音を吐く。

その度《たび》に『もう少しだから』と疲労困憊《こんぱい》の彼女を励まし続けた。

カティエはリリアよりも体力がなく、すぐに限界を迎えてしまうので少しずつしか走れない。特に森を抜けた辺りから、安心したのか文句ばかり多くなる。そんな彼女をどうにか誘導しながらも、足だけは必死に動かし続けた。

そうしてなんとか辿《たど》り着いたフローラスト邸の前で、リリアは魔女に投げつけられた黒い球体の正体にようやく気が付いた。

隣で悲鳴をあげたカティエの声に驚いて、父と使用人数名が屋敷から飛び出してくる。しかしリリアの姿を認めた者は、全員その場で固まって動けなくなってしまった。

魔女に遭遇してから五日が経過して、リリアは自分が置かれている状況をようやく受け入れられるようになった。

数日前まで普通に座ることが出来ていた応接間のソファに腰をかけると、床から足が離れて届かなくなってしまう。ふらふら足が動くと行儀が悪いと認識していたが、下につかないので自分の意思とは関係なく揺れ動いてしまうのだ。

「レオン……カティエが迷惑をかけて、本当に申し訳ない」

「頭を上げて下さい、フィーゼル殿。悪いのは魔女であって、カティエ嬢ではございません」

今夜で五回目になる会話を聞きながら、リリアは自分の手のひらをじっと見つめた。手の大きさの割に指が短い。自分のものではない、まるで見ず知らずの少女のもののようだ。

そう。あの日リリアは、魔女に呪われた。

そんなに若く美しくありたいなら、その望みを叶えてやる。獣のように吠《ほ》えた魔女の言葉の意味には、完全に陽《ひ》が落ちて夜空に月が昇るまで気付けなかった。

社交界へのデビューも済ませたはずの、伯爵令嬢リリア・フローラスト。

田舎の令嬢らしく外見こそ地味ではあったが、所作と言動には気を遣《つか》い、領民の手本になるべく丁寧な振る舞いを心がけてきたつもりだった。その時間と努力が逆行してしまったかのように、庭先のランタンに照らされるリリアの姿はあどけなく愛らしい。

肌の色も、髪の色も、目の色も何も変わらない。けれど土泥《つちどろ》と植物の汁にまみれ、枝先や葉先で身体中に傷を作り、命からがら屋敷の前まで辿《たど》り着いたとき、リリアの身体は大きさだけが元の半分近くまで縮んでいた。

リリアは小さな子どもに――幼女の姿に変貌《へんぼう》していた。

「リリア嬢」

カティエの父であり、ヴィリアーゼン領主でもあるフィーゼル・ロナ侯爵に名前を呼ばれて、はっと顔を上げる。

「カティエのことを許してくれるか？」

「ええ、最初から怒ってなどおりません」

「では、これからもカティエと友人でいてくれるか？」

「もちろんです」

「そうか……よかった」

そしてこの会話も五回目だ。

答えを聞いてほっとしたように笑うフィーゼルにつられて、リリアも力なく笑う。

あの日以来、カティエには会っていない。カティエも魔女に急襲されたことがよほどショックだったようで、体調を崩し今も熱が下がらないという。

リリアもその日の夜は恐怖と不安でなかなか眠れず、明け方になってようやく眠りに落ちた。

そして次に目が覚めたとき、リリアの身体は元の大人の姿に戻っていた。だから幼女の姿になったのは、一晩だけの不思議な出来事だった。そう信じたかった。

しかし陽《ひ》が落ちて月が昇ると、リリアの身体はまた幼い少女の姿に変わってしまった。

疑惑と不安が蓄積していたせいもあるだろう。再び縮んだ自分の身体を見たリリアは、母と侍女長の前で赤子のようにわんわんと泣いてしまった。ようやく自分の身に起きた呪いの正体を理解すると、涙と共に色んな感情が流れ落ちた。

この身体は、魔女に呪われた。

夜になると幼女の姿になってしまう。

朝がくると元の姿に戻ることが出来る。

太陽と月の影響を受けながら、時間の経過と共に強制的に本来の姿と幼女の姿が入れ替わってしまう。それが『若く美しくありたいなら望みを叶えてやる』と怒鳴られてこの身に受けた呪い。

身体が変化していく奇妙な感覚にはまだ慣れないが、五回目の縮小のときにはもはや諦めの境地に立っていた。

一時間かけてヴィリアーゼン領の屋敷に戻っていくフィーゼルの馬車を見送ると、宵闇から視線を外したレオンと目が合った。

「今夜はお父さまと一緒に寝ようか?」

「……恥ずかしいので、遠慮いたします」

リリアと同じく諦めの境地に辿《たど》り着いたらしいレオンにそう誘われたが、リリアはぷいっと顔を背《そむ》けた。

外見こそ四歳か五歳の子どもの姿だが、リリアの中身はれっきとした二十一歳のレディだ。領民と一緒に田畑を耕《たがや》し、水路を作り、家畜の世話を手伝いつつ、己の政務も怠《おこた》らない父を尊敬しているが、一緒に寝るかどうかは別の話だ。

それに、今はそれよりも大事な話がある。

リリアは暖炉の前の椅子に腰を下ろしたレオンと見つめ合って、この数日間避けてきた話題を口にした。

「お父さま。エドアルド殿下との婚姻の件ですが……」

リリアが口を開くと、レオンも低く唸《うな》った。椅子の肘掛《ひじか》けに腕を乗せ、頭を抱えたレオンの心中は察するに余りある。

リリアには婚約者がいた。それは他でもない、スーランディア王国第二王子のエドアルドだった。

エドアルドの隣に相応《ふさわ》しい令嬢は他にもいるはずだが、王宮はなぜか田舎の伯爵令嬢であるリリアを花嫁に指名してきた。

リリアにはその理由がわからず、はじめは困惑した。だが名誉なことであるのは確かなので、王宮の要望を受け入れるつもりで準備を進めてきた。

婚約が正式に決まったのは一年前。そこから今日に至るまでの間、何度か王宮へ挨拶に赴《おもむ》く機会を設《もう》けた。だがその度《たび》に山道が崩落したり、雨も降っていないのに川が氾濫《はんらん》したりと不運が続き、結局エドアルドとの対面は叶っていなかった。

けれど、それでよかったのかもしれない。

「婚約は……辞退させて頂くしか、ないだろうな」

「はい」

重苦しいため息が漏れる音を聞くと、リリアも目を伏せて父の意見に同意する。

レオンの意見は至極真っ当だった。スーランディア王国の正統な血筋に『呪い』などという不吉な因子が混じることなど、決してあってはならない。

それどころか、王国各地の管理を担《にな》っている貴族の中に呪いを受けた者がいることを知られてはいけない。不吉だ、不浄だ、と誹謗《ひぼう》を受ければ、父に与えられた伯爵位が剥《はく》奪《だつ》されるかもしれない。領民の安寧な生活が脅《おびや》かされる可能性だってある。ならばなんとしても、隠し通さなければいけないだろう。

当然、この先リリアが誰かと添い遂げる可能性もゼロになった。名誉ある婚姻から一転して、月陰に生きる薄幸の令嬢になってしまった。

けれどそれで父と領民を守れるなら構わない。この秘密を共有出来る働き者の領民で、今後一生子どもが作れなくてもいい、という人がリリアを好いてくれるのならば、むしろ幸運なぐらいだ。

——そう思っていたのに。

目の前で優しい笑顔を作ってリリアの視線と心を奪ったのは、国中の民に愛される統治者の一人、第二王子であるエドアルド・スーランディア・ノルツェ殿下。

この国では正統な王家の血を引く者にしか発現しないといわれる、プラチナホワイトの美しい髪。極上のサファイアのような濃い青色の濡れた瞳。絵画や彫刻のように完璧に整った美しい顔立ちと引き締まった身体。

その完全で完璧な存在があまりに優しい視線で微笑むものだから、リリアは腰から力が抜けてそのままその場に崩れ落ちそうになった。しかしすぐ後ろが壁であったことも幸いし、どうにか足に力を入れて持ち堪《こた》える。

言われた通りに顔を上げたが、発言は許されていない。

すべての感情を皮膚の下に押し隠したリリアは、気味が悪いぐらいに無表情だったのだと思う。視線を外したエドアルドの肩が少し震えていて、どうやら笑われているらしいことに気が付いた。

「カティエ嬢」

　至近距離で顔を見られて恥ずかしくなったリリアの耳に、エドアルドの声が届いた。踵《きびす》を返してカティエに向き直ったエドアルドは何かを言おうと口を開いたが、そこにカティエの声が割り込んだ。

「エドアルド殿下」

　恐れていた事態が起きた。

　これがエドアルドの妃となった婚姻後ならば許されるかもしれない。けれど今のカティエはまだ彼の婚約者にすぎない。ただの婚約者の身分で王族の発言を遮断するなど無礼にもほどがある。それだけでもリリアは青ざめてしまうのに。

「私は殿下に嫁ぐために参ったのです。嬢、はやめて頂けませんか？」

　にっこりと笑顔を浮かべて主張しているが、カティエの要求はそれほど重要度が高いようには思えなかった。そんなことのためにエドアルド殿下の言葉を遮《さえぎ》るなんて！　と悲鳴をあげそうになったが、彼が気にした様子はなかった。

「では、カティエ」

　あっさりとカティエの要求をのんだエドアルドは、今度こそ自分の話をするために口を開いた。

「当初通達していた時期より、披露《ひろう》の日取りを遅らせることになった」

「まぁ、どうしてですの？」

　カティエの驚く声が響く。この決定はリリアにも意外だった。

　スーランディア王国の王族は、王位の継承にかかわらず二十五歳までに結婚する場合が多い。第一王子であり王太子であるセリアルドは二十一歳のときに結婚しており、しかもすでに四人の御子がいる。だがエドアルドは現在二十六歳。平原に雪が降り積もる頃には二十七歳になるというのに、今も未婚のままだった。

　それがようやく形になるのならば、一日でも早く花嫁のお披露目《ひろめ》を終え、一日でも早く婚姻の儀式を済ませたい。スーランディア王宮もエドアルド本人も、それを望んでいると思っていた。

「……確認は怠《おこた》るべきではないからな」

　ぼそりと呟いた後、一瞬の間を置いてエドアルドがカティエに向き直る。

「君のドレスの準備も必要だろう？」

　そう言ってカティエに微笑むエドアルドの横顔は、表現しがたいほどに美しく、睫毛《まつげ》の一本一本までが洗練された美術品のようだった。

　けれどリリアには、その笑顔が作り物のように思える。

どうしてだろう。何か違和感を覚えてしまう。

「というのが理由の半分で、もう半分は政務の都合だ。すまないな」

肩を竦《すく》めてみせたエドアルドの様子に、リリアの不思議な錯覚は消え、少しだけ心が和《なご》む。

実りと収税の季節であるこの時期は、確かに忙しい。完璧に政務をこなしていると噂のエドアルドでも、国民の生活が絡む事案まで完全掌握するのは難しいようだ。

冗談めかしたエドアルドに、つい笑みが零《こぼ》れそうになった。もちろん失礼なことだと理解しているので、表面的には無表情でやり過ごす。だがカティエにはエドアルドの発言を冗談だと捉《とら》えることが出来なかったらしい。不満そうに口を尖《とが》らせながら、

「……かしこまりました」

と呟く態度に、リリアのほうがはらはらしてしまう。

王子の花嫁となるならば、公的な事情や政務の都合を慮《おもんぱか》るべきだ。それを不満に感じ、さらに表情に出すなど、エドアルドの仕事に理解を示さないと思われても仕方がない。

カティエは本当にこの調子で、エドアルドと上手くやっていけるのだろうか。

「それまでは王宮内で好きに過ごしてもらって構わない」

エドアルドはよほど懐《ふところ》が深いのか、それともカティエを好いているがゆえに彼女に甘

いのか、特に気に留めた様子もなくそのままくるりと踵《きびす》を返した。

「悪いが、今日はこれで失礼する。案内の者を寄越《よこ》すから少しここで待っていてくれ」

今のエドアルドは本当に忙しいらしい。結局一度もソファに腰を下ろすことがないまま「では」と短い言葉を残して応接間を出ていってしまった。

扉が閉まると、リリアはふう、とため息をつく。

「エドアルド殿下は、本当に素敵な方ね」

声をかけると、カティエが「ええ、そうね」と呟く。

「でもお披露目《ひろめ》よりも政務を優先するのはどうかと思うわ」

憮然《ぶぜん》として唇を尖《とが》らせている。やはりカティエの本心は不満でいっぱいのようだ。

だが王族としての政務に加え、騎士院の総帥《そうすい》補佐も務《つと》めるエドアルドが忙しいのは当たり前だ。季節や通例に則《のっと》って行われる祭事ならばともかく、平素とは異なる儀式や夜会の予定が変わってしまうのは仕方がない。

「まぁ、私のためにドレスを新調してくれるのは嬉しいけれど」

カティエが突然、ころりと態度を変える。エドアルドに言われた言葉を思い出したらしい。急ににこにこと笑顔を浮かべて冷めかけたお茶を口に運ぶ彼女の声は、妙に弾《はず》んでいた。

「リリアのために用意されたドレスだと、私にはウエストがゆるすぎるもの」

「……」

余計な一言を付け足され、今度はリリアのほうが不満を抱いてしまう。

確かにそうだろうけれど。腰が細いカティエなら、リリアのために用意されたドレスだと細かいサイズが合わないのは間違っていないけれど。そんなにはっきりと言わなくてもいいのに。

（でも……いいなぁ）

素直に羨《うらや》ましいと思う。急に決まった婚姻とはいえ、カティエはエドアルドにちゃんと愛されている。こうして仕事を中断してまで会いに来てくれる。花嫁衣装も新しいものを用意してくれる。わがままも聞いてくれる。

元々、社交界や祭典などの場で顔見知り同士の二人だから、愛を育《はぐく》むのも早いのかもしれない。生涯誰とも結婚出来ないリリアにとっては、それだけで夢のような話だ。

「わぁ、素敵なお部屋〜！」

案内された広い部屋は、バルコニーへ続く大きな窓が印象的だった。落ち着いたテラコッタカラーの絨毯《じゅうたん》には、金と赤の絹糸で四季の花の刺繍《ししゅう》が施《ほどこ》されている。そこに天蓋《てんがい》付きのベッドと豪華な応接セット。猫足のドレッサーに、同じく猫足のクロゼット。身《み》支度《じたく》に使用する大きな鏡。

さすがスーランディア宮殿。客間にしてはかなり立派な部屋だ。

王侯貴族へのお披露目《ひろめ》と国民への婚約発表が済むまで、ここがカティエの過ごす部屋となる。リリアには十分立派な部屋に思えたが、カティエは不満そうだった。

「滞在するのは王殿じゃなくて、宮殿の客間なのね。つまらないわ」

カティエはため息をつくが、それは当たり前だ。

スーランディア王宮は大きく『宮殿』と『王殿』に分けられていて、王族とその妃が生活する王殿は、王宮の中でもさらに奥の領域にある。王殿には客人の身分では入れないので、当然、カティエはまだ立ち入ることが出来ない。エドアルドの言う『王宮内で好きに過ごしてもらって構わない』とは、あくまで広間やダンスホール、庭園や図書塔がある宮殿の話だ。

しかし食べられない草花を愛《め》でないカティエは、庭園の散策など興味はないだろう。学問も好まないので、図書塔にも近寄らない。王宮内には枢機院《すうきいん》に加えて騎士院や魔法院といった国政の要《かなめ》となる機関もあるが、行ったところで働く人々の邪魔になるだけだ。

しいて言うなら、広間やダンスホールにある装飾品や調度品を眺めることは好みそうだが、どちらにせよ、しばらくは王宮内を散策して過ごすしかない。それに王侯貴族へのお披露目《ひろめ》が終われば王宮作法教育が始まるので、のんびり出来るのは今だけだ。

「リーリャ、これクロゼットに入れて」

「あっ、はい」

部屋の豪華さに気を取られていると、カティエに最初の命令を受けた。

カティエはロナ家から運ばれてきたドレスを猫足のクロゼットに移してほしいと仰《おお》せだ。リリアはすっかりカティエの世話を焼くことが板についてきた気がする。

「宝飾品もお願い。それが終わったら、お茶が飲みたいわね」

「はい……って、応接間で飲んだばかりでしょう？」

「さっきはイエローティーだったの。次はブラックティーがいいわ」

カティエがソファに身体を沈めて、ふう、と息を漏らす。喉《のど》が渇いているというより、口寂しいに違いない。

（持参のティーセットと茶葉はどこに仕舞ったのかしら？　それにお湯はどうしたら……）

「それとね、リーリャ」

ドレスをクロゼットに並べながら考えごとをしていると、カティエの声が背中にぶつかった。

彼女は今日から改めることになったリリアの偽名をためらいなく呼べるらしい。呼ばれたリリアのほうがまだ戸惑ってしまうのに。

カティエの順応力には感心したが、彼女に投げつけられた言葉はひどく冷たいものだった。

「あなた、私の侍女なのよ。友達みたいな口調で話しかけるの、やめてくれる？」

急激に突き放《はな》されて、一瞬反応が遅れる。

振り返ると、そこにはソファの上にヒールをはいたままの足を投げ出し、だらしなく姿勢を崩したカティエがいた。しかも、視線は綺麗に整えられた自分の爪を見つめたままである。

「えっ……と？」

「今はいいわよ？　でも普段からちゃんとしてないとそのうち素が出るんだから」

（えええぇ!?）

その口振りに、呆《あき》れを通り越して絶句してしまう。

（それ、カティエが言うのね!?）

一番言われたくない人に言われてしまった。父がいないところでは大はしゃぎし、飲み物をすする音を出し、人目がなくなった瞬間に粗雑な口調に戻る。そのカティエが、それを言う？

壁際に寄せてある大鏡を、彼女の目の前に移動させたい。そして今まさに普段からちゃんとしていない状態のカティエに、その姿を自己認識させてあげたい。

しかしそんなことをしてもカティエは自分の考えを変えないだろう。へそを曲げてしまうだけに違いない。カティエの機嫌を損ねると後々面倒なのは、幼少期からの付き合いなので十分に理解している。こういうときどう対処するかも、もう慣れたものだ。

「……気を付けます」

結局こうしてリリアのほうが折れるから、いつもお人好《ひとよ》しだと言われてしまう。

とはいえ、親の爵位が子の振る舞いに影響することは、貴族の出自であれば誰もがちゃんと理解している。カティエのわがままに付き合って彼女の尻拭《ぬぐ》いばかりしていても、同情されることはあれど笑い者になることはない。

「では、お湯を頂いてまいります」

「ん～、わかったわ～」

クロゼットにドレスや靴を並べ、宝飾品をジュエリーケースに仕舞うと入り口で一礼する。

ソファの上からひらひらと手を振るカティエの姿を見れば、また少し心配な気持ちになる。どうかお湯をもらって戻ってくるまでの間、誰もこの部屋を訪れませんように、と願うばかりだ。

疲労を感じながら廊下を歩いていくと、すぐに侍女の服を着た女性と行きあった。

「あの、お尋ねしたいことがあるのですが……！」

「ん？　なあに？」

リリアに呼び止められた女性が、小さく首をかしげる。リリアのほうから挨拶をして事情を説明すると、女性はティーサロンの場所とお湯の扱い方を丁寧に教えてくれた。

「へぇ、じゃありーリャはカティエさまのお部屋付き侍女なのね」

「そうなの。少しの間だけれど」

かまどでお湯を沸《わ》かしながら、セイラと名乗った女性に返事をする。

セイラは主に宮殿に訪れる賓客《ひんきゃく》をもてなす仕事を担当しているらしい。王宮に来客がないときは、騎士院や魔法院から依頼された繕《つくろ》い物をしているとのこと。

となると本当は、セイラがカティエのお世話を担当する予定だったのかもしれない。

リリアが王宮に同行することで、セイラは仕事を横取りされてしまったのかもしれない。

申し訳なさを覚える反面、カティエの身の回りの世話をセイラにさせなくてよかった、とも思う。なぜならあのカティエが、侍女を相手にずっとかしこまった態度でいるとは思えない。彼女のわがままに付き合うのは自分だけで十分だ。

「でもカティエさまは、可哀そうだわ」

「えっ……どうして？」

「だってエドアルド殿下って、あんまり笑わないんだもの」

コポコポとお湯が沸《わ》く音に紛《まぎ》れて聞こえた言葉に、つい首をかしげてしまう。

「笑わない……？」

「ええ、そうよ。兄王子のセリアルド殿下と違って、舞踏会や夜会もあまり好まないの。エドアルド殿下の婚約者候補なんて、私なら気が滅入ってしまうわ」

「……？」

声を潜《ひそ》めたセイラの表情に違和感を覚えてしまう。そして謎が深まる。

（え……思いきり笑っていらした気がするけれど……？）

リリアは今日、初めて会ったエドアルドにやわらかく笑いかけられた。肩を震わせて可笑《おか》しそうに笑われた。

二つの意味は異なると思うが、エドアルドはどちらの笑顔も見せてくれた。リリアはセイラの言う『笑わない』とは全く違う印象を抱いていたので、再度首をかしげる。

「あ、このプレート持っていって」

疑問を感じながらポットにお湯を移していると、セイラが鉄製の板を用意してくれた。ティーワゴンの上に置かれた見慣れない鉄板を凝視《ぎょうし》すると、セイラがふふっと笑顔を浮かべる。

「ここの印を解除すると、紋章のところが高温になるの。お部屋でお湯を再加熱出来るわよ」

「え、本当に⁉」

すごいことをさらっと言われて、思わず感動の声が漏れる。

確かに茶葉がしっかりとひらくためには高温のお湯を使用するといいが、部屋に戻るまでの間にお湯の温度は少し下がってしまう。それは仕方がないことだと思っていたが、この鉄板でお湯を再加熱出来るのなら、部屋でも美味しいお茶を淹《い》れられる。

さらにカティエのために用意してあったという焼き菓子がティーワゴンの上に置かれる。大食堂の厨房からその菓子を運んできたのは、紙で出来た白い鳥だった。

「リーリャは魔法が珍しい？」

「魔法自体は見たことがあるけど、魔法道具は珍しいわ」

生命がないのに動いているという不思議な鳥を見上げると、セイラがくすくすと笑い出した。

「王宮には色んな設備や道具があるし、魔力がなくてもこうして魔法を使えるからとても便利よ」

「すごいわ……」

セイラの説明によると、鉄製板が熱せられる魔法の効果は一回きりらしい。けれど魔力を込めれば再利用出来るので、使い終わったらここに戻しておいて、と微笑まれた。

セイラはリリアよりも年下に見えるが、少し言葉を交わしただけで彼女が頼りになる存在だとわかる。セイラのおかげで、最初に想像していたよりずっと素敵なティータイムを用意出来そうだ。

「リーリャ」

ティーワゴンを押してサロンを出ようとすると、後ろからセイラに呼び止められた。

「カティエさまのお部屋付きだと、自由な時間はあまりないかもしれないけれど……。この先の使用人棟に侍女たちの寮があるの。よかったら遊びに来て。リーリャと仲良くなれたら嬉しいな」

「う、うん！」

「エドアルド殿下に冷たくされたら、愚痴を言いに来てもいいからね？」

「あはは……ありがとう」

最後の言葉にはなんと答えていいのかわからなかったが、慣れていないリリアを気《き》遣《づか》ってくれていることは理解出来た。

給仕の知識は完全に付け焼き刃《ば》なので、王宮に来るまでは一体どう振る舞えばいいのかとかなり不安だった。けれどセイラのおかげで、なんとかなりそうな気がしてくる。

それに、侍女といっても仕《つか》える相手はカティエのみ。カティエが婚約発表を終えれば、家に戻ることも決まっている。

リリアはそれまでの間、カティエのわがままに付き合おうと決めていた。


セイラのおかげで、火のない場所でも飲食物を温められると知ったので、夕食はカティエの部屋でパンとスープを食べた。

そのカティエは今、王宮勤めの貴族たちとの晩餐《ばんさん》会に足を運んでいる。今夜の晩餐《ばんさん》の席にはカティエの父フィーゼルもいるので、今頃は和《なご》やかに食事を楽しんでいるに違いない。

陽が沈んで身体が小さくなったリリアは、バルコニーから月明かりに照らされる王宮来ない。


の庭園を眺めて、はぁ、と重い息をついた。

先ほどまで当たり前に掴《つか》んでいたバルコニーの柵《さく》も、縮んだ身体では触れることさえ出来ない。誰かに見られては困るので、次に太陽が昇るまではこの部屋を出ることも出来ない。

「お父さま……お母さま……」

王立学院生時代も、寮に入った最初の頃はホームシックになった。けれど身体が小さくなった今のリリアは、あの頃よりも父や母を恋しく感じる。父に頭を撫《な》でてもらって、母に抱きしめてもらいたい、と強く感じてしまう。心まで小さくなったつもりはないが、気を抜けば視界にじわりと涙がにじんでいた。

フローラスト家の屋敷でも、自分で出来ることは自分でやってきたつもりだ。だからカティエの身の回りの世話をすることそのものは、さほど大変ではない。ただ友達に冷たい態度をとられてしまうことが、今のリリアには何よりも切なかった。

けれどこれは自分で選んだ道だ。わがままで自分勝手だが、大事な友人であるカティエの支えになりたい。そう望んでここに来たのだからホームシックになっている場合ではない。

（泣いている場合じゃないわ……）

自分を叱咤《しった》しながら王宮庭園を眺めていると、ふと背後で部屋の扉が開く音がした。

「リーリャ？　いないの？」

「います！」

カティエの声が聞こえたので、零《こぼ》れそうになっていた涙をぐっと拭《ぬぐ》って部屋の中へ戻る。バルコニーは薄暗いが、豪華なシャンデリアに照らされた室内は明るい。

入り口に駆け寄ると、カティエの表情はシャンデリア以上に明るかった。

「ドレスを脱ぐから、手伝ってちょうだい」

「は……はい」

昼間なら問題ないが、夜のリリアは身長が縮むし、体力も落ちる。女性の身支度《みじたく》や身解《ほど》きも満足には手伝えないが、カティエはリリアの事情など一切お構いなしのようだ。

身長が足りないのでソファに登ってドレスの後ろのリボンをほどく。本来の姿のリリアよりも細い腰を、さらに細く際立たせたコルセットもほどく。それから胸元に飾られたネックレスの留《と》め具を外すと、カティエは大きく息を零《こぼ》して天蓋《てんがい》付きのベッドに腰を下ろした。

「今日の晩餐《ばんさん》会、エドアルド殿下は来なかったなぁ」

カティエの呟きに、また呆《あき》れた声が出そうになってしまう。

秋は実りと祭事の季節だ。冬を迎える前に国境周辺の整備も必要になる。税収の管理や調整の時期でもあるため、この時期は王都から離れた故郷の領地でさえ忙しいのだ。ならば王族として政務にあたるエドアルドが、それを上回るほど忙しいことは容易に予想出来る。呑気《のんき》に晩餐《ばんさん》の席に足を運んでいられるほど、彼は暇ではないはずだ。

リリアはそう思うが、それをカティエに説明してもきっと無駄だろう。少なくとも、今は。

なぜなら今のカティエは、ひどく泥酔《でいすい》している。

「カティエ。ちゃんと着替えないと、風邪を引いてしまうわ」

「う～ん……。わかってるわよ～……」

どうやらカティエは相当量のお酒を口にしたらしい。すっかり酔っぱらってしまった彼女に夜着へ着替えるよう勧めるが、返答のみで行動する気配がない。

仕方がないので、衣装箱からカティエの夜着を引っ張り出して彼女の傍《そば》に置く。そのついでに耳元を飾るイヤリングも外したほうが良さそうだと考えた。

「カティエ、イヤリングも外したほうが……」

「リリア」

カティエの耳元に触れようとすると、突然手首を掴《つか》まれた。

急に身体を掴《つか》まれたことに驚いて、すぐに身を引こうとする。だが酔ったカティエは加減が出来ないのか、指先に込められた力がかなり強く簡単には振り解《ほど》けない。

「い、いたい……！　カティエ！」

咄嗟《とっさ》に声をあげると、カティエの力が少し弱まる。しかし手は解放してくれない。

「本当、可愛いわね」

短く告げられた言葉の意図がわからず、おそるおそる顔を上げる。

そこにはじぃいっとリリアの瞳を覗《のぞ》き込むカティエがいた。まるで蛇のように。いや、魔女のようにきつい視線がリリアを捉《とら》える。背筋がぞっとするような、全身が凍り付くような冷たい瞳で。

「可愛い」

「カ……カティエ？」

「まるで赤子みたい」

ふふふっと笑ったカティエは、確かに酒に酔っている。けれど、本当にそれだけだろうか。

リリアが小さくなった姿を、カティエはまだ数えるほどしか目にしていない。だが今夜から国民への婚約発表の日まで、リリアとカティエはこの部屋で共に過ごすことになる。幼い少女に変貌《へんぼう》してしまうこの姿を、彼女は毎夜のように目にすることになる。もしかしたら、カティエはリリアの幼い姿を見る度《たび》に魔女に襲われたときのことを思い出すのかもしれない。この姿を見ると、恐怖の瞬間を想起するのかもしれない。

そうだとしたら、リリアはカティエの傍《そば》にいないほうがいいのではないだろうか。これから王宮に嫁ぐカティエにとって、リリアは恐怖を思い出す不快な存在なのではないだろうか。魔女に襲われた日からふた月近くが経過しているが、彼女の心の傷はまだ癒えていないのではないか。

「ほんとうに、ほんとうに……リリアは可愛い」

「カティ……エ……」

冷たい目で笑う彼女の心を探ろうとする。

(私は、ここにいないほうがいい?)

そう訊《たず》ねようと思ったが、今の彼女はお酒に酔った状態だ。きっと冷静な判断が出来ないし、仮にしっかりと話し合えたとしても、明日にはその内容を忘れてしまう可能性がある。だったら今はそんな話をしても無駄に違いない。

「ええと……カティエのほうが、可愛いと思うけれど」

「それはそうよね」

リリアの呟きを全面肯定したカティエが、急に満足げに鼻を鳴らす。それから何度か頷くと、ようやくその手を離してくれる。いつの間にかカティエはいつもの様子に戻っていて、ほっと胸を撫《な》で下ろした。

本当は湯浴みをすべきだと思うが、今夜はそのまま眠るらしい。夜着に着替えてベッドの中に入ろうとしたカティエが、ふとリリアのほうを振り返った。

「小さいから、ソファでも眠れるでしょ？」

「……うん」

それが当然だと言うように断言されては、リリアも頷くしかない。

昔は同じベッドで眠ることもあったのに。今はこんなに広いベッドを使えて、リリアの身体は昔のように小さくて、最初に寂しいと言ったのはカティエなのに。一緒に眠るための理由はたくさんあるはずなのに、カティエは『一緒に寝よう』とは言ってくれない。その事実が、リリアは少しだけ寂しい。

カティエが脱ぎ散らかした服と装飾品を片付け、部屋の明かりを消して戸締まりを確認する。ソファの上に横になると、ほどなくして天蓋《てんがい》の中からカティエの寝息が聞こえてきた。

きっとリリアは、まだ眠れない。

そう思っていたのに、ソファに身体を預けて力を抜くと自然と睡魔が襲ってきた。

王宮にやってきて八日目の午後。リリアは目の前の様子を見て、密《ひそ》かに頭を悩ませていた。

リリアが用意したのは、カティエが持参した彼女のお気に入りのティーセット。紅色と桃色の大花が描かれた白いカップの縁《ふち》を、金色の装飾が彩《いろど》っている。そして甘いカスタードケーキと、淹《い》れたばかりのブラウンティー。テーブルに季節の花を飾った優雅なひととき。

ではないと思う。どう考えても。

「少しは私の相手もして下さいませんと、寂しいですわ」

いじらしく唇を尖《とが》らせる表情も、小さなわがままも、花のように可憐で愛らしい。

そんなカティエの前に座っているのは、他でもない第二王子のエドアルドだった。

「悪かった。忙しさにかまけて、君の相手をおろそかにしてしまったな」

そう言って苦笑するエドアルドに、リリアが代わって全力謝罪する。もちろん発言は許されないので、心の中で。

エドアルドが政務で忙しいことは、先日の様子を見ればカティエにだって理解出来るはずだ。けれどカティエは己のわがままをエドアルドにまで押し付けるつもりらしい。

どうしてもエドアルドに会いたい。どうしてもティータイムを共にしたい。

木苺《きいちご》とはわけが違うのよ、と懸命に説得したが、カティエがリリアの意見に耳を傾《かたむ》けてくれるはずがなかった。

忙しいエドアルドを煩《わずら》わせているのは百も承知だ。だからせめてお茶だけでも美味しく淹《い》れたい。悩んだ末、リリアはカスタードケーキに一番合うと感じたブラウンティーを選択した。

エドアルドの細長い指先が、ティーカップを口へ運ぶ。プラチナホワイトの銀糸がそよ風を纏《まと》ってサラサラとなびく。サファイアブルーの瞳の中にティーカップの水面《みなも》が揺らめく。

そんな優雅な所作にぼんやりと見惚《みと》れていると、

「うん、美味《うま》いな」

と呟く声がティーサロンの中に響いた。

「カティエが羨《うらや》ましい」

「あら、なぜですの？」

「君にはお茶を淹《い》れるのが上手な友人がいるからな」

エドアルドの笑顔を正面からそっと見つめて、密《ひそ》かに照れてしまう。カティエを通して褒められた喜びから心の中で舞い上がったが、彼女の返答は怖いぐらいに冷徹だった。

「幼少期から知るといっても、彼女は侍女ですわ。友人というわけではありません」

(えええー……ひどい……)

そこは適当に誤魔化して相槌《あいづち》を打つか、さらっと流してくれればいいのに。離れるのが寂しいから王宮についてきてほしいと言ったのはカティエなのに。それがリリアの身元を偽るための演技だと知っていても、友達ではないとはっきり口にされると複雑な気分になってしまう。

「これは去年の茶葉か?」

エドアルドはカティエの悪い冗談をさらりと聞き流してくれた。その代わり、口にしているブラウンティーに興味を示す。そんなエドアルドの問いかけにカティエの肩がびくりと跳《は》ねた。

「え……」

カティエの背中は困惑そのものだった。ちらりと彼女の様子を盗み見た瞬間、リリアは再び頭を抱えることになる。カティエは自分の領地で収穫して、自分で持参してきた茶葉の詳細をしっかり理解してないらしい。

「リーリヤ」

「……はい」

飛び火してきた声が求めていることもすぐに察知する。

カティエのためを思うなら、本当はここで助け舟など出さないほうがいい。わからないことは、わからない。知らないことは、知らない。二人がこの先夫妻として上手くやっていくことを考えるなら、カティエは見栄《みえ》を張って些末《さまつ》な隠しごとをするずるい手段など覚えてはいけない。

それはわかっているが、リリアは結局、カティエに甘い。振り返った彼女にうるんだ瞳を向けられて言葉のない懇願をされてしまえば、手を差し伸べる他ない。ここでもまたお人好《ひとよ》しを発揮して、カティエのために心を鬼に出来ない自分が情けない。

「私に説明の許可を頂けますか？」

「ああ、もちろん」

「王子殿下の御心に感謝いたします」

あっさりと許可が下りたので、その場で一度頭を下げる。

顔を上げるとエドアルドと再び目が合う。しかしただの侍女が王族である彼を正面から直視するのは無礼にあたる。とはいえ急に逸《そ》らすのもまた無礼なので、リリアは発声に影響がない程度にゆっくりと視線を下げた。

「こちらのブラウンティーは本年の茶葉になります。今年は雪解けが早く、春から初夏の気候が安定しておりましたので、例年より早く収穫を迎えられました。昨年のものよりもやや渋みが強いですが、ただいまお召し上がりになられているカスタードケーキであれば、今年のものは相性がいいと思われます」

「そうだな、確かに甘いケーキに合うかもしれない。オレンジはどうだ？」

「はい。オレンジティーは、ちょうど今が収穫の時期です。ですが茶師は昨年のほうが出来がよさそうだ、と申しておりました」

「ああ、去年の茶葉は市井《しせい》でも人気だったな」

ふうん、そうか、と感慨深げに呟くエドアルドには、リリアのほうが感心してしまう。

リリアは父が領地として管理するフォルダイン領産の茶葉だけでなく、王国中の新茶葉の出来を毎年の楽しみにしている。もちろんすぐ隣のヴィリアーゼン領の茶葉の下調べも怠《おこた》らない。しかしそれはひとえに、リリアがお茶好きだからである。王族として自国の状況を把握しておくことは重要だと思うが、まさかエドアルドも茶葉の出来を把握しているとは思ってもいなかった。

「丁寧な説明をありがとう」

「恐れ入ります」

エドアルドのその言葉を聞くと、もう一度頭を下げて壁際に退《さ》がる。

これでカティエの体裁《ていさい》は保たれたはずだ。助けを求められれば応じるが、あとは壁のレリーフに徹する。

そろそろお茶のおかわりを用意しなければ、と考えながら何気なく顔を上げると、エドアルドがこちらを見つめていることに気が付いた。

（な、何……？）

驚いて身体がぴくりと跳《は》ねるが、再びゆっくりと視線を逸《そ》らす。しかししばらく目線を彷徨《さまよ》わせた後に顔を上げると、再びエドアルドと目が合ってしまった。

（ええと……）

おまけに今度は笑顔まで向けられてしまい、リリアは反応に困ってしまう。

最初はカティエに微笑んでいるのだと思った。リリアと違い、エドアルドとカティエは元々面識がある。侯爵家の令嬢らしく、カティエは社交の場にもちゃんと顔を出している。それならばエドアルドとの共通の話題も多いはず。

そう予想していたリリアを裏切り、エドアルドは一方的に話すカティエの話には適当な相槌《あいづち》を打つだけ。その代わり、レリーフと同じく微動だにしないリリアと視線が合う度《たび》に、やわらかく笑いかけてくる。

（セイラ。エドアルド殿下は結構笑うお方だと思うわ）

それはもう、眩《まぶ》しいぐらいの笑顔で。

そういえば八日前に応接間で会ったときも、無表情のリリアの顔を見て笑っていた。

もしかするとエドアルドは彫刻やレリーフが好きなのかもしれない。

でもリリアは、自分の造形物としての完成度は高くないと知っている。もう少し華やかな顔立ちか曲線美を感じられる体躯だったら、エドアルドの目の保養になったかもしれないけれど。

「リーリャ」

庭の隅で忘れ去られた石像の気持ちになっていると、カティエが声をかけてきた。

カティエはお茶のおかわりをご所望《しょもう》だ。

声をかけられるまでカップの中身が空になったことに気付かないとは情けない。はっとしたリリアは急ぎつつも粗野にならないよう、ポットの中身を慎重にティーカップに注いだ。

カップにブラウンティーが満たされると、エドアルドがまた『ありがとう』と微笑んだ。エドアルド殿下は侍女に対しても優雅に笑ってお礼を言うのね、と再びときめいてしまう。

整った顔立ちが目を細める様子から視線を外すと、今度はカティエのカップにお茶を注ぐ。しかしリリアがポットの中身を注いでいると、なぜか突然、カティエが横から手を伸ばしてきた。熱い陶器が指先に触れるのではないかと驚いたリリアは咄嗟《とっさ》にポットを引っ込めるが、急いだせいで腕がカティエの肩に当たってしまった。

「きゃあっ⁉」

「っ……！　申し訳ございません！　お怪我は……っ」

悲鳴を漏らしたカティエに、慌てて謝罪の声をかけてしまう。本来は給仕をするだけの侍女が、主人や客人に自ら声をかけるのはご法度だ。だが飛び出てしまった言葉を訂正することは出来ず、心配したつもりだったのにカティエにきつく睨《にら》まれた。

「もう、下がっていいわ」

カティエはすっかり虫の居所が悪くなってしまったようだ。口調こそ静かだが、リリアを睨《にら》みつける表情は険《けわ》しい。見たことがない友人の表情に、驚愕して困惑してしまう。

「ですが……」

「かわりが欲しくなったら、他の人を呼ぶわ！」

「……かしこまりました」

ただの侍女が、主人の命令や決定に意見することなど出来ない。

三度目は言わせない、と強い視線が怒りを露《あら》わにするので、リリアは渋々頭を下げた。

「ご無礼をお許し下さい。失礼いたします」

エドアルドとカティエに謝罪の言葉を述《の》べると、そのままティーサロンを後にする。

せっかくのティータイムに水を差してしまったことを猛烈に反省するが、後悔しても遅い。パタンと閉じたガラス扉の向こう側を確認することも出来ず、リリアはそっとサロンから離れた。


「はあ……どうしよう……」

カティエを怒らせてしまった。リリアを見上げたカティエの視線は、怒りの感情に満ちていた。

彼女が怒るのは無理もない。経緯はどうあれ現在は侍女の身であるというのに、給仕の最中に考えごとをしてしまった。その結果、自分に与えられた役目をおろそかにしたのだから怒られてしまうのは仕方がない。

ただでさえ魔女に呪われたリリアは夜になると役立たずで、普通の侍女より出来ることが少ない。今度は絶対に失敗しないようにしなければ。友人として、侍女として、カティエを支えると自分で決めたのだから。

それにしても、カティエはどうしてあんな危ないことをしたのだろう。熱いお茶を注いでいる最中に手を出してはいけないのは、小さな子どもだって知っているのに。彼女に怪我も火傷《やけど》もなかったことは幸いだったけれど。

むしろ火傷《やけど》を負ったのはリリアのほうだ。カティエから遠ざけようと慌てたせいで、ポットを素手で押さえてしまった。熱い液体が直接かかったわけではないので、リリアが熱さに耐えてポットの落下を阻止したことは、二人に知られなかったはずだが。

「うう……きっと腫《は》れるわ……」

ポットを掴《つか》んだ左の手のひらを眺めると、皮膚の表面が赤くなっている。それに発赤《ほっせき》を生じているところのすべてがジンジンと痛い。手のひら全部に血が巡っているように感じる。早く冷やさなければ、後でもっと痛い思いをしそうだ。

（セイラに頼んで、冷やすものを貸してもらおう）

リリアはため息を一つ零《こぼ》して、立ち止まっていた場所からゆっくりと歩き出した。

「待て」

しかし角を曲がろうとしたところで、後ろから突然声をかけられた。リリアは手の痛みと腫《は》れに気をとられていたせいか、背後から人が近付いてきていたことに全く気付いていなかった。

近くから呼ばれたことに驚いて振り返ると、そこにいたのはエドアルドだった。

「で……殿下……!?」

「大丈夫か?」

想像していなかった人物から声をかけられ、思わず硬直してしまう。もしかしてカティエだけではなく、エドアルドにも怒られてしまうのかもしれない。カティエを怒らせてしまったときを上回る『どうしよう』が、慌てて頭を下げたリリアの胸を埋め尽くす。

「ご無礼をいたしまして、申し訳ございません」

「そんなことはどうでもいい」

眉間に皺《しわ》を寄せたエドアルドは、リリアの謝罪を軽く受け流す。そればかりか謝罪のために腰を折ったリリアの上体を強引に引き起こし、手首をぐっと掴《つか》んで、赤く腫《は》れた手のひらを凝視《ぎょうし》してくる。てっきり怒られると思って身構えたが、エドアルドはリリアが想像していたものとは異なる言葉をかけてきた。

「やっぱり火傷《やけど》してるじゃないか」

「えっ……? あっ、大丈夫です。すぐに冷やせば……」

至近距離で揺れ動くサファイアブルーの瞳を見つけて、リリアはつい挙動不審になってしまう。エドアルドから逃《のが》れようと手を引いたが、彼の指先はしっかりとリリアの手首を掴《つか》まえていて、簡単に逃《のが》れることは出来なかった。

「悪かった。俺が君に夢中になりすぎたせいで」

「え……ええ、と……？」

「カティエは、面白くなかっただろうな」

ふっと表情を崩して笑う麗《うるわ》しい姿に、また驚いてしまう。

『だってエドアルド殿下って、あんまり笑わないんだもの』

『エドアルド殿下の婚約者候補なんて、私なら気が滅入ってしまうわ』

頭の中に再びセイラの言葉が響くが、そんなはずはないと思う。セイラはリリアを驚かそうと思って、悪戯《いたずら》のような嘘を教えたに違いない。

「おいで。火傷《やけど》の痕《あと》が残ったら大変だ」

エドアルドの笑顔を見上げて、リリアは自分の疑問を確信に変えた。

優しい声でリリアの手を引いたエドアルドが、角を曲がらずそのまま廊下の先へ進む。

「あ、あの……本当に、冷やせば問題ありませんから！」

焦ったリリアの反論も「そうだな」と受け流された。火傷《やけど》した左手はどこかにぶつからないようしっかりと握られ、後ろに回された腕は前掛《まえか》けの結び目の上から腰を抱いている。

行き先を誘導するエドアルドと顔の距離が近いことに気が付くと、リリアは急に気恥ずかしくなってしまい、サッと顔を下げた。

「殿下はサロンへお戻り下さい……」

きっとカティエが待っている。あの人形のような愛らしい頬を膨《ふく》らませて、つまらないわと唇を尖《とが》らせて、席を外したエドアルドの帰りを待っているはず。火傷《やけど》など冷やせばいいのだから、エドアルドが気にする必要はないのに。

「戻らなくても平気だ。仕事だと言って出てきたから」

「えっ？」

「まぁ、嘘なんだけどな」

エドアルドが悪戯《いたずら》に成功した子どものような笑顔を浮かべるので、リリアは小さく首をかしげた。

とある部屋の前で、エドアルドが足を止める。どうやらこの部屋も応接間のようだ。施錠《せじょう》されていない部屋へ入ると、中はそれほど広くはなかった。しかしブラウンオークのテーブルとエンジ色のソファは、一目で高級な調度品だとわかる立派なものだ。

そのソファに座るよう促《うなが》されたので、言われた通りに腰を下ろす。座面のやわらかさと肌触りの上質さには驚いたが、もっと驚いたのはエドアルドが隣に腰を下ろしたことだった。

「見せて」

「え、いえ……あの……恐れ多い、です」

思わず首を振ってしまうが、エドアルドはリリアの様子を気にせず掴《つか》んだ左手をまじまじと見つめた。

「悪いな。魔法はあまり得意じゃないから、この程度しか出来ないが」

そう言ったエドアルドがパキンと指を鳴らすと、何もない空間に透明の渦《うず》が巻き起こった。チカッと瞬《またた》いた閃光《せんこう》に、ほんの少しだけ目が眩《くら》む。そこに生じた波動は最初は小さかったが、周囲の空気を取り込みながらだんだんと大きな渦《うず》になり、やがて光の粒子を含んだ一つの塊《かたまり》になった。

「わぁっ！」

形も大きさも魔女から受けた呪いの球体と似ている。だがあの禍々《まがまが》しい暗黒とは異なり、エドアルドが生み出した球体は水晶のように透明だった。つるりと丸い物体に、その奥にあるテーブルや対のソファ、壁にかけられた刺繍《ししゅう》の織物《おりもの》までが鮮明に透《す》けている。キラキラと輝く光の粒子が球体の中で流動する様子は、芸術品のようで息をのむほど美しい。

リリアの手の中にころりと落ちてきたそれは、氷のような冷たさを持っていた。

「わ、冷たい、です」

「冷やさなきゃ意味がないだろう。少し我慢してくれ」

エドアルドはリリアの火傷《やけど》を癒すために魔法を使ってくれたようだ。

今のリリアは王宮の侍女服を身につけてはいるが、カティエが正式に結婚するまでの期間限定の部屋付き侍女にすぎない。ただの侍女にまで目をかけ、しっかりと労《いたわ》ってくれるエドアルドの懐《ふところ》の深さに感銘を受ける。

左手の上の冷たい球体を眺めながら、リリアはふと胸の奥に生まれた疑問を口にした。

「あの……質問をしてもよろしいでしょうか？」

「ん？　何だ？」

「今は政務がお忙しい時期ですよね？　なぜこの時期にご婚約されるのですか？」

王宮に来てから数日が経過した。リリアは実際に仕事をする様子を見ていないが、今のエドアルドの政務が忙しいのは明らかだ。同じ王宮内にいる婚約者に八日間も満足に会えないほど忙しいのならば、一か月なり半年なり時期を遅らせればよかったはずなのに。

「秋のうちに披露目《ひろめ》の夜会を済ませたいんだ。そうすれば冬黎祭《とうれいさい》と婚約発表の時期を合わせられる。冬の間にゆっくり結婚の準備を進めれば、花が一番綺麗な時期に婚姻の儀式を迎えられるからな」

エドアルドの説明を聞いたリリアは、思わずはっと息をのんだ。

（そっか、冬黎祭《とうれいさい》……！）

冬黎祭《とうれいさい》はエドアルドの生誕を祝う祭典の名前だ。スーランディア王国では一つ一つの祝事を個別に執《と》り行うよりも、吉事が重なればより大きな祝福を受けられるとされる。冬黎祭《とうれいさい》と婚約発表の時期を合わせたのは、王宮としても大きな意味があることなのだ。

（けど私が、直前になって婚約を辞退したから……！）

当初の予定では、秋が深まる前にお披露目《ひろめ》の夜会を済ませているはずだった。そしてリリアは今頃、王宮作法の手ほどきを受けているはずだった。

リリアもカティエも貴族としての基礎教育は受けているが、王宮作法教育は王族とその妃しか受けられない。そのため、まずはお披露目《ひろめ》の夜会を済ませ、王侯貴族に婚約を認められる必要がある。彼らに認められて初めて、王子の婚約者は王宮作法教育の段階へ進めるのだ。

もちろん王宮作法を身につけた者でなければ、王族の婚約者として国民に発表出来ない。だからリリアは一年も前から入念に婚姻の準備を進めていた。冬黎祭《とうれいさい》の日取りから逆算すれば、本来なら余裕がある日程を組んでいたのだ。

しかしリリアが婚約を辞退したことで、王宮の予定はすべて狂ってしまった。それは同時に、冬黎祭《とうれいさい》に準備を間に合わせなければいけない、新たな花嫁であるカティエの負担も意味していた。

「仕方ない。何事も自分の望んだ通りにはいかないものだからな」

そしてリリアが何よりも重く受け止めなければいけないことは、他でもないエドアルドの気持ちだった。困ったように笑うエドアルドの表情に、リリアは胸が締《し》め付けられた。それはきっと、王宮の祭事の予定が狂ってしまったことへの落胆だけではない。

エドアルドは、傷付いたのだ。

一年も前から決まっていた婚姻を、土壇場《どたんば》になって辞退された。

花嫁に逃げられた王子――エドアルドの物憂《ものう》げな横顔を見つめたリリアは、彼を深く傷付けてしまったことをいまさらながらに反省した。

(――申し訳ありません……)

口に出すことは出来ないので、心の中でそっと謝罪する。

しかし新しい花嫁のカティエは、わがままだけれどエドアルドを好いている。地味なリリアと違って愛らしい外見をしている。話好きで社交界との繋がりも深く、いざとなったらフィーゼルとロナ侯爵家を慕う人たちも力を貸してくれる。だから第二王子の花嫁として、カティエならば申し分ないはずだ。

「君を」

俯《うつむ》いていると、エドアルドに声をかけられた。

はっとして顔を上げると、サファイアブルーの美しい瞳と目が合う。元気のない声と同様に、リリアを見つめるその表情はひどく切ない。

悲しみを帯《お》びた青い水面《みなも》に囚《とら》われていると、エドアルドに再び手首を掴《つか》まれた。その拍子にリリアの手から冷たい球体が転がり落ちてしまう。

だが透明な球《たま》は床に落ちても、砕けたり割れたりはしない。

「逃がすつもりはない」

「……殿下？」

けれどリリアの思考は、簡単に砕けてしまった。

伸びてきたエドアルドの反対の手が、ソファの背もたれにリリアの身体を押し付ける。そのまま身体を起こしたエドアルドは、見つめられて惚《ほう》けていたリリアの唇に自らの唇を重ねてきた。

「ん……っ」

突然の出来事に驚いて目を見開く。先ほどまで隣に座っていたはずのエドアルドに、強引に身体を押さえ込まれている。

重ねられた唇のわずかな隙間を割り、侵入してきたエドアルドの舌が荒々しくリリアの舌を奪う。離れようと顎《あご》を引いても、ソファの背もたれに邪魔されて逃げ道がない。

口の中を他人の舌が這《は》いまわるという初めての感覚に、ただ混乱する。

怖い。そう思ってもおかしくないはずなのに。

「ん……んう、……ぅ」

さらに深く口付けられると身体から力が抜けてしまう。リリアにとってはこれが初めての口付けだったが、不思議と嫌悪感はなかった。ただ『どうして?』という疑問だけが頭の中に溢《あふ》れる。抵抗しなければ、とエドアルドの胸を押し返すが、上手く力が入らない。

指先が騎士の身分を示すための徽章《きしょう》に触れる。エドアルドは王族としての執務に加え、騎士院の総帥《そうすい》補佐も務《つと》めている。どちらかというと指揮官としての役割が大きいようだが、日々の鍛練を欠かない逞《たくま》しい力にリリアが勝てるはずはない。

丁寧に口の中を舐《な》めとられて舌と舌が絡まると、そのまま捕食されてしまうのではないかと思う。

呼吸の仕方がわからず思考が霞《かす》んだところで、エドアルドの唇が離れた。

「……はぁ、っは……」

「あぁ……可愛いな」

空気を求める荒い呼吸に、エドアルドの呟きが重なる。

熱のこもった視線に耐えられず身をよじると、身体を押さえていた細長い指先が下へ移動した。

服の上から腰をするりと撫《な》でられる。誰にも触られたことのない場所に官能的に触れられ、再び身体がぴくんと跳《は》ねた。

「っや、何を……っ」

冷たい球体に触れていたせいで感覚が麻痺していた左手は、全く使い物にならなかった。抵抗しようと肩についた左手は、何の力も発揮出来ないまま彼の右手に捕まってしまう。

リリアの左手を掴《つか》んだエドアルドが、手のひらの中央に唇を寄せる。そのままちゅっと肌を吸われると、再び火傷《やけど》をしてしまったように左手全体の感覚を失った。さらにちゅ、ちゅっと音を立てて吸われると、くすぐったさとじれったさが全身に波及していく。

「んん…っ、やめっ……」

「可愛い」

甘い痺《しび》れに身体も思考も支配され、徐々に自分の置かれている状況さえわからなくなってくる。

リリアには恋や愛の経験がないからか、異性に対する耐性がない。こんなに熱を含んだ瞳で見つめられたことがないから、こんな風に甘ったるい声で可愛いだなんて言われたことがないから、男性に触れられたときにどう対処していいのかわからない。エドアルドが手のひらに口付ける度《たび》に、鼓動が甘く速く響く。

けれどエドアルドはカティエと結婚する人で、この国の第二王子だ。そんな彼に心を奪われてときめいてしまうなど、決してあってはならない。

「だめです……殿下……！」

羞恥《しゅうち》と理性の中で、首元に顔を埋《うず》めてきたエドアルドに拒絶の言葉を紡《つむ》ぐ。しかしリリアの声を聞いても、肌に舌を這《は》わせて時折弱く噛む獣のような行動は全く止まってくれない。

指先が腰を撫《な》で続ける。力が抜けてソファの背もたれからずるずる身体が下がると、そのままソファの上に押し倒されてしまった。やわらかな質感に、身体がゆっくりと沈み込む。

「やっ……なに、を……？」

腰を撫《な》でていたエドアルドの左手が、侍女の制服をたくし上げる。裾《すそ》から長い指先が侵入してくると、ゆっくりと太腿《ふともも》の内側を撫《な》でられた。

「殿下……！　おやめ、下さ……っ！」

リリアの制止が届いていないのか、届いているのに無視されているのか、エドアルドは何も言わずに肌を撫《な》で続ける。指先が足の付け根まで上昇してくると、くすぐったさから鼻にかかったような声が零《こぼ》れた。

「ふあ、あ……っ」

下穿《したば》きにドロワーズを身につけていればよかった。だがたまたまペチコートしか穿《は》いていなかったせいで、スカートの中に侵入してきた手が素肌に直接触れてしまう。空気にあたれば肌寒さを感じると思ったのに、寒いどころか全身が熱い。

「ずっと、君が欲しかった……」

「なっ……何を、言って……！」

低い声に触発されるように、甘い痺《しび》れが全身を走り抜ける。エドアルドの細長く骨張った指が肌を撫《な》でると、その指先の熱が移ったように身体が火照《ほて》ってじっとりと汗ばんでいく。

顔を上げると目が合う。プラチナホワイトのなめらかな絹糸の下で、青い瞳が濡れている。その視線の鋭さと熱さを感じ取ると、再び身体がびくりと震える。本当に捕らえられて食べられてしまうのではないか、と錯覚するほどに。

「いやっ……嫌です！」

表現出来ない恐怖を感じて、思わず大きい声を出してしまう。すると次の瞬間、目からぽろっと涙が零《こぼ》れた。

リリアの様子を至近距離で見ていたエドアルドの目が、大きく見開かれる。

「！　すまない、泣かせるつもりは……っ」

そう言って手を引っ込めたエドアルドの瞳には、後悔の色がにじんでいた。熱に浮かされていたエドアルドは、そこでようやく我に返ったらしい。押さえつけられていた肩からも手が退《しりぞ》けられる。

リリアはエドアルドに触れられることが嫌で泣いたわけではない。ただ与えられる未知の快感があまりにも強く、驚いてしまっただけだ。こんな風に誰かに強く求められたことも、『欲しい』なんて愛の言葉を囁《ささや》かれたこともなかったから、よくわからなくなってしまっただけ。

零《こぼ》れた涙も生理的なものだ。だからエドアルドが後悔を感じている理由とリリアの心は、きっと異なっている。けれどエドアルドの手が離れたことは、リリアにとっては好機だった。

慌てて身体を起こすと、そのままソファから立ち上がる。衣服は乱されたが、裾《すそ》を下げれば一見なんともないように見えるはず。リリアは服を脱がされたわけでも、靴を奪われたわけでもない。

「申し訳ございません、失礼いたします……！」

困ったような顔をしているエドアルドに謝罪を述《の》べると、そのまま応接間を飛び出す。声の大きさも、急に廊下へ出る行動も、品位を欠いた行動だと思う。けれどとにかくエドアルドの視線と指遣いから逃《のが》れることに必死で、そのときはそこまで頭が回らなかった。

「カティエ……どうしよう……」

カティエの部屋へ向けて小走りに進みながら呟く。

真面目そうな外見とセイラから聞いた『笑わない』という情報に、すっかり惑《まど》わされてしまった。実際のエドアルドはリリアが最初に抱いた人物像よりも、女性に対してずっと軽い性格のようだった。

「エドアルド殿下は、手が早いお方なのね……」

たった今自分の身に起きた衝撃的な体験から、そんな結論に辿《たど》り着いてしまう。ほぼ初対面の女性に突然口付けて身体を淫《みだ》らに触るなんて、手が早いとしか言いようがない。

エドアルドはカティエと結婚する。それならカティエの侍女であるリリアのことも、自分の好きに出来ると思ったのだろうか。そんなことはあり得ないのに。

「カティエが夫婦のことで悩んだら、相談に乗ってあげなくちゃ……」

エドアルドがカティエのわがままに悩むことがあっても、カティエがエドアルドに対して悩みを抱くことはないと思っていた。だが今の出来事を思えば、カティエがエドアルドの浮気性に悩む姿を想像してしまう。

もちろんそんな日など、こないのが一番だ。王宮に嫁ぐカティエには幸せになってほしいし、その幸せを与えられるのはエドアルドしかいない。カティエに夫婦のことで相談を受ける日など、こないほうがいいに決まっている。

「って、相談されても私には助言なんて出来ないけど……」

カティエの心配を口にしながら。

自分の言葉に自分で苦笑しながら。

リリアは自分の心臓がいつまでも早鐘を打ち続けていることに、必死に気が付かないふりをした。

カティエはリリアに対する怒りの感情を隠そうとしなかった。

慌てて部屋に戻ると、険《けわ》しい表情でティーサロンの後始末を命じられた。すぐにサロンへ戻ってその場を片付けたことを報告すると、今度は部屋の掃除を言いつけられた。掃除の次はドレスの手入れ、カティエの湯浴み、晩餐《ばんさん》会の支度と矢継《やつ》ぎ早《ばや》に命令が続く。

ようやく機嫌が戻ったカティエが晩餐《ばんさん》会に向かったのを見届けると、リリアはため息と共にソファの上に崩れ落ちた。

エドアルドに唇を奪われ、身体を撫《な》でられ、心も身体も疲弊していたのに。機嫌の悪いカティエの顔色を窺《うかが》っていると、一体私は何をしにここへ来たのだろう……と余計に疲れてしまう。

だがどんなに疲れていても、夕食だけはちゃんと確保しなければならない。身体が縮んでしまった後では、使用人棟の食堂へ行くことも出来なくなってしまう。

ふらふらと部屋を出たリリアは、太陽と月の高さの確認を怠《おこた》っていた。

廊下を歩いていると急に足がもつれた。力が抜けて壁に寄りかかった瞬間に『しまった』と思ったが、一度始まった身体の縮小はリリア自身には止めることが出来ない。

「はぁ、……はあ……」

体組織が脆《もろ》い線維に変貌《へんぼう》し、身体の骨格がのろりと歪《ゆが》んでいく。筋肉と皮膚がするするすると縮んでいく。臓器が小さくなっていく。息が苦しくなり、意思とは無関係に視線がずるずると下がっていく。

縮小に伴《ともな》う痛みはない。それは呪われた日から同じで、最初は走っている息切れのほうが辛かったぐらいだ。ただ身体が小さく縮むなど、決して気持ちのいいものではない。ほどなくして、リリアの息切れは収まった。壁にもたれて閉じていた目をそっと開くと、そこは先ほどと同じ王宮の明るい廊下だったが、明らかに目線の位置が下がっている。

この呪いの良心的なところは、身につけている衣服が身体の大きさに合わせて一緒に伸びたり縮んだりしてくれることだ。腕を伸ばすと、侍女服も身体と同じく縮んでいることが確認出来る。

一応、魔女も乙女心に配慮してくれたということなのだろうか。けれどそんなところに配慮するぐらいなら、最初から呪いなんてかけないでほしかったのに。

再び重いため息をつく。お腹が空いていたのに、夕食を食べ損ねてしまった。

それでもリリアには、カティエの部屋へ引き返す以外の選択肢はない。空腹を我慢してでも、この姿を他人に見られるわけにはいかない。幼い少女が小さいサイズの侍女服を着て王宮をうろついていたら明らかにおかしい。これが立派なドレスだったら、貴族の令嬢が迷子になったという理由で済ませられるかもしれないけれど。

　そう思って振り返ると、恐れていた事態がリリアを待ち構えていた。

「ん？」

　頭上から短い疑問符が落ちてきたのでハッと顔を上げると、一人の女性がリリアをじっと見下ろしていた。

「どうしたの？　迷子？」

「え……えっと……」

　どうしよう、見られてしまった。ただでさえこの時間に王宮をうろついているだけで不審なのに、それが幼女の姿で、しかも王宮の侍女服を着ているなんて、変な子ども以外の何者でもない。

　しかも運が悪いことに、目の前にいる女性は。

（王族の方だ！）

　スーランディア王国では、プラチナホワイトの毛髪は正統な王家の血を引く者にしか発現しない。老化に伴《ともな》う白髪と異なり、毛根から毛先までが均一で美しく、そこには一切穢《けが》れがない。太陽の光を浴びても、月の輝きを受けても変わらない――誰の色にも染まらないことを神々に許されたと伝承される、煌《きら》めく白。

そのプラチナホワイトの長い髪を、頭の後ろの高い位置で一つに束《たば》ねた女性。黒い衣を羽織って、魔法院の腕章をつけたその人が、リリアの姿を見下ろしている。

現在のスーランディア王国にプラチナホワイトの髪を持つ成人した女性は一人しかいない。国王には男性の兄弟しかおらず、その妃たちも王族の血はそれほど濃くない。だから彼女は、成人しているただ一人の女性血統者。

「名前は？　私、メイナって言うんだけど」

（わああぁ、やっぱりー！）

しゃがみ込んで目線を合わせてきたメイナに、心の中で絶叫する。

メイナ・マイオン。第二王子エドアルドの姉で、王太子セリアルドの妹にあたる人物。現在は降嫁したため王家からは除籍されており、名前に王国名も冠さない。しかし彼女は、間違いなく王と王妃の血を受け継いだ者である。

王都から遠く離れた領地に住まうリリアでさえ、メイナの名前は知っている。けれどそれは、彼女が元王女だからという理由だけではない。

メイナ・マイオンは、スーランディア王国で一番有名な魔女なのだ。

「おーい？　聞こえてる？」

しゃがみ込んでリリアの前でひらひらと手を振るメイナに、びくっと肩を震わせる。目が合うだけで途端に恐怖を感じてしまう。エドアルドの持つサファイアブルーよりも少しだけ明るいコバルトブルーの瞳がくるりと動くと、返答の言葉が完全に吹き飛んでしまう。

「あ……あの……」

「お、喋った」

なんとか口を開くと、メイナの顔がパァッと輝いた。どうやら喋らないと思われていたらしく、一言発しただけで嬉しそうに微笑まれてしまう。

「……ん？」

だがその表情は、すぐに笑顔から疑問に変わった。首をかしげて顎《あご》の先を掻《か》いたメイナが、リリアの全身を訝《いぶか》しげに見回した。

「君、随分面白い呪いにかかっているね？」

「っ⁉」

唐突に核心を突かれて、リリアは口から心臓が飛び出そうなほど驚いた。

リリアは何も言ってない。名前も、年齢も、過去に何が起きたのかも。しかしあっさりとこの身に起きている異常事態を見抜いたメイナは、さらに眉間に皺《しわ》を深く刻んで、

「身体、辛くないの？」

と訊《たず》ねてきた。

驚きと混乱と恐怖から、リリアはもはや一言も発することが出来なくなっていた。口を開いたら目の前の女性にすべてを見透かされてしまう気がする。なぜなら彼女は、魔女なのだから。

もちろんメイナが魔女であることは全国民が知っている。だが、その力量を正確に把握している者はほとんどいない。貴族の令嬢であるリリアですら、メイナの力については何も知らない。

そもそもスーランディア王国では、魔法自体はさほど珍しいものではない。魔法を扱う能力は全国民の約二割が持っているとされており、十人のうち二〜三人は魔法を使える計算になる。

だが魔女と呼ばれる存在はその力を膨大に蓄積して自在に操る。人の生活だけではなく、自然や天候にまで影響を与えるほど強力な魔力を有する者だけが魔女と名乗る。そこまで大きな力を扱える者は、国内に両手の指の本数で足りるほどしかいない。

そしてその数少ない魔女の一人が、このメイナだ。

王国の長い歴史の中でも、王族に魔女が誕生した例はなかった。だが現国王はメイナの能力を厭《いと》うことはなく、むしろ好意的に受け取った。そして今も愛娘を溺愛《できあい》していると聞く。

彼女は国で唯一の例外。森ではなく王都に住む魔女。

だがどんなにいい魔女でも、魔女は魔女だ。リリアは自分では敵《かな》わない強大な魔法の力と対峙《たいじ》するだけで、足がすくんでしまう。あの日呪いを受けた恐怖と絶望を、嫌でも思い出してしまう。どうしても逃げたくなってしまう。

じり、と後ろに後退すると、メイナの目が丸くなった。

しかしメイナが不思議そうな顔をしたのは、リリアが警戒心を露《あら》わにしたせいではない。

きゅううぅー……

「あ、お腹空いてるんだ？」

なんという間の悪さ。後退と同時に響いてしまったお腹の虫の音に、リリアはそのまま昇天しそうになった。噴《ふ》き出したメイナの前で、自分でも顔の熱を感じ取れるほど赤面する。

恥じるリリアの前でひとしきり笑った後、メイナが自分の膝を叩いて急に立ち上がった。

「よし、じゃあ行こうか」

「え……!?」

メイナがリリアの身体をそのままひょいっと抱え上げる。

幼い身体だと、女性でも簡単に抱えることが出来るらしい。あるいは彼女が相当な怪力なのかもしれない。

有無を言わせず小さな身体を脇の下に抱えたメイナは、あっという間にリリアをその場から拉致《らち》してしまった。


メイナが平然と進んでいく廊下の先を認識して、リリアはサッと青ざめた。

「まっ……!」

その先は王殿だ。王族と、王族に直接許可された使用人や騎士しか立ち入ることが許されない、崇高で神聖な場所である。

その王殿に、ただの貴族の娘でしかないリリアが立ち入るわけにはいかない。エドアルドの婚約者であるカティエですら入ることが出来ない場所なのだ。

焦ったリリアはメイナの腕の中でばたばたと手足を動かして、その腕から逃《のが》れようと試《こころ》みた。だがメイナに何らかの魔法を使われたらしい。もったりと身体の動きが鈍り、ついには発声も出来なくなった。

必死の抵抗も空《むな》しく、メイナはあっさりと王殿の区画に足を踏み入れてしまう。

言葉を発することも、逃《のが》れることも出来ない。まるで生贄《いけにえ》の小羊になった気分だ。おそるおそるメイナの顔を見上げると、彼女は楽しそうな笑顔を浮かべている。

「あ、ロシェット。いいところに」

大きなシャンデリアに照らされた廊下を進んでいくと、中央の大階段の上から一人の侍女が下りてくるところだった。彼女はメイナの姿を認めると、顎《あご》を引いて二人の傍《そば》に近付いてきた。

「メイナさま。今日はこちらにお泊まりに？」

「いや、アンティが夜の鍛練を終えたら一緒に屋敷に帰るよ。でもちょっと小腹が空いて」

「では軽食をお持ちいたしましょう。そちらのお嬢さまは？」

「あぁ、宮殿で拾った」

「左様《さよう》でございますか。それではお嬢さまのお食事もご用意いたしますね」

「うん。ありがと」

（いやいや、おかしいでしょう⁉）

どうして『宮殿で拾った』に対する返答が『左様《さよう》でございますか』なのだろう。普通もっと驚くところだろう。メイナが子どもを拾ってくるのは、王殿では日常茶飯事なのだろうか。

（もしかして、迷子の子どもは殺されて薬の材料にされてしまうの……？）

それでは森の魔女と何も変わらない。散々呪いに悩まされた挙句《あげく》、結局殺されてしまうなんて、と密《ひそ》かに悲しみに暮れてしまう。

「よいしょ。じゃあ食事がくるまで、ここで待とうか」

二人の会話に邪推を巡らせているうちに、目的の場所に辿《たど》り着いたらしい。晩餐《ばんさん》のための広い部屋で身体を下ろされたリリアは、腰を屈《かが》めたメイナに顔を覗《のぞ》き込まれた。

「それで、名前何だったっけ？」

「あ、えっ……」

自然に発声出来たことはさておき、リリアは再び悩んでしまう。

メイナはリリアが呪いを受けていることを瞬時に見抜いた。恐らく見た目通りに五歳の幼女ではないことも、気付いているのだろう。しかしわざわざ名前を聞いてくるということは、リリアの正体までは知らないはずだ。

リリアとエドアルドの婚約が解消された今、スーランディア王国の正統な血筋に呪いという不吉な因子が入り混じる可能性はなくなった。だが自国の領地管理を担《にな》っている貴族の中に呪いを受けた者がいる事実は変わらない。

それは決して、知られてはいけない。レオンやフォルダイン領に住む人々のため、リリアは呪いの事実を隠し通さなければいけない。

いけない、のに。

「あ、思い出した」

「え……？」

「レオン殿は元気か？　リリア・フローラスト嬢」

「⁉」

メイナは唐突にリリアの正体を思い出したらしい。

言い当てられた驚きでガバッと顔を上げる。

リリアは社交の場にはほぼ足を運んでいない。王族との面識もほとんどなく、まして今は幼女の姿。隠し通すのであればリリアに有利なはずの状況で、こうも簡単に答えに辿《たど》り着かれるとは。

蒼玉の原石に似たコバルトブルーと視線が合うと、リリアの心臓はそのまま止まりそうになった。

ぐらりと眩暈《めまい》がして、視界が歪《ゆが》む。

「あ、あの……人違い、では」

心のどこかで無駄な抵抗だと知りつつも、退路をこじ開けようと試《こころ》みる。その言い逃《のが》れがどんなに無駄だと理解していても、リリアは簡単に認めるわけにはいかない。

「ふうん？　白《しら》を切るつもりなんだ？」

「……」

「じゃあ調査しちゃおうかなー？」

にやりと意地の悪い笑みを浮かべたメイナに、リリアは眩暈《めまい》に加えて胸痛《きょうつう》と動悸《どうき》も覚えた。

「王族に対する虚偽の申告や情報伝達は重罪になるけど、君が嘘じゃないと言うのなら、別に調査しても問題ないよね？」

「あ、う……あう……」

そして幼い身体では耐えられないほどの体調不良と重圧の数々に襲われ、とうとうまともな言葉を発せなくなってしまう。

本当は泣くつもりなどなかった。

だがフローラスト伯爵家と呪いの関わりが露呈《ろてい》すれば、父の爵位は剥奪《はくだつ》されるかもしれない。けれどどここで違うと言って王宮から正式な身辺調査を受けた結果、虚偽の内容があるとなれば、やはり父の爵位は剥奪《はくだつ》されるかもしれない。ならば最初から王宮に来なければよかったとも思うが、フィーゼルの打診を断れば、レオンの立場が危うくなったかもしれない。

いずれにせよ暗澹《あんたん》たる未来しか想像出来ず、気付けばリリアの瞳からはぼたぼたと大粒の雫《しずく》が零《こぼ》れ落ちていた。


幼い少女がぼろぼろと泣く姿は、メイナにとって相当な破壊力があったらしい。静かに涙を落とす様子を見た彼女は『泣かなくていいから』『ごめんって』と必死でリリアを慰《なぐさ》め始めた。

メイナに大慌てで謝罪され、ロシェットが運んできた食事を無理矢理口に詰《つ》め込まれ、頭と背中を摩擦《まさつ》で発火しそうなほど撫《な》でられる。

そうこうしているうちに、涙は嫌でも引っ込んだ。

メイナに食事を与えられながら、リリアはメイナ相手に事実を隠し通すことは不可能であると悟《さと》っていた。

もしここで上手く誤魔化せたとしても、後に調査の対象となり虚偽を述《の》べていたとわかれば、即刻審問にかけられてしまう。それならば自分の口から事実を話したほうが、幾分か心証がいい気がした。

「父を罰さないでほしいのです」

温かい食事を食べ終えると、リリアはそう前置きした上で自分の素性と魔女に呪いを受けた経緯、王宮にいる理由を白状した。

「身体が夜だけ縮む⁉」

メイナの驚いた声を聞き、リリアも自分の身に起きたことがどれほど奇怪な状況であるかを改めて思い知った。同じ魔女であるメイナでさえ、リリアが受けた呪いは珍妙に感じるらしい。

「それはまた冗談のきつい呪いだなぁ。いっそ幼児化するだけのほうが、人生のやり直しがきくのに……」

後頭部を掻《か》きながら呟くメイナには、リリアも苦く頷くしかない。

メイナの言う通りだ。いっそ完全な幼女になってしまって、二十一歳の伯爵令嬢リリア・フローラストなどこの世からいなくなってしまえばよかった。そうすれば諦めて人生をやり直せた。カティエも、リリアを侍女として王宮に連れていきたいなんて無茶な要望はしなかっただろう。

「いや、でもそこで素直に人生をやり直されたらエドが困るか……。さすがのあいつも、あと十五年は待てないだろうしなぁ……」

　エド、というのはエドアルドの愛称らしい。

　メイナの台詞《せりふ》の後半が意味するところはリリアにはわからなかったが、素直に呪いを受け入れると、エドアルドに何らかの不都合が生じるらしいことは理解出来た。

「んー、エドのことを考えると、やっぱりその呪いを解くしかないか」

「えっ……と、解けるものなのですか!?」

　あながち不可能ではないような口振りに、思わず大声を出してしまう。一瞬驚いた顔をした後で苦笑したメイナに「断言は出来ないけどね」と諭《さと》されたが、リリアの衝撃は収まらない。

　リリアはそもそも、呪いというものが解けるものだとは思っていなかった。現実は物語とは違うのだから、一度呪われたら終生付き合わなければいけないものだと思っていた。

　しかしもし解呪が可能ならば、リリアもどうにかしたいと思う。

「私、魔道具の開発もしているけど、専門は薬剤処方なんだ。だから呪いについてはあんまり詳しくないんだよね」

「そう、なのですね」

「まあ、明日登院したら詳しそうな人に聞いてみるよ」

「はい……お願いします」

にこりと笑ったメイナの笑顔に、リリアもほっと安堵する。

伝聞ではメイナも恐ろしい魔女だと囁《ささや》かれている。真実を知らないリリアも、メイナは恐ろしい魔女なのだろうと思っていた。

けれどこうして話してみると、そんなことはない。メイナから向けられる優しい眼差しは慈愛に満ちていて、決して恐ろしい魔女のそれではない。だからリリアもメイナの美しいプラチナホワイトにすぐに心を奪われた。

メイナの笑った顔とエドアルドの笑った顔はよく似ている。

そう気付くと同時に、熱のこもったエドアルドの視線と表情が思い浮かんだ。ついでに先ほど身体に触れられ、唇を奪われてしまった感覚まで思い出してしまう。

しかしいくら相手が観察眼に優《すぐ》れた王宮の魔女であっても、これだけは絶対に悟《さと》られてはいけない。羞恥心《しゅうちしん》を逃がすようにふるふる首を振ると同時に、カティエの不機嫌な表情を想像した。

「あ、あの……このことはカティエには伝えないで頂けますか？」

最近のカティエは、何だか様子がおかしい。元々わがままな性格ではあるが、前はリリアを友人としてないがしろにするような性格ではなかった。

けれど魔女に襲われた心のストレスによるものなのか、この頃のカティエはリリアに対してひどく冷たい。だから今のカティエは、リリアの心配などしない気がする。けれど領主の令嬢として、ヴィリアーゼン領の心配はするだろう。

王族にリリアの身体が呪われていることが発覚し、しかもそこにロナ侯爵家が関わっていることまで露呈《ろてい》したと知れば、カティエは要らぬ気を揉《も》むに違いない。ただでさえ神経質になっている今のカティエを、これ以上刺激したくはない。

「カティエっていうのは、君が今仕《つか》えているっていうロナ侯爵家の令嬢？」

「はい」

メイナは弟の婚約者にはさほど興味がないらしい。リリアが顎《あご》を引くと、メイナの眉間に深い皺《しわ》が刻まれた。

「君も伯爵家の令嬢なんだから、彼女の言うこと全部を聞く必要はないと思うけれど？」

不思議そうな顔をされて、つい苦笑いを返してしまう。確かにリリアもこれが他人の話で、今の状況を聞いたら同じような感想を抱くかもしれない。

「そうですね……。でも、カティエは昔からの友人なので」

もちろんカティエのわがままを聞き入れる理由は、彼女が隣の領地の侯爵令嬢であることも挙げられる。けれどそれ以上に、リリアにとって天真爛漫で華やかなカティエが幼い頃から憧れの存在だった。

金色のくるりと巻かれたショートボブ。ダークバイオレットの紫水晶のような瞳。愛くるしい顔立ちと、愛嬌のある笑顔。天使のようだと周囲に可愛がられるカティエは、リリアにとっても昔から可愛いお姫さまのような存在だ。

そのカティエが『リリアは私のお友達よ』と微笑んでくれた幼い日から、彼女が一番の友達になった。だからリリアはカティエが大切だったし、どんなわがままを言われても彼女を見放《みはな》したことがなかった。

「リリア、他に友達いないの？」

「え……ええと、いないわけではないのですが……」

恋の機会には恵まれなくても、友人を作る機会が全くなかったわけではない。貴族の子息子女が通う王立学院時代から親交がある友人もいる。カティエを含めた彼女たちとは、講義が終わると課題に、ティータイムに、習いごとに、いつも数人で集って楽しい時間を過ごした。

「でも王立学院を卒業したら、友人たちとは会う機会がなくなってしまって」

スーランディア王国の貴族の子息子女は、王立学院を卒業する十八歳から成人とみなされ、社交界デビューを果たす。そして貴族の令嬢は、学院の卒業と同時に結婚する人も多い。最初から婚約者がいる者もいれば、社交界に出てすぐに相手から見初《みそ》められて早くに縁談がまとまる者もいる。リリアとカティエの友人たちも、学院卒業と同時に次々と結婚していった。

しかし社交の場から遠いリリアには縁談の話などなく、レオンにもリリアの結婚相手を真剣に探しているような素振りはなかった。

だが卒業から一年が経った誕生日の頃、予想もしていないところからリリアに縁談が舞い込んだ。それがスーランディア王国の第二王子、エドアルドだった。

王子との婚姻となればいずれ国中に知れ渡ることになるが、学院時代の友人たちには自分からちゃんと報告しておきたかった。だから貴族への婚約発表と同時に彼女たちにも報告出来るよう、事前に手紙のやり取りをしておきたいと思っていた。

しかし魔女に呪われたリリアは、結局はエドアルドとの婚約を辞退することになった。だから報告の必要はなくなってしまったが、それを抜きにしても友人たちとの手紙のやり取りを楽しみにしていたのに。

「皆さんお忙しいのか、お手紙を書く時間もないみたいで……なかなかお返事を頂けないのです」

「！」

リリアの説明に、メイナの表情が強張《こわば》った気がした。その変化を不思議に思って再びコバルトブルーの瞳と見つめ合うと、手を振って「なんでもないよ」と言われてしまう。けれど彼女の表情は険《けわ》しいままだ。

「えっと……だから私、友人らしい友人はカティエだけなんですよね」

メイナの表情を不思議に思いながらも、そう結論付ける。

確かに王宮に来てからのカティエは冷たい。時折リリアの知らない、恐怖を感じるような表情を見せることがある。

けれどカティエは、自由奔放で天真爛漫なリリアの可愛い友人だ。だから多少冷たい態度をとられても、結局は彼女の心の支えになりたいと思ってしまう。

「それに……」

貴族たちへのお披露目《ひろめ》の夜会を済ませ、国民への婚約発表を行えば、カティエは王殿へ居を移すこととなる。王殿に住まうようになればカティエの部屋付き侍女の数も増えるだろう。だがそれまでは少し特別な客人という扱いしか受けられず、宮殿にいるうちは侍女が一人つくのみだ。

その侍女が、カティエのわがままに耐えられるかどうか。数人ならばともかく、彼女の世話を一手に引き受けるのは、大変ではないだろうか。以前はそうは思わなかったが、ここ数日のカティエを見ていると、特にそんな感想を抱いてしまう。

「それに、カティエのわがままは、慣れていないと相手をするのも大変だと思うので」

「ははは……君は本当にお人好《ひとよ》しだねぇ」

呆《あき》れたようなメイナの言葉に、リリアも苦笑いを返す。

魔女という存在は、個人の心情を見通す魔眼も持つのかもしれない。

王子殿下は少女を愛《め》でる

意外なことに、カティエが本を読むことを覚えた。ただし学術書や王国史ではなく、恋愛小説だ。

どうやら歴代の王族の中に恋物語を好む王女がいたらしく、図書塔にはかなりの数の恋愛小説が収められていた。散策中にそれを発見したカティエは、お披露目《ひろめ》の夜会の日まで小説を読んで過ごすことにしたらしい。

ベッドに寝そべって物語の世界に没頭するカティエは、本格的にリリアの存在を必要としなくなっていた。リリアが身の回りの世話をしても、返事さえせずに活字を追う。

そんなリリアもカティエに口を挟《はさ》まれない分、仕事をこなすのが速くなった。おかげで太陽が高いうちに部屋の掃除やドレスの手入れを終えられ、自由な時間が増えた。

『魔法院の奥に魔女室と呼ばれてる私の専用部屋があるんだ。暇なときはいつでも遊びにおいで』

自分だけの時間を得たリリアは、そう誘ってくれたメイナの言葉に甘えて、時折魔法院を訪れるようになっていた。

王政魔法院の研究者たちの中で唯一の魔女であるメイナは、こなさなければいけない仕事を山のように抱えている。次から次へと依頼案件が舞い込み、いつ訪れても忙しそうだ。

最初はそんな忙しいメイナを慰労《いろう》するために淹《い》れてみたお茶だったが、彼女はすぐにその味を気に入ってくれた。湯気が立つと薬匙《やくさじ》を放り投げてティーテーブルへ駆け寄ってくるようになるまで、そう時間はかからなかった。

「リリアは鼻がいいね。缶の中を見なくても茶葉の種類を当てられるなんてすごい能力だ」

淹《い》れたてのお茶を味わいながら、メイナはリリアのささやかな特技を褒めてくれた。ここ最近カティエにないがしろにされていたので、それだけで認められたような気持ちになる。

「そういえば、森で魔女に会ったんだよね？」

ティーカップから口を離したメイナに問いかけられて、そっと顎《あご》を引く。

メイナは魔法院に在籍する呪術に詳しい者にリリアにかけられた呪いについて訊《たず》ねてくれたが、めぼしい情報は何も得られなかった。この呪いがそれほど強力で難しいということだろう。仕方がないので、リリアとメイナは互いの情報をすり合わせるという地道な作業から手をつけることになった。

「フォルダイン領にある森っていうと、西の黄金森《おうごんもり》か、北の夕闇森《ゆうやみもり》？」

「えっと、夕闇森《ゆうやみもり》です」

「じゃあ棲《す》んでるのはルヴェルザーラか。あの女、なんて面倒なことを……」

「えっ……お知り合い、なんですか？」

「あ、いや、知り合いってほどじゃないんだけど。魔女っていうのは他の魔女の動向をそれとなく探《さぐ》り合ってるものなんだ」

メイナがため息交じりに呟く。どうやら魔女にも人間関係が存在するらしい。メイナは呆《あき》れたような表情をするが、リリアとしては恐怖の対象でしかない存在に道理が通じる可能性があると知れただけで、大きな発見だった。

「可愛い弟の恋路を邪魔するなんて、許せないな」

感心するリリアの耳にメイナの独白が届く。可愛い弟とは言うまでもなくエドアルドのことだ。

エドアルドの恋路。それがカティエとの結婚を指すと気付いたリリアは、自分の心臓がどきりと跳《は》ねる音を聞いた。

リリアはあの日以来、エドアルドに会っていない。今は忙しい時期だと言っていたし、そもそも簡単に会えるような人ではないのだ。仮に会ったとしても話すことなどないだろう。半ば《なか》無理矢理口付けられ、身体に触れられた事実を考えれば、今は会っても気まずいだけだ。

「姉上。魔法使用者の登記申請の件で……」

（!?）

そう思っていた矢先に、重いガラス扉を押し開けたエドアルドがメイナの専用部屋へ入室してきた。たった今まで頭の中にいた人物が目の前に現実として現れ、リリアははっと息をのんだ。

驚いたのはエドアルドも同じだったらしく、顔を上げて目が合うと声がぷつりと途切れた。

それは驚くだろう。カティエの侍女が、魔女室にいると思うはずがない。

一瞬、じっと見つめ合う。

サファイアブルーの濃い青は、今日も夜露が奏でる幻想曲のように美しい。

「姉上？」

「あっ」

「……俺は何も聞いておりませんが？」

「そういえば、報告してなかったね！　ゴメンゴメン！」

エドアルドに睨《にら》まれたメイナが笑って誤魔化す。姉弟の会話の内容から、メイナは何か重要なことを伝え忘れていたと窺《うかが》えた。

エドアルドが大きなため息をつくと、メイナを一旦放置してリリアの傍《そば》にやってきた。

「火傷《やけど》の具合はどうだ？」

「あ……はい。殿下のお心遣いもあり大事には至りませんでした。本当にありがとうございました」

「そうか、痕《あと》にならなくてよかった」

その後会う機会に恵まれなかったため、すっかりお礼を伝え損ねていた。

慌てて頭を下げると同時に、そのときの淫《みだ》らな戯《たわむ》れまで思い出してしまう。だが顔に出してはいけない。あれはリリアの白昼夢だった。

メイナはエドアルドから書類を受け取ったが、それにはろくに目も通さず作業台の上へ放り投げてしまう。そしてリリアを問い詰《つ》めたときと同じ意地悪な笑顔を浮かべながら、弟の顔を楽しげに覗《のぞ》き込んだ。

「エド、今忙しい？」

（忙しいですよ。カティエに会いに来る時間もないんですから）

聞くまでもないことを確認しているメイナに、心の中でリリアが答える。

エドアルドは同じ王宮内にいる婚約者に会うことも出来ないほど忙しい。見れば今日も騎士院の制服を身に纏《まと》っている。王族としての執務に加えて騎士院の総帥《そうすい》補佐も行うエドアルドの多忙など、考えるまでもない。

そう思うリリアをよそに、エドアルドは涼しい顔で前髪を掻《か》きあげた。

「いえ、別に」

「えっ」

そのあまりにもあっさりとした口調に、リリアのほうが変な声を出してしまう。

「じゃあ私ちょっと騎士院に行ってくるから、留守番頼まれてくれる？　リ……リーリヤ。悪いけど、エドにお茶を淹《い》れてあげて」

「えっ」

リリア、と呼びそうになったのだと思う。ぎこちなさを残しながらも、侍女の偽名を口にしてくれたメイナには感謝した。だがその思いがけない指示には、またも変な声が出てしまう。

「じゃ、行ってきまーす」

瞬時に表情を変えたメイナは、楽しそうな声を残して部屋を出ていってしまった。

エドアルドはメイナに用事があったのでは？　そのメイナが出ていってしまったら、エドアルドがここに来た意味がないのでは？　そんな問いかけをする相手を失ってオロオロと戸惑っていると、エドアルドの声が耳に届いた。

「お茶を淹《い》れてくれるのか？」

「え……あ、はい」

一瞬、ためらった。

もちろんエドアルドにお茶を淹《い》れることが嫌なわけではない。ただひたすら気まずいが、それはリリアの個人的な感情だ。

リリアが承知すると、エドアルドの表情がふっと綻《ほころ》ぶ。

帯剣する武具を外すと、空いていた長椅子に腰を下ろす。ティーサロンで会ったときの王族の衣装も威厳と格式を纏《まと》うようで惚れ惚れする姿だったが、騎士院の制服も彼の整った体躯を際立たせていて美しい。鍛練のときはもう少し軽い装いに着替えると思うが、主として指揮官を担《にな》うエドアルドは普段から制服を身につけることが多いようだ。

長い足を組んで、肘掛《ひじか》けに腕を乗せて、優雅にお茶を待つ麗《うるわ》しき王子殿下。生ける絵画にお茶の準備を観察されると、それだけで緊張してしまう。

「そんなに警戒するな」

リリアの内心を悟《さと》ったのか、湯を沸《わ》かしているとエドアルドが声をかけてきた。

「この前は、驚かせて悪かったな」

必死に思い出さないようにしていたのに、エドアルドはあっさりと記憶の封印を解いてしまう。くすくすと笑ったエドアルドの声を聞いて、リリアはそっと黙り込んだ。

「あんなに自制が効かないとは思わなかったから、自分でも驚いた」

「あ……あの……」

「だが今日はちゃんと我慢しよう。もう逃げられたくないからな」

「……」

エドアルドのからかうような声で、また恥ずかしい戯《たわむ》れを思い出してしまう。その拍子に身体まであの日の熱を思い出しそうになる。慌てて首を振り思考を追い払うと、お茶の用意に専念した。

ティーカップを温めて、ソーサーを用意する。揺れる刻針を確認しながら、茶葉が開くのを待つ。その間も後ろ姿を見られていることには気付いていたが、話しかけられるわけではないので、室内には静かな時間が流れた。

お茶の準備が整うと、長椅子の傍《そば》のティーテーブルに鮮やかなブルーティーを置く。

すっきりとしたハーブブレンドのお茶は色も香りも清々《すがすが》しい。これは仕事で根を詰《つ》めがちなメイナのために選んだものだから、エドアルドの口に合うかどうか……

「っ……！」

そう考えながらテーブルから離れようとすると、エドアルドにいきなり腕を引っ張られた。

思わずよろめくと、長椅子に座ったエドアルドとの距離が近付く。

「で……殿下？」

気が付けば座った彼を見下ろすような立ち位置になっている。慌てて離れようとしたが、エドアルドの力には敵《かな》わなかった。

リリアの手はいとも簡単に掬《すく》い取られてしまう。そしてその手をさらに引かれると、リリアの右手の甲にエドアルドの唇が近付いた。

「これぐらいは、許してくれ」

そう言って唇を寄せてきたエドアルドの振る舞いに、全身が熱を持つ。

まるで愛情を示すような。まるで恋に焦がれるような。

そんな視線に耐えられなくなり、咄嗟《とっさ》に手を引きながら叫んでしまう。

「わっ、私ではなく、カティエさまに愛情をお示し下さい！」

リリアの拒絶に残念そうな表情を見せたエドアルドが、つまらなさそうにそっぽを向いた。

「君は随分難しい注文をするんだな」

難しい注文——いいや、そこまで難しい話ではないはずだ。

リリアは魔法院に所属する者ではないが、数刻の間の留守番ぐらいなら出来る。エドアルドには、その時間をカティエに使ってほしいだけ。自分ではなく、寂しがっている婚約者に愛情表現をしてほしいだけ。カティエに注ぐと決まっている感情を、気まぐれで自分に向けるのはやめてほしいだけだ。

お茶の用意が済んだのでエドアルドの前を辞そうとしたが、不満げな声がリリアの背中を呼び止めた。

「俺の傍《そば》にいるのはそんなに嫌なのか？」

「いえ……決してそのようなことはございません」

そうではない。カティエですら満足に会えないのに、リリアがエドアルドとの時間を長く共有するわけにはいかない。

それにエドアルドの傍《そば》にいると、心臓が苦しい。見つめられると自分のものではないみたいに鼓動が高く大きく響いてしまう。その変化についていけないし、その正体にも気付いてはいけない。

「……失礼いたします」

ゆるやかな動作で頭を下げる。エドアルドが呼び止める気配がしたが、そのまま踵《きびす》を返して魔女室を出る。

扉を閉めると、漂っていたブルーティーの香りも空気に溶けて消えていった。


「カティエ。そろそろ読書はおしまいにして、就寝の準備をしましょう」

相変わらず恋の物語に夢中なカティエの傍《そば》に寄って声をかける。けれど返事はない。

カティエは悠々自適な宮殿の生活を満喫しているようだが、リリアはカティエの身《み》支度《じたく》と最低限の管理を怠《おこた》ることは出来ない。身体はとうの前に幼女の姿に変貌《へんぼう》していたが、自分に与えられた役割をまっとうするため、再度カティエに就寝を促《うなが》した。

「カティエ、聞いてる？」

「……」

「明日はフィーゼルさまが登城される日でしょう。今夜は早めに寝たほうが……」

「ああ、もう！　……うるさいわねっ！」

リリアに諭《さと》されたカティエが、読書の邪魔をされたことに突然激昂《げっこう》した。

ベッドの上に身体を起こすと、そこから下りてリリアの首根を掴《つか》まえる。非力なカティエは麦の袋ほどの重さしかない少女を持ち上げることも出来なかったが、引きずることは可能だった。

「え、カティ……？」

「邪魔しないで！」

怒ったカティエはリリアの身体を引きずり、そのまま部屋の外へぽいっと放り出した。廊下に引き出されたことに驚く間もなく、リリアの目の前で部屋の扉がバタンと閉まる。カチャンと内鍵が施錠《せじょう》される高い音が廊下に響いた。

「えっ……」

突然の出来事に驚いたリリアは、数秒ほどその場で硬直してしまう。自分が置かれている状況を理解出来ずぽかんとするが、すぐに大変な事態に陥《おちい》ったと気付いた。

「ちょ、ちょっと！　カティエ！　中に入れて！」

立ち上がって扉に寄ると、小さな拳で扉をドンドンと叩く。

「カティエ！　カティエってば！」

乱暴に扉を叩く姿が貴族令嬢として品位を欠く行動だというのは、十分に理解していた。だが品位への配慮を上回るほど、これが危うい状況であることも認識している。

王宮に仕《つか》える貴族や遠方で領地管理を行う貴族が、自らの子を王宮に伴《ともな》って登城することは往々にしてある。だが王宮に父母のいない幼女が一人でいるのは、明らかにおかしい。

今の姿を誰かに見られたらリリアはどうなるのか。

よほどのことがない限りまずは保護されると思うが、その結果、レオンに負担をかける可能性が高い。無論、カティエやロナ家に迷惑をかける可能性も考えられる。そんな簡単なことを想像出来ないわけがないと思っていたのに。

「カティ……ッ」

焦ったリリアは、なおもその名を呼ぼうとした。だがすぐに中断せざるを得ないと気付く。

廊下の奥から人の足音と話し声が聞こえて、リリアは咄嗟《とっさ》に自分の口を手で押さえた。慌ててきょろきょろと周りを見渡すが、広い王宮の廊下には隠れる場所など見当たらない。

逡巡《しゅんじゅん》の末、リリアは足音が聞こえた方向と反対の方向へ走り出した。

メイナのときのように上手くいくはずがない。あのときは運がよかっただけだ。今は侍女服ではなく子ども用のワンピースを身につけてはいるが、それでもリリアが怪しい幼女であることは変わらない。

　廊下の角を曲がると、周囲の気配を探《さぐ》りながら階段を下りていく。そんな盗人のような挙動をしている自分が、浅ましくて卑《いや》しい存在に思えた。

（……やっぱり、やめておけばよかった）

　尊敬する父の名に恥じぬ立派な令嬢でいようと、努力してきたつもりだった。領主の長子として勉学に励み、成人としての教養を身につけ、淑女としての立ち振る舞いを身につけてきたつもりでいた。レオンの期待に応《こた》えたかったし、カティエの力になりたかった。

　けれど本当にレオンやカティエのことを思うのであれば、幼女の姿で侍女を務《つと》めることは不可能だともっと早くに気付くべきだった。事実を思慮深く考察して、カティエにもフィーゼルの申し出にもしっかりと理論立ててきっぱりと断ればよかったのだ。

　自分の意見を言えなくて、自分で選択を間違えて、自分で自分の首を絞《し》めているのに、泣くなんておこがましい。

「……っふ、う……」

　わかっているのに、溢《あふ》れる涙を止められない。

　幼女の姿になると、涙もろくなってしまうようだ。前回はホームシックだったが、今回は自責の念。誰かの役に立つどころか、自分が周囲を不幸にする原因になるかもしれないと思ったら、情けなくて涙が止まらなかった。

感情の置きどころがわからないまま王宮を彷徨《さまよ》う。気が付けばリリアは回廊の脇から庭園へ続く抜け道にぼんやりと立っていた。

部屋にいるときは気付かなかったが、外は小雨が降っていた。しとしとと細い雨だれが降り注ぐ夜の庭園をぼーっと見つめる。雲が陰《かげ》った今は美しい庭の全貌を見渡せないが、視界の端にはツルバラのフラワーアーチが見えていた。

「リリア……？」

後ろから声をかけられ、びくりと肩が跳《は》ねる。

聞こえたのが女性の声だったので、一瞬カティエが探しに来てくれたのかもしれないと期待した。だが振り返った先にいたのはカティエではなく、メイナだった。

「メイナさま……」

「ど、どうしたの？　そんな所に立ってたら濡れるよ？」

不安そうに問いかけてきたメイナに、リリアは無言で俯《うつむ》いた。

カティエじゃなかった。大事な友達が『ひどい態度をとってごめんなさい』と迎えに来てくれたのかと思った。もしかしたらリリアの努力を認めてくれるのかもしれないと思った。

けれどそんな期待は、やはりただの夢想だった。

しかし悲しい反面、リリアはどこかでほっとしていた。雨の中から回廊の中へリリアを引き戻してくれたメイナが、目の前にしゃがみ込む。そして冷えた身体を、無言で抱きしめて背中を撫《な》でてくれる。そんなメイナが故郷にいる母のようにも、自分には存在しない姉のようにも思えた。

甘えることを許されている気がして、今度は悲しみとは別の涙がぽろぽろと零《こぼ》れてきた。その姿もまた情けないと思ったが、メイナはただリリアの背中を撫《な》で続けてくれた。

しばらくそうしてメイナの腕に抱かれていると、廊下の端から人の声と足音がした。びくりと身体が強張《こわば》ると同時に涙が引っ込む。瞬間的にまた逃走を図《はか》ろうと考えたが、廊下の奥から角を曲がって現れたのは見知った男性たちだった。

「冬季日程は組み終わったのか？」

「ええ。鍛練場と平原で中隊ごとに訓練内容を入れ替えようかと……メイ？」

騎士院の制服を身に纏《まと》った二人の男性が、メイナの姿に気付いて足を止めた。

メイナを愛称で呼んだのは、騎士院の総帥《そうすい》にして彼女の夫であるアンティルム・マイオン。そしてその隣に並び立つのは、彼の補佐を務《つと》めるエドアルドだった。

そのエドアルドが、リリアの姿を認めて驚いたように目を見開く。

「姉上……？　その子は……？」

「私の友人だよ」

エドアルドの質問に即答したメイナに、思わず仰天《ぎょうてん》してしまう。淀《よど》みなく答えたメイナに驚きと嬉しさと申し訳なさを感じていると、無言のエドアルドにじっと見下ろされた。

「……君、名前は？」

「……」

エドアルドに問いかけられ、リリアは石か氷のように凝固した。

リリアは王宮入りから何度かエドアルドに対面しているが、すべてカティエの侍女として——二十一歳の大人の女性としてしか会ったことがない。そしてそのときは、リリアがレオン・フローラスト伯爵の娘だと知られないように名前をリーリャと名乗っている。

だが幼女化した姿でこんなにも他人の目に触れることは、当初は全く想定していなかった。もちろん幼女の仮名など考えていない。

「リーゼリア」

血の気が引いたリリアの様子から、メイナが事態を把握したらしい。彼女が咄嗟《とっさ》に名付けた二つ目の仮名が耳に届くと、リリアの身体からふっと力が抜けた。

再びリリアを窮地から救ってくれたメイナは、男性二人の前に小さな身体を押し出すと、指を差して彼らを紹介してくれた。

「リーゼリア。図体が大きいのが私の夫で、銀色が私の弟だ」

「……はい」

ざっくばらんな説明に思わず肩がずり落ちそうになったが、特徴を捉《とら》えた表現ではあると思う。

身体が大きいアンティルムは、祭事の警備や行進の隊列では先頭に立って指揮しているので、リリアも顔だけは知っている。仏頂面で愛想はいまひとつだが、鍛え上げられた肉体は強靭《きょうじん》で、実直な性格は外見にもにじみ出ていた。

「エド」

「……わかっています」

メイナと視線を交わしたエドアルドが、アンティルムの姿を見上げていたリリアの前に跪《ひざまず》いた。王子殿下に膝をつかせるなんて、と慌ててしまうが、彼は気にせずにそっと笑顔を作る。

「リーゼリア。姉上たちに夫婦の時間を与えてくれるかな？」

「……え？」

「この二人、結婚から八年経っても未《いま》だに新婚気分なんだ。睦《むつ》まじいのは結構だと思うが」

「おい、エド」

エドアルドの説明に、メイナが動揺したような声を出した。けれどそんな姉を無視して、エドアルドはリリアを説《と》き続ける。

「二人は自分たちの屋敷に戻ってしまうから、今夜は俺と一緒に寝よう」

「……えっ」

自然な口調で続けられたエドアルドの提案には、さすがに驚いた。

隣にしゃがんだメイナも驚いた顔をしていた。

「エド、おま……大丈夫か？」

「何がです？」

「いや」

メイナが一度、言葉を切る。その直後に真面目な顔をして、

「頭の中とか」

と呟いたが、しゃがんだメイナを見るエドアルドの視線と、メイナを見下ろすアンティ

ルムの視線は実に冷ややかだった。

「俺の頭の中を心配するんですか？　姉上が？」

「確かに」

「エド……アンティまで」

エドアルドとアンティルムは王子と臣下、補佐と総帥《そうすい》という関係だが、義理の兄弟でもある。この時間帯はもう、職務外での関係性が優先されるのだろう。親しげに頷き合うエドアルドとアンティルムに、メイナが困惑の表情を浮かべた。

確かにメイナは不思議な女性だ。高貴な身分であるはずなのに口調は男性のようで、綺麗なドレスも好まない。婚姻して名前に王国名を含まなくなった今も、王政魔法院で魔法の研究に身を投じている。さらに数日前にはリリアを強引に連れ出し、事情の自白を強要した上で、温かい食事を与えてくれた。頭の中がどうとまでは言わないが、確かに変わった人物ではあると思う。

「では冬季訓練の詳細を決めたら教えてくれ。明日は政務があるから、院には夕方まで顔を出せない」

「かしこまりました。いい夜を、エドアルド殿下」

臣下の礼をとったアンティルムに、エドアルドが低く頷く。リリアが考え込んでいる間に、三人の間で今夜の方針が決定したようだ。リリアの頭を撫《な》でて微笑んだメイナが長い髪を揺らしながら『ばいばい』と手を振るので、リリアも思わず手を振り返してしまった。

「さあ、行こうか」

そしてその直後、リリアの頭上に現実離れした現実が降り注いだ。

見上げたエドアルドの綺麗な笑顔は、カティエの怒った顔よりもよほど心臓に悪かった。

奇妙なほど既視感がある。ただし今日は抱えられているのではなく手を引かれている分、いくらかましかもしれない。

再び宮殿と王殿の境《さかい》にさしかかると、緊張で足がすくんだ。立ち止まったリリアに気付き、エドアルドも足を止めて視線を下げる。

無言のままじっと見つめ合うと、エドアルドが笑みを零《こぼ》して繋いだ手をさらに強く握ってきた。指先から温かい熱が伝わると、リリアは照れを隠すように俯《うつむ》いて彼の歩みに従った。

これが良くないことなのはわかっている。今のリリアは見た目こそ幼い少女だが、中身はれっきとした二十一歳のレディ。相手は我が国の第二王子であるエドアルドで、友人の婚約者だ。そんな彼とリリアが寝所を共にするなど、本来は決してあってはならない。けれど冷たい秋雨の降る夜は、王宮も寒々しい。カティエに締《し》め出されてしまった以上、彼女の部屋に戻ることは出来ない。幼い少女の姿では使用人棟で世話になることも出来ない。風邪を引いて明日以降カティエの世話が出来ず、彼女にさらに辛くあたられるのも悲しい。

だから今だけ――今夜だけは、許してもらおう。

「パメラ」

王殿へ足を踏み入れると、エドアルドが待っていた年配の侍女に声をかけた。エドアルドを迎えて丁寧に頭を下げたパメラは、ゆっくりと上げた頭をそのまま横に傾《かたむ》けた。

「そちらのお嬢さまは？」

「あぁ、さっき拾った」

「拾っ……？　殿下までメイナさまのようなことを仰らないで下さい」

王殿で子どもを拾ってくることはやはり普通のことではないらしい。ぎょっとしたパメラの様子を見ると、変わっているのはメイナのほうだと気付く。

「冗談だ。この子は姉上の知人だ」

「まあ、左様《さよう》でございますか」

「姉上は屋敷に戻られたから、今夜は俺が預かることになった」

「かしこまりました。ではお嬢さまの夜着を用意いたしましょう。殿下はお湯の準備が整っておりますよ」

パメラに朗《ほが》らかな視線を向けられて、はっとする。

雨の降る庭園へ出てしまい、着ていたワンピースはしっとりと濡れていた。

可愛らしい丸襟と中央のリボンが特徴の花柄のワンピースは、昔母ラニアがリリアのために仕立ててくれたもの。カティエの王宮入りに付き添う際に『身体が縮んだ後に着たらいいわ』と持たせてくれたもの。幼い頃のリリアが、一番気に入っていたワンピースだ。

その大事な服が雨に濡れてしまって、リリアはしゅんと落胆した。

「一緒に入るか？」

リリアが一人沈んでいると、頭上からエドアルドに声をかけられた。

ワンピースのことを考えていたせいで一瞬言われたことの意味がわからなかった。その一つ前のパメラの台詞《せりふ》を思い出したリリアは、それまで握ったままだったエドアルドの手をパッと離した。そのままじりじりと後退すると、見ていたパメラがくすくすと笑い出す。

「殿下。レディの湯浴みを覗《のぞ》こうなど、紳士のすべきことではありませんよ」

「む」

年配のパメラにやんわり咎《とが》められたエドアルドが、不満の声をあげた。つまらなそうにため息をついたエドアルドの横で微笑んだパメラが、リリアには光明のように見えた。

「お嬢さまには、私がお湯のお手伝いをいたしましょう。お召し物も綺麗に洗いましょうね」


リリアは再び混迷を極めていた。

パメラにお湯の手伝いをしてもらい、身体と髪を丁寧に洗ってもらったところまではよかった。

しかしその後、なぜか希少種のフラワーオイルを肌の上に丹念にすり込まれてしまった。あまりの高級品で、田舎の伯爵令嬢にはとても手が出せない代物《しろもの》である。そんな贅沢品に『まあ、いい香り』なんて悠長な感想を抱いている暇もなく。

「さあ寝ようか、リーゼリア」

幼女の名を呼ばれたリリアは、通されたエドアルドの寝室で呆然と立ち尽くした。湯浴みの後に夕食も済ませたエドアルドは、男性用の夜着を身につけていた。寝苦しくないように胸元が開いた薄い布地の間に、鍛えられた胸板が垣間見《かいまみ》える。

「どうした？」

高いベッドに上がれないのか？　とからかわれるが『はい』とも『いいえ』とも答えられない。

リリアは父以外の男性のベッドになど、近付いたことすらない。もしかして自分は、恐ろしく無礼な選択を安易にしてしまったのではないか。そう考えて沈黙していると、突然身体を抱え上げられた。

「わっ!?」

驚きの声が零《こぼ》れても、エドアルドに気にした様子はない。ベッドの端にリリアを座らせると、エドアルドも室内靴を脱いで中央に身体を投げ出した。

「知らない場所では眠れないか？」

「え、あ、あの……」

やわらかなシーツの上に寝転がったエドアルドにふっと微笑まれて、目のやり場に困った。

リリアは湯上がりの男性の色香など知らない。家族以外の男性の無防備な姿など、見たことがない。自分が置かれた状況を改めて認識すると、恥ずかしさから頬がぽうっと火照《ほて》るのがわかった。

「……甘い香りがする」

伸びてきた腕が背中に回り、身体がびくりと硬直する。

香りというのは先ほどのフラワーオイルのことだろう。国中の花を集めて作った香油は、確かに素晴らしい香りだ。それにレースがふんだんに使われた子ども用の夜着も、着心地が良く肌触りがなめらかである。

けれどそんな良質な夜をあっさりと打ち壊すかのように、目を細めたエドアルドの指先がリリアの背中をするりと撫《な》でた。

「っ、ふぁっ……!?」

予想外の感覚に驚いて思わず飛び跳《は》ねてしまう。

「そんなに緊張しなくていい。ここには俺と君しかいない」

「～っ……！」

どうやらエドアルドは、リリアの緊張をほぐそうと思ったらしい。優しく諭《さと》すその表情を見て、リリアは言葉に詰《つ》まった。

エドアルドは目の前にいる子どもを、ただの幼女だと思っているに違いない。けれど本当は、二十一歳にもなる大人の女性だ。夫婦でも恋人でもない成人した男女が同じベッドで一夜を過ごすなんて、おかしな状況だと思う。エドアルドを騙《だま》していることに罪悪感を覚えて、リリアはそっと謝罪の言葉を紡《つむ》いだ。

「ご、ごめんなさい」

「……ん？」

急に謝られたことを不思議に思ったのだろう。身体の位置を変えてシーツの上に頬杖をついたエドアルドが、リリアの顔をじっと覗《のぞ》き込んできた。

一年も前からエドアルドの花嫁になる準備をしてきたリリアは、成人した男性が女性に何を望むのかもちゃんと教えられていた。もちろん知識のみで経験はない。だがエドアルドの寝所に入るということが、本来どのような意味を持つのかは理解している。

けれどリリアにはエドアルドの相手は務《つと》まらない。友人の婚約者である時点で務《つと》めてもいけないが、それを差し置いてもリリアは夜の相手をすることが出来ない。

魔女に呪われた身の上では、王子殿下の夜伽《よとぎ》は務《つと》まらないから。

「私には、王子さまのお相手をすることが出来ません」

懇願するように述《の》べると、エドアルドが一瞬目を見張る。そしてすぐに手の甲で自分の口元を覆い、そのまま顔を背《そむ》けてしまう。

「っふ、くくく……」

ベッドに寝転がったまま身体を震わせるエドアルドは、なぜか笑っていた。

だがリリアは笑わせようと思って言ったわけではない。

真実を隠しているのにその説明も出来ない。温かい寝床のお礼も出来ない。エドアルドを心から敬愛しているのに、後ろめたいことばかり。それらすべてに対する謝罪のつもりだったのに。

「相手をしてくれるつもりだったのか？」

ようやく笑いを収めたエドアルドがそう問いかけてきた。

一瞬の間を置き、リリアは大慌てで首を振る。

「い、いえっ……！　そうではなく！」

もちろん、相手は出来ないし、するつもりもない。しかし謝罪と言い訳の仕方が悪かったせいでエドアルドによからぬ勘違いをさせてしまったと気付き、恥ずかしさで顔から火が出そうになる。

ずりずりと後退したリリアの身体を、エドアルドがゆっくりと抱き寄せた。そして小さな耳に、また優しい悪戯《いたずら》を囁《ささや》く。

「大丈夫だ、子どもに手を出す趣味はない」

「……はい」

「まぁ、君が大人になったら、そのときは遠慮しないが」

「!?」

幸いエドアルドは子どもであるリーゼリアには興味がないようだ。だが火傷《やけど》を癒したときにリリアの身体に触れて口付けてきたことを考えると、大人のリリアに全く興味がないとは断言出来ない。

もちろんエドアルドも、カティエに仕《つか》える侍女と目の前にいる幼女が同一人物だとは思っていないだろう。それならば今口走った『大人になったら』というのは、十五年ほど先の未来を想定していることになる。そのときのエドアルドはおよそ四十歳。可能性として全くないとは言えないが、それも彼なりの冗談か社交辞令に違いない。

けれど実際のリリアは、夜明けと同時に大人になる。事実を知ったエドアルドがどんな反応をするのかと想像すると、それだけで良くも悪くも鼓動が速まる気がした。

「ここには読み聞かせの本がないな」

リリアの緊張感など知る由《よし》もないエドアルドが、首の後ろを掻《か》きながら困ったように唸《うな》った。しかし中身が大人のリリアには、おとぎ話の読み聞かせなど必要ない。けれどそう説明するわけにもいかない。

意外な面倒見の良さに驚いていると、エドアルドが「あぁ」と小さな声を漏らした。その後サファイアブルーの瞳が優しい色を含んで続けた言葉には、大人のリリアも素直に興味を惹かれた。

「本の代わりに、俺の昔の話を聞かせてやろう」

「えっ……王子さまのお話、聞きたいです！」

ついつい声に嬉しさを乗せると、頷いたエドアルドが肩にリネンの織物《おりもの》をかけてくれた。そのままリリアの傍《そば》に頬杖をつき、優しい笑顔を見せてくれる。

「俺にはずっと好きだった子がいた」

まるで歌でも歌うかのように滑《すべ》り出た言葉に、リリアの心がさらに期待に躍《おど》る。

まさかの恋のお話！

しかも王子であるエドアルドの恋なんて、それこそ物語のようだとわくわくしてしまう。

「その子は、将来俺にも、特別な人が出来ると教えてくれた」

「……え？　特別な人、ですか？」

「あぁ、そうだ」

エドアルドの返答にそのまま黙り込む。失礼だと思いつつ、つい首もかしげてしまった。甘酸っぱい恋のお話を期待していたのに、冒頭からすでに意味がわからない。

特別な人が出来る。それはごく当たり前のことではないのだろうか。人は皆恋をするものだし、いつかは結婚する人が大半だと思う。エドアルドの言葉は恋のお話というより、占いか予言のようにしか聞こえない。

ぱちぱちと瞬きをすると、伸びてきた手がリリアの髪をくしゃりと撫《な》でた。

大きな手はまるで兄か父のようだが、指の間から見上げたエドアルドの表情は、どこか物憂《ものう》げだった。

「普通の感覚とずれていたんだろうな。幼い頃の俺は、王族は一人の人間に執着してはいけないと思っていた」

エドアルドは語る。

スーランディア王国の王妃は、国王との間に三人の子をもうけた。一人目は身体の弱い王子だった。二人目は強い魔力を持つ王女だった。そして三人目に健康な王子が生まれた。エドアルドはその三人目の子、スーランディア王国の第二王子としてこの世に生を受けた。

エドアルドが十歳の頃、魔法院内では不正な魔法研究が横行していた。さらに農作物の不作の年も重なり、貴族も平民もかつてない荒《すさ》んだ生活を経験した。

それまでの豊かな生活と国の未来が唐突に危ぶまれたことに端を発して、王宮内に後継問題が持ち上がった。第一王子は病弱で、王女は稀有《けう》な魔力を持つ。実質、王位を継承出来そうな御子はたったの一人しかいない。ならば愛妾《あいしょう》を迎えて、元気な王子をもっと産ませるべきだ。王族の血統を絶やさぬよう最善を尽くすべきだ。

不安に駆られた周囲の者は、王に対して執拗《しつよう》に世継ぎの重要性を説《と》き続けた。王も諸問題への対処に心血を注いでいたが、これがさらなる追い打ちになった。

疲れ果てていたのだと思う。エドアルドを膝の上に乗せた王は『私は妃だけを愛しているのに』と頭を抱えて嘆いた。目にうっすらと涙を浮かべ、エドアルドにも聞こえていないと信じて鼻をすすった彼の姿は、偉大な王でも尊敬する父でもない。一人の女性を愛してやまない、一人の弱い男だった。

その姿を見たエドアルドは、いずれ自分にも降りかかるであろう後継問題に強い不安を抱いた。

王《ちち》は王妃《はは》だけを愛しているのに。

周囲はそれを許さない。王に王妃以外の女性をあてがおうとする。それが何よりも王を苦しめていることは、幼いエドアルドにも理解出来た。

王族がすべての国民に愛され、すべての国民を愛する必要があるのは確かな事実だ。

けれど本当に一人だけを愛してはいけないのだろうか。特別な人を作ってはいけないのだろうか。大切な人が出来たら、自分も傷付き、相手も傷付け、周囲の者も困らせてしまうのだろうか。

そんなことを考えて、十歳のエドアルドは鬱々《うつうつ》と日々を過ごしていた。

だがそのエドアルドに発想を転換する機会が訪れた。

『王子さまも、大人になったらとくべつな人が出来るよ』

昼下がりの王宮庭園のベンチに並んで座った少女が、エドアルドの未来をそう予言した。

特別な人――その甘やかな響きに、幼いエドアルドは密《ひそ》かに衝撃を受けた。

それまでエドアルドの周囲にいた者は、平等の美徳と世継ぎの重要性を説《と》くのみだった。エドアルドもそれが当たり前だと思っていたし、違和感があっても受け入れなければいけないと必死に思い込んできた。

彼女はそんな不安と矛盾からエドアルドをあっさりと解放した。

石畳の境目《さかいめ》から顔を上げて目が合うと、にこにこと可愛らしい笑顔を浮かべてくれる。そんな少女のあどけなさに、エドアルドは密《ひそ》かに恋に落ちた。

今にして思えば、ただの一目惚れだったのだと思う。けれど少女は、まるで女神のようにエドアルドの不安を消し去った。大自然を思わせるその瞳こそが、自分だけの特別な人の証明だと本気で思えた瞬間だった。

「だから俺は彼女が成人するまで待った。その子を花嫁に迎えて、俺のものにすると決めていた」

幼い頃の恋を語るエドアルドの切ない表情に、つい見惚《みと》れてしまう。彼の横顔を見て、予言の話や小難しい政治の話が、いつの間にか恋のお話に修正されていることに気が付いた。

「でも逃げられてしまった。彼女は、俺を選んではくれなかった」

「……」

悲しそうなエドアルドの顔を見つめているうちに、リリアはふと一つの真実に辿《たど》り着いた。

だからリリアが選ばれたのだ。

初恋が叶わなかったエドアルドは、二度目の失恋をしないように、絶対に断られない相手を選んだ。恋の傷を深めないために、絶対に逃げないであろう相手を選んだ。

けれど結局、リリアも彼の花嫁にはなれなかった。エドアルドも王宮も、まさか田舎の伯爵令嬢が婚約を辞退するとは思ってもいなかったのだろう。

仕方がない状況だったとはいえ、本当に申し訳ないことをしてしまったと思う。

けれど、もう大丈夫だ。

カティエはエドアルドのことを好いているし、彼女は辞退なんてしないから。

「……」

「君は、好きな人がいるのか？」

切なさに胸を掴《つか》まれていると、急にエドアルドが顔を覗《のぞ》き込んできた。

「えっ？　わ、私ですか……？」

リリアには恋の経験などない。王立学院時代は、周囲と比べて仲が良い異性の友人もいたが、恋と呼べるほど明確な感情を持った相手はいなかった。それは成人してからも同じで、異性の友人や恋の相手との出会いには恵まれなかった。フォルダイン領から王都まで丸二日の移動時間がかかることを気遣《きづか》ってか、夜会への招待状が届くこともない。だからリリアは今まで恋のきっかけさえない人生を送っていた。

けれどその問いかけに対する詳細な回答は不要だ。なにせ実際のリリアならばともかく、今エドアルドの目の前にいるのは見た目が四～五歳の幼い少女。恋の相手などいるほうが不思議な年齢だ。

「いないです」

「本当か？」

そう思っていたのに、やけに真剣な表情で再確認されてしまう。もう一度「はい」と頷くと、エドアルドが大きなため息を零《こぼ》した。

「まぁ、そうか。そうだな、俺の初恋も十歳だったから」

恋する少年エドアルド、十歳。きっとその頃から利発で聡明な子どもだったのだろうな、と思うと何だか微笑ましい。今のリリアがそのときのエドアルドよりも幼い容姿をしていることも忘れ、ふふふっ、なんて笑っていると。

「まだ、初恋の途中なんだ」

あっさりと言い放《はな》ったその言葉に、笑顔のまま固まってしまう。

「……」

それは、絶対に聞いてはいけなかった告白だ。

もちろんエドアルドの言う初恋の少女が、カティエであるのなら何も問題はない。けれどそれなら、リリアが婚約者に選ばれたこととの辻褄《つじつま》が合わない。彼の言う少女がカティエなのであれば、最初から彼女を花嫁に選べばよかっただけの話だ。だからもしそうじゃないのなら、今の言葉は絶対にカティエの耳に入れてはいけない。

エドアルドもまだ恋を諦められずに苦しい思いをしているのだろう。それでも今は、国のために新しい花嫁を迎えようとしている。そんな彼の恋の傷を抉《えぐ》ってはいけない。だからどういう意味なのか掘り下げたいと思っても、聞かなかったことにして忘れなければならない。

そしてリリアも、エドアルドがまだ諦めていないという恋の相手について知りたいと思わない。理由は大層なものではなく、ただ知りたくないだけ。聞いたらモヤモヤしそうな気がするだけだ。

だからエドアルドの初恋の話はこれ以上暴かないほうがいい。知らないふりをするのが賢明なのだ。

「だから惚れた男がいるわけじゃないなら、必ず俺のものにする」

そう思っていたのに、エドアルドの口からはためらいもなく危険な発言が飛び出してしまう。その決意を聞いてしまったリリアは、なんとも言えない心地を味わう。

彼はリリアを幼い少女リーゼリアだと思っている。まだ小さな子どもから自分の初恋の秘密が露呈《ろてい》するなど夢にも思っていないから、簡単に本音を吐露するのだろう。もちろんリリアは誰にも言うつもりなどないし、言えるわけもない。

けれどそれは……良くないことだ。

冷静になってふと思う。恐らくエドアルドの初恋の相手はカティエではない。けれど彼はこれから、カティエと結婚するのだ。

スーランディア王国では公《おおやけ》には重婚が認められていない。王族につきまとう後継問題の関係から、長い歴史の中では愛妾《あいしょう》を持ち血統を守った前例もある。だがエドアルドの兄である王太子のセリアルドとその妃の間には、すでに三人の王子と一人の王女が誕生している。現状では第二王子であるエドアルドが愛妾《あいしょう》を持つ必要はない。

ならばエドアルドが初恋の人を手に入れた後、カティエはどうなるのだろう？　いまさらエドアルドのものになった初恋の相手は、どこに収まるというのだろう？

「さぁ、おしまいにしよう」

困惑していると、エドアルドに再び頭を撫《な》でられ、前髪を優しく払われた。視線を上げた瞬間、空気に晒《さら》された額《ひたい》にそっと唇を寄せられる。その突然の触れ合いに驚いたせいで、考えていた危険な想像のあれこれがどこかへ飛んでいってしまった。

エドアルドと目が合う。海のように深い青色とは対照的に、決意に満ちた瞳には灼熱のような温度が宿っている。

エドアルドの眼差しにじっと見つめられ、リリアの全身がぞくりと震えた。その瞳の温度と深さにあてられていると、彼はふっと目元をゆるめて優しい笑顔を作った。

「おやすみ。いい夢を」

「……おやすみなさい」

とくとくと高鳴る心音を抑えてどうにか就寝の返答をする。

エドアルドが空気を撫《な》でるように手を払うと、ベッドの傍《そば》にあったランプからふっと明かりが消えた。魔法を使えれば、その場から一歩も動かずに消灯出来るらしい。

（——忘れてしまおう……）

エドアルドの初恋の話は、やはり聞かなかったことにするのが一番だ。

正式な花嫁になった後のカティエの心配や、手に入るかどうかもわからない知らない女性の心配など、さっさと忘れてしまえばいい。そんな心配をしたところでリリアにはどうにも出来ない話だ。

ぼんやりとそんなことを考えていると、リリアの身体の上に眠りの天使が降りてきた。今日は身体が縮んだ後に泣いたり走ったり緊張したりと心身共に忙しかったせいか、気を抜くとすぐに眠気がやってきた。

ふわふわと舞う羽毛の幻想を見つめてウトウトしていると、伸びてきたエドアルドの手が頭を撫《な》でた。そのまま髪を梳《す》くように何度も撫《な》でられると、眠気がどんどん増していく。

「リリア……」

眠りに落ちる瞬間、エドアルドに名前を呼ばれた気がした。けれど返事をする前に現実と夢の境界を踏み越えてしまい、結局そのまま意識は遠ざかっていった。

陽《ひ》が昇る前にベッドから下りると、音を立てないよう静かにエドアルドの寝室を抜け出した。王宮内は昼夜を問わず近衛《このえ》騎士が巡回しているので、見つからないようこっそりと階段を下りていく。

さらに廊下を駆け抜けると、そのまま王殿を後にして宮殿のカティエの部屋へ戻った。未《いま》だに鍵が開いていなかったら、近くに身を潜《ひそ》めて身体が元の大きさに戻るまで待とうと考えた。しかし幸運なことに、部屋の鍵は施錠《せじょう》されていなかった。

扉を開けるとベッドの上でカティエが寝こけていた。しかも着替えをしておらず、最後に会ったときの格好のままだった。どうやら一度用を足しに部屋の外に出たようだが、結局自然に眠りにつくまで物語の世界に入り込んだらしい。

人を部屋の外へ締《し》め出して危険な状況に晒《さら》しておきながら、自分は好きなように本を読み、だらだらと過ごしているなんて。カティエの寝顔を眺めていると、だんだんと怒りの感情が湧《わ》いてくる。

けれど昨夜のエドアルドの話を思い出した瞬間、その怒りは少しだけ薄れた。

エドアルドを好いていて、これから彼と結婚する予定のカティエには、絶対に聞かせられない話を聞いてしまったから。

結局『美容によくないわよ』と心の中でため息をつきながら、カティエの身体に上掛《うわが》けを重ねる。

パメラに着せてもらった子ども用の夜着を脱ぐと、綺麗に畳んで自分の衣装箱の中へ隠す。着たまま陽《ひ》が昇れば、この夜着も大人の大きさへ伸びてしまうだろうから。

（機会を見つけて、いつかちゃんと返さなきゃ）

そんなことを考えながら毛布に身を包んで日の出を待つ。

「ふぁ、あ……」

緊張感から解放されて気が抜けると、とろとろと瞼《まぶた》が落ちてきた。

別に眠ってしまっても構わない。どうせ普段のこの時間はまだ眠っている。身体が縮小する瞬間は毎日体験するが、拡大する瞬間はリリア本人も眠っていることがほとんどだ。

（エドアルド……殿下）

ソファに横になって思い出したのは、確かにエドアルドの笑顔だった。

その人が友人の婚約者だと知っているのに。

緊張感から解放されて安心したはずなのに。

わざわざ緊張してしまう顔を思い出すなんて。

リリアは自分が、何か別の呪いにかけられてしまったような気がした。

「フィーゼル卿、カティエ嬢。少し時間をもらえるか」

約十日ぶりとなるロナ親子の再会を壁際から眺めていると、応接間にエドアルドが入ってきた。直前にエドアルドが訪れると先ぶれがあったので、特に驚きはない。けれど温かい寝床の恩に対して、お礼を述《の》べていない後ろめたさがある。緊張状態を悟《さと》られぬように頭を下げると、リリアの前を横切ったエドアルドがくすりと笑う気配がした。

横並びに座ったカティエとフィーゼルの向かいに、エドアルドが悠揚《ゆうよう》と腰を下ろす。リリアがレッドティーを用意してエドアルドの傍《そば》に置くと、彼はごく自然な動作でそのお茶に口をつけた。

「まずは披露目《ひろめ》の夜会についてだ」

喉《のど》を潤して一呼吸置いたエドアルドの言葉に、わかりやすくカティエの目が輝いた。

フィーゼルも未定になっていた娘のお披露目《ひろめ》に喜び、前のめりでエドアルドの言葉を待つ。

「各要人を招集し、宮殿の大広間で夜会を開く。日付は一か月後だ」

「あら、まだひと月も先ですの？」

「ああ。招待状を出して各々《おのおの》の都合をつけることを考えれば、期間としては短すぎるぐらいだ。領税の調整時期でもあるからな」

「殿下の御心に従います」

文句を言いたそうなカティエと違い、フィーゼルは喜色満面の笑みを浮かべていた。娘の結婚が形として見え始め、浮き足立っているのだろう。

対するリリアの心は曇《くも》り模様だった。気持ちが盛り上がらない決定的な理由は見当たらない。ただくるべきときがきてしまったような、出来れば見たくなかったような、複雑な感情が渦《うず》を巻く。

けれどどうせカティエの晴れ姿を目にすることはない。貴族令嬢として、カティエの友人として、リリアにも夜会の招待状は届くはずだ。しかしそれが夜会である以上、呪われたリリアは大広間に足を運ぶことさえ出来ない。

浮かないリリア。渋々だが承諾するカティエ。喜ぶフィーゼル。三者三様の反応を認識しているのかいないのか、エドアルドは最初の話を終えると、すぐに次の話題を切り出した。

「それともう一つ」

ゆったりとした声を聞いたカティエとフィーゼルの視線が、エドアルドに注がれる。リリアは侍女の作法に従って視線を少し下げていたが、次の瞬間思いきり顔を上げてしまった。

「カティエの侍女リーリャを、俺に譲ってほしい」

「!?」

一番驚いたのは、間違いなくリリアだったと思う。

しかしカティエもフィーゼルも驚愕の表情を浮かべている。今度は三人が同じ表情になったのを見届けると、エドアルドは瞳の奥に怪しい光を宿した。

「正確に言うと俺にではない。姉がリーリャを欲しがってるんだ」

（えっ、メイナさまが？）

椅子の肘掛《ひじか》けに頬杖をついて優雅に足を組んだエドアルドの台詞《せりふ》は、提案などではない。確実に命令だった。その瞳の色を確認したカティエとフィーゼルが、同時にごくりと唾《つば》をのむ。

メイナ・マイオン。スーランディア王国で最も有名な、王宮の魔女。そんな彼女がリリアを所望《しょもう》した。侯爵位を持つフィーゼルと令嬢であるカティエに、その意味がわからないはずがない。

「あの、ご用向きはどういった……？」

聞くのははばかられるが、確認せずにはいられない。明らかに困惑したフィーゼルの顔には思いきり『生贄《いけにえ》にするのか？』と書かれていた。

それは誤解も甚《はなは》だしい。しかし大抵の国民はそういう認識をしている。

メイナは森ではなく王都に所在を置くが、そうは言っても魔女は魔女。元々、大人数を嫌って社交の場に顔を出さないこともあり、誰も彼女の実態を知らない。平民はおろか、貴族でさえメイナを恐ろしい魔女だと思い込んでいるのだ。

「助手が必要だそうだ。だが今の王宮には『適任者』がいなくてな」

「……」

「……」

意図的に含みのある言い方をしたエドアルドには、しっかり悪気《わるぎ》があったのだと思う。

フィーゼルに憐《あわ》れみの目を向けられると、メイナの優しさを知るリリアは彼女を擁護《ようご》したくなった。だが一瞬早くエドアルドに目配《めくば》せされ、笑顔一つで行動を律されてしまう。

「異論はあるか？」

王族の要望とあれば、よほどの無理難題でない限り従わねばならない。

フィーゼルが苦虫を噛み潰したような顔をする。リリアの父であるレオンにどう説明すればいいのかと考えあぐねているようにも見えたが、対するカティエの態度には余裕があった。

「ございませんわ」

つん、と澄ました顔をしたカティエは、あっさりとリリアを手放《てばな》すことを承諾してしまう。

彼女は人の心を失くしてしまったのだろうか。一人で王宮入りするのが寂しいから、と言ったのはカティエなのに。

リリアの落胆をよそに、エドアルドがさらに笑みを深めて頷いた。

「そうか、話が早くて助かる。カティエには日中は別の者を手配しよう。だが旧知の二人を完全に別離させるのも可哀そうだからな。夜の間は今まで通りで構わない」

「お心遣い頂き感謝いたします」

「では行こうか、リーリャ。姉上が待っている」

「は、はい……」

言いたいことだけ告げて立ち上がったエドアルドの背中を、慌てて追いかける。部屋を出る前にロナ親子に向かって一礼したが、困った顔を向けてくるフィーゼルと異なり、カティエとは視線すら合わなかった。

今朝はけろりとしていたが、やはり昨夜読書の邪魔をされたことを根に持っているらしい。ため息を必死にのみ込んで退室すると、歩を進めるエドアルドの後についていく。

階段を半分下り、上階からも下階からも見えない踊り場まで来ると、エドアルドが急に足を止めた。気付いたリリアもエドアルドから数歩遅れた位置で足を止める。

そっと顔を上げると、エドアルドが自分の額《ひたい》と前髪を押さえて盛大なため息をつくところだった。

「はあ……姉上に先を越されてしまったな」

「え……？」

「その方法で君を傍《そば》に置けるなら、俺が先に名乗り出ればよかった。だが執務室と騎士院だからな。男しかいないから、そうもいかないか……」

大きな独り言を零《こぼ》したエドアルドに、またどんな返事をすればいいのかと困惑してしまう。まるで姉弟でリリアを取り合っているような言い方だ。

「リリア」

名前を呼ばれて、つい自然に返事をしそうになったが、どうにか踏み止《とど》まる。

（今……リリア、と口にしなかった？　ただの聞き間違い……？）

不安に思うのならば、安易に返答などしてはいけないと思う。けれど顔を上げてエドアルドと見つめ合えば、呼び名などどちらでもいいように思えた。

サファイアブルーの濃い青が、リリアの瞳をじっと覗《のぞ》き込む。

「昼は姉上に譲ろう。その代わり、夜は俺の侍女になるというのはどうだ？」

エドアルドが誘うように目を細めて口元を綻《ほころ》ばせるので、唖然《あぜん》としてしまう。

たった今『夜はカティエのもとに戻す』と言ったばかりなのに、その余韻が消えないうちにリリアを寝所へ誘うとは一体どういうつもりだろう。

不誠実だ。リリアにも、カティエにも、彼が本当に愛しているという初恋の相手にも。

「……お戯《たわむ》れは、ご容赦下さい」

きっと不機嫌が声に乗っていたのだろう。王宮入りした最初の頃と比べると、無表情でいることが難しくなってきた気がする。

それもこれも目の前にいるエドアルドの不用意な言動のせいだと思うが、

「フラれてしまったか」

なんてからりと笑う様子を見ると、むしろもう少し感情を表現すべきではないかと思ってしまう。胸の中に広がる困惑をしっかりと理解してもらわなければ、リリアのほうがどうにかなってしまいそうだから。

「まあ、いい。カティエの傍《そば》さえ離れてくれれば、少しは口説《くど》きやすくなる」

「殿下……？」

困惑していると、伸びてきた腕に身体を引っ張られて互いの距離が近付いた。その腕の逞《たくま》しさを感じる暇もなく、エドアルドの声と吐息が耳朶にかかる。

「俺は君を……必ず俺のものにする」

それだけ言い残すと、一瞬だけ見つめ合ったエドアルドはすぐに離れてくれた。そしてそのまま階段を下りて行ってしまう。踊り場にぽつんと取り残されたリリアは、告げられた言葉の意味を理解出来ず石のように固まるだけ。

(その台詞《せりふ》は……)

昨夜も聞いた。それは幼い少女リーゼリアに教えた、彼の初恋の人への言葉だ。

わかっている。それはリリアへの言葉ではない。だから照れたり喜んだりしてはいけない。自分の気持ちに気付いてはいけない。エドアルドの想いに応《こた》えてはいけない。

たとえ鼓膜を震わせる甘い熱が、リリアの思考のすべてを奪っていったとしても。

王子殿下は想《おも》い人を愛《め》でる

リリアがメイナの助手として魔法院へ通うようになってから数週間。エドアルドの婚約者としてカティエがお披露目《ひろめ》される夜会の日は、もう目前まで迫《せま》っていた。

普段の仕事に加えて夜会の準備に追われていれば相当忙しいはずなのに、エドアルドは度々《たびたび》魔女室を訪れる。そしてリリアの淹《い》れたお茶を飲みながら、リリアに触れようとしたりじっと見つめたりと小さな悪戯《いたずら》を繰り返してくる。

それだけでも困っているというのに、エドアルドがやってくるとメイナは何かと理由をつけて席を外してしまう。結果エドアルドと二人きりになる時間が増え、最近のリリアは自分の心臓の音ばかりを気にしていた。

「リーリャ！」

廊下を歩いていると、後ろから名前を呼ばれて声をかけられた。振り返るとそこにいたのは宮殿侍女のセイラだった。

セイラはリリアと目が合うと目にうるっと涙を浮かべた。そして十歩ほどの距離を小走りに近付いてくると、勢いよくリリアに抱きついた。

「セイラ、どうしたの？」

「たっ、助けて！」

救援を求める声を聞いた瞬間、リリアに嫌な予感が過《よぎ》った。

そして嫌な予感というものは、的中するものである。

「えっと……私が言うのも変だけれど、本当にごめんなさい」

「いいのよ……悪いのはリーリャじゃないし、メイナさまのご要望だもの。仕方がないわ」

セイラの話を聞いたリリアは、ただ謝罪するしかなかった。

メイナに望まれ魔法院で彼女の助手を務《つと》めることになったリリアに代わり、カティエの身の回りの世話はセイラが行うことになった。セイラは上流貴族への礼儀作法を弁《わきま》え、手際がよくて仕事も丁寧と評判がいい。カティエとの年齢が近いこともあり、婚約発表までの世話役にはセイラが適任だと侍女長に推《お》されたとのこと。セイラ自身も侍女の経験と矜持《きょうじ》を持ってカティエの世話に臨《のぞ》んだ。

だが実際にカティエに仕《つか》えたセイラは、早い段階で心を挫《くじ》かれた。

「貴族の方々の中には無理を言う人も、言うことが細かい人も、ずれている人も、意見がころころ変わる人もいるのよ。でもそれが一度に全部というお方は初めてだわ……」

セイラの嘆きには思い当たる節がありすぎて、リリアも頭を抱えるしかない。

カティエはお湯が沸《わ》く時間を考慮せずに、今すぐお茶を用意しろという。急いでお茶を淹《い》れると温度が高くて火傷《やけど》すると怒る。最初から適温のものを淹《い》れろと無茶なことをわめく。冷ませば時間がかかりすぎだと嘆く。結局飲まないというのでお茶を下げると、数分後には喉《のど》が渇いたと駄々をこねる。

「そろそろお茶が欲しいと言い出す頃を予測して、先に淹《い》れておいておけばいいのよ」

「そろそろお茶が欲しいと言い出す頃なんて、予測出来ないわよ！」

カティエに配された侍女の嘆きを聞いたメイナは『音《ね》を上げるのが早いな』と笑い出した。

セイラにはお茶を欲する頃合いなんて予測出来ないと嘆かれてしまったが、それは当然だと思う。リリアはカティエと長い付き合いになるが、会ってひと月ほどの者が彼女のわがままを予測出来るのなら、誰も苦労なんてしない。

事前に淹《い》れたぬるいお茶ではなく、適温で淹《い》れた芳醇《ほうじゅん》なお茶の香りを味わったメイナは、リリアにいつものような優しい笑顔を向けてくれる。今日も美味しいと褒めてくれる。魔法が使えないリリアに、書類の整理や薬品の管理などの難しくない仕事を与えてくれる。

プラチナホワイトの美しい姿と姉のような優しさに、リリアはほっと息をついた。

「リリア。君は呪いが解けたら、その後どうする予定なの？」

その姿に見入っていると、メイナがリリアの瞳を見つめてそっと首をかしげた。

「え……えーと、実はあまり考えていませんでした……」

この呪いがちゃんと解けると信じられないリリアは、メイナの疑問に対する回答を用意していなかった。

少なくともカティエの住居が王殿に移るまでは傍《そば》にいたいと思っている。けれどその後のカティエは、すぐにリリアの存在など不要になる。不要どころか、きっと邪魔になるはずだ。

だから冬黎祭《とうれいさい》が終わった後はフォルダイン領へ帰るつもりでいる。ただそれ以外のことは今はまだ何も決めていないし、考えていない。

「領へ帰っても、結婚は出来ないので」

「え、そうなの？」

「絶対に不可能というわけではないですが……王族の申し出を辞退した身である以上、すぐに他の方と結婚することは認められません。王政枢機院《すうきいん》が婚姻誓約書を受理しないと思います。少なくとも三年、良識的に考えると五年は難しいのではないかと」

リリアは王族との結婚を辞退した。名誉ある婚姻から逃げ、エドアルドを傷付けてしまった。

その張本人が、簡単に他の者との婚姻など認められるわけがない。呪いから解放され夜も大人の姿でいられるようになったとしても、リリアは誰とも結ばれることはない。五年の月日が経ったら、リリアは二十六歳となる。結婚出来ないわけではないが、世間は行き遅れの貴族令嬢という目でリリアを見るだろう。

「呪いが解けたら、エドと結婚するつもりはある？」

ため息を漏らす寸前でリリアの耳に届いたのは、ひどく現実離れしたメイナの質問だった。思わず「は……？」と間抜けな顔を晒《さら》してしまう。だがメイナの表情は真剣そのものだった。

リリアの事情のすべてを知るメイナは、リリアがエドアルドの元の婚約者であることも把握している。だからそんなことを聞いてきたのだと思うが、リリアとエドアルドの婚姻の話はとうの前に破談になっている。エドアルドには、今はもう別の婚約者がいるのだ。

「エドアルド殿下は、春にはカティエと結婚されますから」

「じゃあ、もし明日呪いが解けたら？」

「……あり得ません」

明日呪いが解ける可能性も。エドアルドと結ばれる可能性も。

ゆっくりと首を振ると、メイナが肩を竦《すく》めて苦笑した。

「うーん、エドは脈なしか」

脈があるとかないとか、そういう問題ではない。エドアルドがカティエと結婚することはもう決まっていることで、覆《くつがえ》らないこと。たとえリリアの本心がそれを望んでいなくとも、いまさらどうにかなることではないのだ。

「じゃあ、魔法院に就職するのはどう？」

「え……？　私、魔法使えないですよ？」

「別に使えなくてもいいよ。リリアは鼻がいいし、お茶は美味しいし、細かい作業を手伝ってもらえるから、すごく助かってるもの」

メイナがにこりと笑顔を作って、リリアに別の人生を提案してきた。

呪いが解けたら故郷に戻るのもいいけれど、このままここにいるというのはあり？

そう誘ってくれるメイナを、リリアは良き理解者のように――友達のように感じた。

「リリアは、どういう男が好み？」

「え……？　え？」

「魔法院の研究者たちは少し理屈っぽいけど、女性に対しては真面目な人が多いよ。だから五年経ったら私が君に似合ういい男を選んであげ……」

「姉上」

にこにこと機嫌よく笑う月下氷人の頭上に、地を這《は》うような低い声が落ちてきた。

驚いて声がした方向を見れば、魔女室の入り口に苛立ちを露《あら》わにしたエドアルドが立っている。不機嫌にこちらを見下ろす冷たい瞳に、メイナが短い悲鳴をあげた。

「何の笑えない冗談です？」

「エド……いつからそこにいたの？」

「今来たばかりですが」

（リリアと呼んでいたの、聞こえていたかしら……？）

エドアルドがいるとは思っていなかったので、メイナは当然のようにリリアの名前を呼んでしまっていた。その会話を聞かれていたのではないかと、一人冷や汗をかく。

エドアルドが悪意を持ってリリアやフローラスト家を傷付けるとは思わない。しかしわずかな綻《ほころ》びからレオンがすべてを失ってしまう可能性もある。そう考えると確かにメイナの提案は嬉しかったが、冬黎祭《とうれいさい》を終えたらすぐにでも領地に戻るべきだと思えた。

「姉上は次の舞踏会の場に引っ張り出されたいようですね？」

「うえ……それは勘弁して」

リリアの心配をよそに、姉弟はまだ言い合いをしている。

メイナは人の多い場所と煌《きら》びやかな空間を嫌うと噂されていたが、どうやら本当に社交の場が苦手のようだ。苦い顔をして項垂《うなだ》れたメイナが反論する元気を取り戻さないうちに、エドアルドが自分の用件を告げてきた。

「彼女をお借りしたいのですが」

エドアルドに視線を向けられ、リリアの表情が固まる。借りる、ということはまた二人きりになるのだろうか。それはカティエに申し訳ないし、色んなことを思い出して恥ずかしいし、綻《ほころ》びが出そうになるので、出来れば遠慮したいのに。

「リーリャは私の助手なんだけどなぁ」

「ああ……ではアンティルム殿にもダンスの特訓に励んで頂きましょうか」

「うん、ごめん！　わかった、いいよ！」

一瞬は抵抗の態度を見せたが、夫とあわせて社交の場に引っ張り出すと脅されると、あっさり降参してしまう。

メイナにはもう少し頑張ってほしかったが、エドアルドに、

「おいで」

と甘さを含んだ笑顔を向けられると、リリアもあっさり陥落してしまった。

片目を瞑《つむ》ったメイナが、鼻の前で手のひらを縦に振って『ごめん』と合図をしてくる。

メイナにふるふると首を振って微笑むと、リリアはエドアルドの後に続いて魔女室を後にした。

最初は無言のままエドアルドの後ろを歩いていたが、この状況をカティエに見られたらと思うと背中に妙な汗がにじんできた。

「カティエさまが、殿下にお会い出来ずに寂しがっておりますよ」

気付けばエドアルドの背中に、言わなくてもいい文句をぶつけてしまっていた。

もちろんただの侍女が、主や客人に話しかけることはご法度だ。しかしそれを聞いたエドアルドの声は妙に弾《はず》んでいる。

「寂しいのは、君に冷たくあしらわれている俺のほうだ」

ひらけた空間の奥にある大扉に、そう呟いたエドアルドの指先がかかった。扉の奥を認識したリリアは、またしても禁を破って自らエドアルドに話しかけてしまう。

「殿下、この先は王殿です。許可がない者は立ち入れません」

今日のリリアは、幼女の姿ではない。自分の意見を言えない幼い子どもではない。自分の言動に自分で責任をとらなければいけない、大人の女性だ。

エドアルドの望みを拒否することの重さは理解しているが、この先に踏み込むことの意味も理解している。板挟《いたばさ》みになった緊張で石のように硬直していると、エドアルドの腕がリリアの腰に回った。

「俺が隣にいるのに、許可も何もないだろう」

エドアルドにリリアの困惑を気にする様子はない。緊張状態は継続しているのに、耳元で「ほら」と囁《ささや》かれて手を引かれれば、結局は彼の言う通りに導かれてしまう。


連れられてやってきた場所はエドアルドの私室だった。位置関係から考えると彼の寝室の隣に位置する部屋だと思われる。

広い部屋には執務用の机と椅子、応接セット、壁にそって大きな本棚が二つ。窓から差し込む太陽の光は室内を明るく照らし、その奥には壮麗《そうれい》な王宮庭園を一望出来る。

部屋の中央にあるダークブラウンのテーブルに目を向けると、その上にいくつもの小箱や包みが置かれていると気付く。エドアルドへの贈り物の類《たぐい》なのかと思ったが、促《うなが》されて近寄ったリリアはつい驚きの声を零《こぼ》してしまった。

「これは……」

「今年の新茶葉だ。夏から秋にかけて収穫されるものはすべて揃えた」

「す、すごいです……！」

テーブルの上に並ぶのはスーランディア王国内で収穫される茶葉の数々だった。王都の周辺だけではなく、地方都市や遠方の領地で収穫されるものまで完璧に網羅《もうら》されている。箱や包みに統一感がないのは、これが王宮に献納される正規品ではなく、まだ各地の市場にしか出回っていない最新のものである証拠だった。

「わ、シュスターレン領のゴールドオレンジティー！　オルヴェイン領のホワイトティーなんてとても希少ですよね？　私、飲んだことないです！」

「茶葉でそんなに喜んでもらえるのか」

興奮冷めやらぬまま感動の言葉を口にすると、エドアルドがくすくすと笑う。

「欲しいものがあれば持っていっていい。もちろん全部でも構わない」

リリアをテーブル前のソファに座らせ、視線で茶葉の包みを示したエドアルドが優しく微笑む。まるで愛しい人への秘密の贈り物作戦が成功したような、眩《まぶ》しい笑顔で。

「そんな……頂けません」

笑みを向けられたことで少し冷静になったリリアの隣に、エドアルドが腰を下ろした。以前どこかで似た場面に遭遇したことを思い出し、そっと身体を離そうと試《こころ》みる。

リリアの回想と予想は的を射ていたようで、エドアルドの手が肩に回るとそのままぐっと抱き寄せられてしまった。

「では俺のために、毎日この部屋に淹《い》れに来てくれ」

「そ、それも出来ません」

エドアルドの指先が、飼い猫を甘やかすようにリリアの頬を撫《な》でる。急接近してきたエドアルドからやんわりと逃げようとしても、彼の腕の力には敵《かな》わず全く振り解《ほど》けそうにない。

「あ、あの……では一つだけ」

このままではまたエドアルドに全身を撫《な》でられ、さらに毎日お茶を淹《い》れる約束をさせられてしまう気がする。それならば、と諦めて贈り物の受け取りを承諾すると、エドアルドが表情を崩して「そうか」と呟いた。

本当は王子からの個人的な贈り物など、もらってはいけない。ただの侍女が王子殿下から特別扱いを受けるわけにはいかない。けれどそれでエドアルドの気が済み、ここから解放してもらえるなら仕方がないと諦める。

改めて色とりどりの小箱や包みを吟味する。産地が遠く離れていて、手に入りにくい茶葉。生産量が極端に少ない希少な茶葉。茶缶のデザインが毎年変わり、ついついコレクションしたくなる茶葉。色々な種類のものが目の前に並んでいて、いけないいと知りつつも虚勢を張らずにやっぱり二つ……いや三つと言えばよかった、と考えてしまう。

しかしどんなに魅力的な茶葉を並べられても、やはり気になるのはフォルダイン領産のもの。新茶葉を味わう前にカティエに付き添って王宮入りしてしまったため、今年の味についてはリリアもまだ知らない。

きっと少し待てば、登城の際にレオンが茶葉を持ってきてくれるだろう。しかしリリアが最も心を動かされるのは、やはり慣れ親しんだ味だった。

フォルダイン領の刻印で封をされた薄緑の袋を手に取る。茶師の夏季査定では、渋みが抑えられてほどよい苦みと甘みが調和した茶葉になるだろうと評価されていた。実際の味と香りは熱いお湯を注いで葉が開かなければわからないが、きっと今年のお茶も美味しいはずだ。

「やはりフォルダイン領産のグリーンティーが好みか」

「え……？」

「故郷の味だからな」

無意識に手にした紙袋を見て、エドアルドが小さく頷いた。その表情を確認したリリアは、自分の些細《ささい》な行動が大きな失態に繋がってしまったと気が付いた。

リリアはカティエの侍女として王宮にやってきた。特殊な事情がなければ、侍女も同じ領地の出身であると考えるはず。仮に違う出身であったとしても、確信を持って故郷の領地を言い当てることなど出来ないはずだ。初めからそうだと知らない限りは。

「あ、あの……私これで失礼しま……」

「まだ話は終わっていない」

急いで立ち上がろうとしたが、叶わなかった。

リリアが茶葉に夢中になっている間も、エドアルドは肩に手を回してその様子を眺めていたのだ。逃げようと思って力を入れたときにはもう遅い。

ましてエドアルドは、騎士院で日々鍛練に励んでいる成人男性だ。力でも素早さでも、最初からリリアに勝てる見込みはない。

「リリア・フローラスト……俺の本当の花嫁」

エドアルドの腕に身体を抱かれると同時に、耳元で低い声が響いた。ぞくりと身体の奥が疼《うず》きそうになるが、甘い声音に酔い痴《し》れている場合ではない。

さらに力が強まる腕の中で、リリアは密《ひそ》かに絶望した。

「……気付いて、いらしたのですね」

リリアの正体に。侍女だと言って本当の名前を隠し、婚約を辞退した身でありながら図々しくエドアルドの前に姿を現したことに。

　わかるはずがないと思っていた。王宮に来るまでリリアはエドアルドと面識がなかった。エドアルドだけではなく、社交の場にさえたった一度しか顔を出したことがないリリアは、他の王族や貴族ともほとんど面識がない。

　けれどわかっているような気配も感じていた。エドアルド本人にリリアと呼ばれたことがあった。先ほどもメイナがリリアと呼ぶのを聞いていたはずなのに、わざとらしいほどそこに触れなかった。

「気付かないはずがないだろう。最初に会った時点で、ちゃんと気付いていた」

　腕の中のリリアの前髪を撫《な》でながら語り掛けられる。ただ隠していただけではなく、必死に誤魔化して取り繕《つくろ》っていたことも、エドアルドは初めから見抜いていたらしい。

　今すぐに逃げ出したい。だが謝罪をしなければ済まされない。

　否、リリアの謝罪一つで済むほど簡単な状況ではない。

　王族への虚偽報告は重罪に値する行為だ。直接名前を聞かれて偽りの回答をしたわけではないので厳密には嘘はついていない。しかしそうと悟《さと》られぬように隠しごとをしていた。虚偽報告と同じだと言われても仕方がない状況だ。

「婚約を解消されて……惚れた男がいるのだと、俺では駄目だったのだと必死に諦めた」

青ざめて震え出す身体で懸命に言葉を探していると、エドアルドのため息が耳に届いた。顔を上げると切ない表情のエドアルドとじっと見つめ合う。

「だが君は俺の前に現れた。手に入れられる距離にいるのに諦めて手放《てばな》せるほど、俺は出来た人間じゃない」

真剣な眼差しで語られ、身体を抱く手と反対の手でするりと頬を撫《な》でられる。やわらかく肌に触れる指先から、確かな熱が伝わってくる。

「リリア……俺は君を……」

「お待ち下さい、殿下。今の私は……殿下の婚約者ではありません」

震える声でエドアルドの言葉を遮《さえぎ》る。拒絶の言葉を聞いた瞬間、エドアルドの表情が不機嫌に歪《ゆが》んだ。

「俺が嫌いか？」

「いえ、そうではなく……」

そうではない。ただの侍女でしかないリリアの火傷《やけど》を癒し、リリアの淹《い》れたお茶を美味しいと褒め、君だけが欲しいと囁《ささや》いたその瞳に。声に、指に。

リリアはこんなにも惹かれている。眠りに落ちる瞬間に、エドアルドの笑顔を思い出してしまうほど。見つめられるだけで嬉しいと思ってしまうほど。嫌いどころか、好いている。エドアルドのことばかり考えてしまう。けれど。

（私は、呪われている）

リリアは魔女に呪われている。呪いを受けた時点で不吉だというのに、その呪いの内容がさらにリリアを価値の低い存在にする。

この呪いは、夜になると身体が子どもの姿になってしまうというもの。子どもに子どもは産めない。世継ぎを残せない女性など、正妃であろうが愛妾《あいしょう》であろうが王家にとって価値の低い存在だ。そんなリリアがエドアルドと添うことなど、出来るはずがない。

（それに殿下は……）

エドアルドはカティエと結婚する。それはもう決定していることで、リリアがどんなにエドアルドに惹かれていたとしても、エドアルドがどんなにリリアを好いていても、覆《くつがえ》せない。だから好きなのか嫌いなのかと問われても、答えることなど出来ない。

「殿下はカティエと……」

「カティエと結婚するつもりはない」

俯《うつむ》きながら呟いた言葉は、最後まで言い切らないうちに否定されてしまった。そのはっきりとした口調に、驚いて顔を上げる。真剣なサファイアブルーと再び見つめ合う。

確かにエドアルドは、最初からカティエを特別に扱ってはいなかった。同じ王宮内にいるのに、カティエの部屋を訪れることはない。花や菓子などの贈り物をすることもない。忙しいなりに時間を作れるはずなのに、食事やお茶に誘うこともない。それどころか、せっかくティータイムを用意しても彼女をあっさりと放置してしまう。

カティエに気持ちがないと言われれば、納得出来るような態度ばかり。きっと彼女とはこうして見つめ合うこともない。リリアの知る限り、二人きりになったことさえないのだから。

「待ち続けて、思い続けて……君だけが欲しくて……」

エドアルドの指先に力が入る。そのまま彼の胸に抱き寄せられると、リリアの鼓動が急激に加速する。

同時に、小さな疑問が湧《わ》き起こる。

(以前話していた初恋の少女って……私？)

エドアルドが語った、幼い頃の恋の話。王宮庭園で出会ったという初恋の相手。

そのときのエドアルドは十歳だったというので、相手が自分だとしたら、五つ違いのリリアは五歳の頃と思われる。それは奇《く》しくも、呪いにかけられて幼女の姿になる夜のリリアと同じ年頃だ。

五歳の頃――記憶の糸を手繰《たぐ》りよせ、懸命に思い出そうとしたのに。

「そうだな……君は俺のことを何も知らないから、好きも嫌いもないか……」

呪いの存在を知らないであろうエドアルドは、リリアが拒否する理由は別にあると解釈したらしい。瞳の奥にはいつか見た熱と同じ色が宿っている。

「俺がどんなに君を望んでいるのか、ちゃんと教えてやる」

心の準備を十分にしていないうちに、エドアルドの手に顎《あご》先を捕らえられる。少し身を屈《かが》めて顔を傾《かたむ》けたエドアルドの唇が、触れそうなほどの距離で愛の言葉を囁《ささや》く。

「リリア。俺は君が好きだ」

「ん……っ」

自分が言いたいことだけ告げると、返事も待たずに唇を奪われてしまう。急に感じたぬくもりに、驚きの言葉も、拒絶の言葉も、受け入れるための言葉も発せない。薄く開いた瞳の奥では、サファイアブルーの炎がリリアの恋心を焚《た》き付けようと揺れ動いている。

「エドアルド、殿下……」

すぐに離れた唇が再び重なる前に、その名を呼ぶ。エドアルドは表情をゆるめるが、結局何も言わずに再度唇を重ねられた。

今度は重なった場所を舌先でゆっくりと辿《たど》られ、時折唇を弱く噛まれる。その小さな刺激にぴくんと身体が跳《は》ねると、目聡《めざと》く反応を見つけた指先が顎《あご》の下をゆるゆると撫《な》でた。まるで愛おしいものを大切に扱うような触れ方で、全身がふるるっと身震いする。

「少しはわかったか？」

「あ、あの……」

問いかける声も愛おしくてたまらないと言っている。わざと視線を合わせて微笑まれると、リリアは恥ずかしさと罪悪感で困惑してしまう。

友人の婚約者との口付け。それは決して許されない行為なのに。

「足りないようなら、もっとしっかり教えないとな」

自分にも言い聞かせるように呟いたエドアルドは、リリアの身体を抱き上げるとそのまま奥の扉へ向かった。

扉の先は、思っていた通り彼の寝室だった。

以前ここへやってきたとき、リリアは幼女の姿だった。エドアルドは幼い子どものリーゼリアに優しく接してくれて、眠りにつくまでずっと頭を撫《な》でてくれた。

けれど今はあのときとは違う。まだ外は十分に明るくて、リリアは大人の姿で、エドアルドの目は『大人になったときは遠慮しない』と宣言した通り、真剣そのものだった。

「リリア……」

「あ……っ」

下ろされたベッドの上に、そのまま身体を縫い付けられる。熱のこもった視線に見つめられて耳から顎《あご》の輪郭を撫《な》でられると、意思とは関係なく身体がピクリと跳《は》ねてしまう。その反応を確認したエドアルドが、顎《あご》先と零《こぼ》れた声を掬《すく》い上げ再度唇を重ねてきた。

「ん……んん」

以前このベッドで額《ひたい》に落とされたような可愛らしいキスではない。食《は》むように動いた唇から熱い温度が伝わってくる。くすぐったさから逃《のが》れようと身をよじると、無意識に鼻から抜けるような声が零《こぼ》れた。

「んぅ……ん」

力が抜けると、開いた口の隙間からエドアルドの舌が侵入してきた。抵抗する間もなく入り込んできた熱に舌を搦《から》めとられると、徐々に頭がぼうっと霞《かす》む。呼吸が上手く出来なくて、空気が足りずにさらに力が抜けてしまう。

「ふあ、ぁ……あっ」

丁寧な口付けに翻弄《ほんろう》されていると、エドアルドの指先がリリアの腰をするりと撫《な》でた。その瞬間、感じたことのない甘い痺《しび》れが全身を駆け抜ける。腰から身体の隅々まで広がるびりびりとした感覚に、喉《のど》からあられもない声が零《こぼ》れてしまった。

「腰が弱いのか？」

唇を離したエドアルドが、吐息がかかるほどの至近距離で問いかけてくる。

上手く声が出ないのでぶんぶんと首を振って否定するが、同じ場所を撫《な》でられるとまた喉《のど》から高い声が溢《あふ》れた。まるで自分のものではないような、主人に甘える猫のような声が。

「可愛い反応だな……ずっと撫《な》でていたい」

「っやぁ、殿下……やめ……んんっ」

エドアルドが嬉しそうに呟く言葉のすべてが、恐ろしくて仕方がない。侍女服の前掛《まえか》けの結び目をほどかれ、さらに同じ場所を撫《な》でてくる。敏感な場所ばかり触られ続けるなんて拷問のようだ。

「リリア。俺の名前を呼んでくれ」

エドアルドの言葉の意味がわからず、一瞬動きが止まってしまう。呼吸と息が乱れた状態で顔を上げると、澄んだ青い瞳がリリアをじっと見下ろしていた。

深海の底のような色は何かを探ろうとしているのに、それと同時に強い情欲を表現しているようにも感じる。

「え、エド、アルドさま……？」

「そうだ」

求められた呼び名を口にすると、エドアルドの視線は艶と熱を含んだ色に変化する。

頷くと同時に背中とお尻の境目《さかいめ》を撫《な》でられると、今度は全身がびくんと跳《は》ねてしまった。

「あっ……」

ぞく、ぞくっと全身が震える。まるでサファイアブルーの海に溺れてしまったように。

エドアルドの指先に、身体が呪われてしまったように。

「っ……ん」

強い意思を持った瞳に見つめられながら、甘い戯《たわむ》れを全身に受ける。長い指が腰から上に移動していく。その指の運びがあまりにもゆるやかで、ひどく官能的で、リリアは声が漏れてしまわないよう必死に息を噛み殺した。

エドアルドの指が首の下のボタンにかかる。驚いてその手首を掴《つか》まえるが、邪魔はさせない、と再び唇を奪われる。さらに侵入してきた舌に口内を食い尽くされると、すぐに思考が霞《かす》んでしまった。

「……っ、ふ……ぁ」

触れ合った舌から生じる熱に、理性がじんわりと焼かれていく。貪《むさぼ》るような激しいキスに流されないよう、エドアルドの腕をぎゅっと掴《つか》む。しかし唇の隙間から息継ぎを繰り返しているうちに、彼の指はいとも簡単に胸元のボタンを外してしまった。

ぷつり、ぷつりと外されたボタンが五つ目を数えると、ワンピースの前立てを寛《くつろ》げられた。緊張と火照《ほて》りで汗ばんだ肌に外気が触れると、ひんやりとして心地がいい。けれどほっと息をつく隙は与えられなかった。

「やっ……エドアルドさま……何をっ」

顔の位置を下げたエドアルドが、突然その肌に唇を寄せてくる。素肌の上に熱い感覚が生じる。視線を下げると、シュミーズの襟ぐりが開いた場所にエドアルドの唇が触れていた。

「あっ……やぁっ」

エドアルドに身体を舐《な》められている。あまりの羞恥《しゅうち》から逃げようとすると、今度はちゅう、と肌を吸われてしまう。

「ん、ぁあ……っ」

可愛らしい音とは対照的に、肌の上にピリッと鋭い痛みが走った。吸われたというよりも噛まれたように感じて身をよじってしまう。

その小さな痛みを緩和させるように、舌の先が柔肌《やわはだ》を這《は》う。ぬるりとした感触に震えていると、エドアルドが顔を上げてじっと視線を合わせてきた。

「君は俺のもの……これはその証だ」

呟いた声が示す場所を、細長い指が爪弾《つまび》く。意味がわからずに再度視線を下げると、胸の上に傷のような赤い痕《あと》が出来ていた。

「……!?」

「痛かったか？」

身に覚えのない発赤《ほっせき》に目を見開くと、耳元に近付いたエドアルドの唇がリリアを心配する言葉を紡《つむ》いだ。何も言えずに硬直していると、胸の中心に散る赤い色を指先でトントンとつつかれる。

「これは怪我や傷じゃない。肌を強く吸うとこうなるんだ」

「傷では……ない……？」

「そう。これは君を独占したい、俺のものだという証」

愛情だけではなく所有欲まであると教えられ、再び全身が発火する。

それは、知らなかった。エドアルドとの婚約が決まって以来、リリアは寝所での男女の行為についても教えられていた。だが相手の肌を吸うことで所有の証を残せるとは、聞いたことがない。もちろんその相手が情欲に満ちた本気の目をしてリリアの肌に赤い花を散らすことも、誰も教えてくれなかった。

エドアルドの手がするすると身体の稜線を撫《な》で始める。また甘ったるい声が零《こぼ》れ出るのではと焦ったが、今度は腰の横を通過し、そのままさらに上へ移動する。

「あ……や、だめっ……」

胸元に辿《たど》り着いた手が、すでに寛《くつろ》げられていた前立ての縁《ふち》からワンピースの中へ侵入してくる。

侍女は身体のラインを強調する必要がないので、シュミーズの上にはコルセットより締《し》め付けが少ないステイズを身につけているのみ。前で結ばれた紐をほんの少しゆるめれば、後ろの留《と》め具は簡単に外れてしまう。

エドアルドはそれをちゃんと理解しているらしい。綺麗な指先が前紐にかかると、リリアの喉《のど》からは拒否の声が飛び出した。

「……エドアルドさま！　……だめです、だめ……！」

「駄目じゃない」

「こ、これ以上は……」

カティエに顔向け出来なくなる。

見つめ合って、口付けられて、乱されて、愛の言葉を囁《ささや》かれて。それだけでも十分な裏切り行為だというのに、身体を繋げてしまえばもう言い訳すら出来なくなってしまう。

元より言い訳をしようとも、ましてエドアルドのせいにしようとも思っていない。もちろん前回のエドアルドの戯《たわむ》れも口外していない。けれど男女の結びを交わして、それを言葉にも表情にも出さず、後ろめたささえ感じずに過ごす自信はない。

それならなぜ彼の寝室に足を踏み入れる前にちゃんと拒否しなかったのかと問われたら、言い訳すら出来ない。言い訳をしようと考えている時点で、ずるくて、卑怯で、嘘つきだ。それがわかっているからこそ、これ以上罪悪感が増すような行為はしたくないのに。

「怖いか？」

「いえ、あの……」

「出来るだけ、優しくする」

「……っ、ふぁ……」

エドアルドが再び唇を重ねてくる。そうして手早くステイズの結び目をほどかれ、厚布の塊《かたまり》と化したそれをベッドの下へ放り投げられた。

エドアルドを制するための言葉を探している間に、どんどん衣を剥《は》がされてしまう。拒否の言葉が先か、行動が先かと考えている暇もない。

「だ、だめです……私、本当に……」

「なぜだ?」

「な、なぜって……だって……」

「……まさか、惚れた男がいるのか?」

ようやく声を出すと、シュミーズにかかったエドアルドの手がピタリと止まる。

不機嫌な声に気付いて顔を上げたリリアは、エドアルドの表情を確認した瞬間、静かに凍り付いた。

「そういえば、君にはちゃんと確認したことがなかったな」

リリアを見下ろす瞳には、怒りと疑念の色が含まれていた。地を這《は》うような鋭くて低い声で問い詰《つ》められると、身体が強張《こわば》ってしまう。

「……どうなんだ？　他に好いている男がいるのか？」

リリアは答えに窮した。もちろんそんな相手はいないが、エドアルドの怒気を孕《はら》んだ視線に気圧《けお》されると、上手く声が出せない。

「え、えっと……」

「どうして違うと即答しない」

ギリ、と奥歯を噛んだ音が聞こえた瞬間、制止の仕方を誤ってしまったと知る。

この先の行為を拒否する理由にカティエの名前を出せば、エドアルドの想いに応《こた》えられない理由がカティエのせいになってしまう。自分から踏み入ってはいけない境界を越えておいて、都合のいいときだけカティエのせいにはしたくない。とはいえ呪いのことを告げるわけにもいかない。

ならばどうしたものかと迷っているうちに、エドアルドは誤解してしまったようだ。

「もしそうだとしても、俺は認めない」

「エドアルドさま……？」

目の前で獲物を横取りされたように、サファイアブルーの瞳の奥に壮絶な嫉妬の色が燃え上がる。リリアのすぐ傍《そば》についた手が、小刻みに震える。

「枢機院《すうきいん》に俺以外の男との婚姻誓約書など持ってきてみろ。五年経とうが十年経とうが俺は絶対に認めない！　その場で即刻破り捨てて、突き返してやる！」

「そんな……こと……」

エドアルドが怒りを露《あら》わに吠《ほ》える。だからつい涙が出そうになってしまう。

それがリリアを想うあまりに飛び出した、いくら王子でも実行不可能な道理の通らない行動だと理解しているから。それでも他の男のものにはさせない、誰にも渡さない、と強い感情でリリアを求めてくれるのが嬉しいから。エドアルドの眼差しが、リリアとの結婚をまだ諦めていないと教えてくれるから。

「婚姻前に抱くことが紳士として誠実さを欠くことは理解している。だが……」

少し冷静になったらしいエドアルドが、声を落として呟く。

エドアルドは、世間の良識を十分に理解していると言う。けれど口振りとは裏腹に、両手はシュミーズをたくし上げていく。その動きは、もう誰にも止められそうにない。

「君に、俺以外の男との結婚を想像してほしくない」

「エド、アルド、さま……」

「嫉妬に狂うぐらいなら、今すぐ君を俺のものにする。もう二度と、俺以外の男のことなど考えさせない」

その瞳があまりにも本気すぎて、とうとう言い訳をする気持ちが消えてしまう。

目を閉じると同時に降りてきた口付けは、愛を教え込ませるようにひどく丁寧で優しかった。


身につけているものをすべて取り払われ、まとめていた髪をほどかれ、シーツの上に身体を横たえられる。カーテンが引かれていないエドアルドの寝室は明るく、午後の光にプラチナホワイトの髪がキラキラと輝いて見える。

衣服を脱がせながら優しいキスを繰り返していたエドアルドが、ふと唇を離して視線を合わせてきた。その瞳の色はいつもと変わらないのに、今は恋の温度に燃えているようにも見える。

視線を下げると、同じくすべての衣服を脱いだエドアルドの裸体が見えた。騎士院で鍛えているだけあって身体はよく引き締まっており、無駄なものが全くない。対してリリアの身体はふわふわとやわらかく、全体的になだらかである。カティエのように腰が細いわけではないので、一般的には男性が好む身体ではないはずだ。

急に恥ずかしさと申し訳なさを感じて手で身体を隠すと、エドアルドが不満げな表情をした。

「ちゃんと見せて」

「……あ」

胸を隠す手を退《ど》けられると、全身をまじまじと観察されてしまう。エドアルドに裸を見られているという恥ずかしさから視線を背《そむ》けると、伸びてきた手が左胸を包んだ。

ぴくっと身体が跳《は》ねる様子を確認したエドアルドが、触れた指先に力を入れて手を動かし始める。

「やわらかいな……気持ちいい」

「……っ」

感心したように呟かれ、すぐに右胸にも触れられる。見つめられながら同時に両方の胸を撫《な》でられるという状況に戸惑い、だんだんと顔が熱く火照《ほて》っていくのがわかる。

顔が赤くなっていたら恥ずかしい。胸を隠すことを諦める代わりに空いた手で顔を隠すと、エドアルドの手がリリアの秘めた感情を暴こうと動き出した。

「顔も隠さないでくれ」

「や……だって……」

「感じているところを見たいんだ。それに君を抱く男が俺だということも、ちゃんと見ていてもらわないと困る」

「そ、そんな……っやぁ、ん」

最初は優しくゆるやかだった動きが、だんだんと肌を捏《こ》ねるような強い動きに変わっていく。リリアの顔を見つめ、声と表情から反応を探ろうとする視線がとにかく恥ずかしい。

「ひゃ、あ、ぁっ」

胸を撫《な》でる手の動きは変わらないのに、指先だけが器用に動いて胸の突起をきゅうっと摘《つ》まみ上げる。驚いて腕に縋《すが》ると、エドアルドが楽しそうな笑みを零《こぼ》しながら頬に唇を寄せてきた。

「っぁ……ふあ」

小さなキスに照れている間も、彼の両手は胸の突起を撫《な》で続ける。優しい触れ方でくるくると円を描いているかと思えば、親指と人差し指で突然そこを摘《つ》まれる。身体が跳《は》ねれば、また手のひら全体を使って揉《も》んでくる。

「やぁ……エドアルド、さま……それ……っ」

「気持ちいいか？」

ばらばらにやってくる種類の違う刺激に翻弄《ほんろう》されていると、頰から顎《あご》先、喉《のど》元、鎖骨へと下りていた唇が、リリアに感想を訊《たず》ねてきた。

確かに恥ずかしいと同じくらい触れ方が優しく丁寧で心地いい。けれど素直にそう口にするのは、あまりにはしたない気がする。

どう答えればいいのかわからずにいると、唇が突然右胸の突起に触れてきた。

「やあぁんっ」

胸に直接口付けられた驚きで、つい大きな声が零《こぼ》れてしまう。なんでそんなところにキスなんて……！　と抗議をする間もなく、今度はかぷ、と口に含まれた。

「ふぁ、あぁ、ん」

羞恥《しゅうち》に耐えるために目を瞑《つむ》っても、感覚だけで理解してしまう。エドアルドの形の整った唇が乳首を口に含んでいる。しかも舌の先で舐《な》められ、転がされて、時々ちゅう、と吸い上げられる。その淫《みだ》らな戯《たわむ》れから逃《のが》れようと腕に力を入れた瞬間、右胸の上から生温《なまぬる》い感覚が消えた。

顔を上げたエドアルドと目が合う。にこ、と微笑んだ彼の色気に圧倒されて言葉を失っていると、再度顔を下げて同じ戯《たわむ》れを再開する。今度は左胸。右胸にはまた彼の細長い指が這《は》い、先ほどと同じように強く揉《も》まれる。

「あん、だめッ……えど、あっ……あぁッ」

今の明るい笑顔は何だったのかと思うほど、強烈で容赦のない刺激を与えられる。

エドアルドはリリアの胸を気に入ったらしく、その後も時間をかけて執拗《しつよう》に舐《な》め転がされ、揉《も》まれ、弾かれ続けた。

未知の刺激と強い快感に、脳の処理が追い付かない。このままでは意識を失ってしまいそうだと思っていると、そうっと下へ伸びていったエドアルドの右手が、リリアの左膝の内側にかかった。

また身体が反応してしまうのでは、と考える暇はなかった。手に力を込めたエドアルドが左脚だけを横へ持ち上げながら開くと、彼に秘部をさらけ出す格好になってしまう。

「や、あっ、まっ……！」

制止の言葉を待たず、エドアルドはリリアの膝と股関節を曲げ、思いきり開いた股の間に身体を割り込ませてきた。再び笑顔を残すと、自由になった右手を股の中央に滑《すべ》り込ませる。

どこを触られたのか、咄嗟《とっさ》にはわからなかった。けれど普段人に見られることも、当然触られることもない秘めた突起に躊躇《ちゅうちょ》なく強い刺激を与えられ、身体が過敏に反応する。

「ふあぁッ……！」

ビクン、と全身が跳《は》ねる。強い刺激で意識が抜け落ちそうになる。

「やっ……そんなところ……！」

首を振りながら腕を掴《つか》んで、制止しようとする。けれど視線が合ったエドアルドは妖艶に笑うのみ。

指が再び動くと同時に、股の間からくちゅっ、と水の音が響いた。初めての快感で戸惑っていたが、それが自分の身体から発生した音だと気付き、リリアは青ざめた。

「わ、私……漏らし……？」

焦って半身を起こそうとすると、胸を撫《な》でていた手がリリアの身体をシーツの上に押し戻した。

「違う。女性の身体は興奮して気持ち良くなると、ここが濡れるものなんだ」

「こ、興奮……？」

「ああ。愛する男性を受け入れるための自然な反応で、別に漏らしたわけじゃない。だから気にしなくていい」

言い聞かせるように諭《さと》しながらも、指先は露《あら》わになった花芽を丁寧に転がしてくる。それと同時に蜜口の縁《ふち》をくるりと撫《な》でられると、強烈な刺激に襲われた。

「やあ……ッん……！」

「君の身体は、俺を受け入れてもいいと言っている。だが濡れているだけでは不十分だ。ほぐさないと身体の中を傷付けてしまう」

エドアルドが指の動きを止めずに、リリアに大人の情事の仔細を教えてくれる。

閨《ねや》事情についてはリリアも勉強したはずなのに、いざとなったら混乱して何も思い出せない。けれど彼に呆《あき》れた様子はなく、むしろ表情にも言葉にも喜びが垣間《かいま》見《み》える。大切な人に愛の営みを教える時間さえ嬉しいと言わんばかりだ。

愛おしむように動く指先が、濡れた蜜口の縁《ふち》から中へ侵入してくる。くぷ、と音を鳴らして身体の中心に差し込まれたものは、エドアルドの指だった。

「っ……ひ、ぁ……ッ」

悲鳴が漏れないように喉《のど》の筋肉を力ませる。違和感に耐えるために力を入れると、エドアルドの指先をきゅう、と締《し》め付けてしまった。

「っう、ん……んっ……」

それでもリリアの様子を確認しながら、指先は少しずつ奥へ侵入してくる。最初は圧迫感がひどかったが、空いた手で頭を撫《な》でられ頬や唇に口付けられると、不思議と違和感は遠のいた。

脱力を見計らいながら指が抜けていく。そこに痛みは伴《ともな》わず、しかも再度指を差し入れられても最初ほどの辛さはなかった。

「ん……ふぁ……っ」

さらに指の数を増やすと言われて焦ったが、指が二本に増えて内壁をゆるりと撫《な》でられても鋭い痛みまでは感じない。

エドアルドの身体が邪魔するせいで脚を閉じることが出来ず、半開きになったそこからじゅわりと水分が溢《あふ》れる。指を抜かれると、埋めるものがなくなった場所がひくひくと収縮した。そのはしたない身体の反応を自分でも感じ取ってしまう。

「リリア……」

恍惚《こうこつ》の色を浮かべて身を起こしたエドアルドが、脚を持ち上げてさらに脚を広く開く。

それだけで次に自分の身体に起こる出来事を、本能的に理解する。

（ごめん……なさい……）

エドアルドに情欲に濡れた瞳で見下ろされ、一瞬カティエの顔を思い浮かべた。

この想いは秘め続けるべきものだと知っている。だからもう、二度とは口にしない。

今この瞬間だけ。たった一度だけだから。

カティエにも、神さまにも、知られないうちに。

「私……エドアルドさまが、好きです。……愛して、います」

「リリア」

「だから今日のことは……一生の、大事な思い出にします」

「……何を言ってるんだ？」

決意のつもりで口にした言葉を、エドアルドがあっさりと一蹴する。そしてリリアの心を搦《から》めとって縛り付ける台詞《せりふ》を容赦なく紡《つむ》ぐ。

「君は毎日俺のためにお茶を淹《い》れて、毎晩俺に抱かれて、俺の隣で眠るんだ。思い出で終わらせるなんて絶対に許さない」

十分に濡らしてほぐされた場所へ、鋼鉄のように硬い熱塊が当たる。それが彼の雄の象徴であると認知した直後に、ぐぷ、と濡れた音が聞こえた。

「……っ、……ッ！」

圧迫感に耐えようと、知らず身体に力が入る。

リリアの身体の震えを察したエドアルドが、ゆっくりと頭を撫《な》でてくれた。なだめられるように。愛おしいと教えられるように。

「……痛いか？」

「す、少し……だけ」

痛みに耐えようと力むと、その刺激はエドアルドにも伝わるようだ。力が入る度《たび》に彼の腰もビクリと反応する。辛そうな表情と首筋から鎖骨へ汗が流れる様子が、妙に艶めかしい。

「ゆっくり、呼吸してくれ」

「……ん、んんっ」

なんとか力を抜いても、またすぐに熱い楔《くさび》の存在を感じる。熱と硬さを感じ取れば、どうしても力が入る。身体が強張《こわば》れば、収まっている陰茎にまた刺激を与えてしまう。

その繰り返しの波間を縫って少しずつ沈んでくるのは、彼の愛欲と独占欲だ。

「あぁ、っ……ぁッ」

「入った、が……まずいな……飛びそうだ」

エドアルドの独白から、そこが限界点だと知る。強い圧迫感と痛みに耐えていると、エドアルドの指先が再び胸の突起に絡み付いてきた。優しくやわらかく胸を撫《な》でられていると、挿入されている異物の痛みに徐々に身体が慣れてくる。

少し力が抜けたことでエドアルドの表情にも余裕が生まれた。ゆっくりと腰が引いていくと、身体の中心を満たしていたものが去っていくような虚無感を覚える。そのせいか、抜けきらない雄竿に再び身体を貫かれた瞬間、リリアは身体を雷に撃たれたような、強烈な快感を知った。

「……やぁあぁっ！」

「く……っ――！」

リリアの反応を直《じか》に感じたエドアルドが、小さく呻《うめ》いた。しかし強すぎる刺激のあまり、リリアはエドアルドの苦悶の表情を見ても謝罪の言葉さえ発せられない。そのまま抽挿《ちゅうそう》が始まり、身体が繋がった場所から空気の中にじゅぷっ、ぬぷ、と卑猥《ひわい》な音が溶ける。

「っやぁ、あぅ、あ」

腰を掴《つか》まれ、上へ逃げようとする度《たび》に身体を引き下げられる。ベッドに腰を固定されさらに激しく奥を突かれると、身体の動きと連動して声が溢《あふ》れる。そんなはしたない姿は、見ないでほしいのに。

「いや……ぁん、みな、で……！」

「……っ……かわい……」

息を詰《つ》まらせながらも、エドアルドはリリアのすべてを存分に可愛がる。ただひたすら想《おも》い人を愛《め》でたい、とサファイアブルーの瞳が語り掛ける。

「あぁっ……！　ふあぁ、ん……」

その視線と激しい律動に身体が反応すると、エドアルドの腰の動きが急加速した。濡れた蜜壷に抜けかけた雄竿が沈む度《たび》、お腹の奥がぐちゅッと潰されるような気がする。

「あぁ、ん、あぁっ……！」

身体の奥から快感がせり上がってくる。全身が熱を放出したがっていて、我慢などとても出来そうにない。エドアルドに与えられる強い快感に、心も身体も応《こた》えたがっている。

「あっ、あ、ゃあ、だめ、ぇ……っ」

「っ——リリ……ア！」

意識が飛ぶと感じた瞬間に脳の後ろ側で閃光《せんこう》が散った。そこから下半身に向かって電流のような感覚がばちばちと駆け抜けていく。

強い刺激に泣きそうになっていると、エドアルドに唇を塞がれた。とうの前に痛みが消えた下腹部の奥で、エドアルドがドクドクと熱を吐き出す温度を感じる。

何かを漏らしてしまったかもしれないとまた泣きたくなったが、エドアルドも何かを出したのならおあいこだ。丁寧に口の中を這《は》いまわり、舌と舌を絡ませながらお互いの温度を懸命に貪《むさぼ》る。快感と涙でにじんだ視界を開くと、エドアルドが口の端を吊り上げて笑っていた。

「これで君は俺のもの。他の男の手など絶対に取らせない。……俺だけの、ものだ」

エドアルドの指使いと口付けに翻弄《ほんろう》されて乱されている間に、庭園の向こうに太陽が落ち始めていた。リリアの外見が幼い少女に変わってしまう時間は、すぐそこまで迫《せま》っている。

最後にもう一度、と言うエドアルドの口付けが四度目を数えたところで、リリアは彼の唇の前に指を割り込ませた。

口付けを拒《こば》まれたエドアルドが、一瞬むっとする。しかしエドアルドが発した言葉は不満や文句ではなく、リリアに別の証を贈るための言葉だった。

「リリア……これを」

ベッドの傍《そば》に置いてあった小箱からエドアルドが取り出したのは、小さな青い石がついたペンダントだった。えっ、と驚くリリアの反応は気にも留めず、エドアルドはリリアの首に細い鎖をかけて、小さな留め金を結んでしまった。

「茶葉を受け取ってもらえなかったからな。これはその代わりだ」

「茶葉より高価じゃないですか！」

「そうだな……だが君は茶葉を贈られたときのほうが嬉しそうだったかもしれない」

エドアルドに少し残念そうにからかわれ、言葉に詰《つ》まってしまう。

彼はこのペンダントをリリアに贈ってくれるというが、高価なものを贈られてもリリアには何も返せない。それどころかエドアルドの想いに応《こた》えることさえ出来ない。

それならまだ飲めば消えてしまう茶葉のほうがいいと訴えたかったが、思惑《おもわく》に気付いたエドアルドに先手を打たれた。

「あの包み全部は抱えられないだろう。お茶は毎日ここに淹《い》れに来てもらえば無駄にはならないが、リリアには自分が俺のものになったと自覚してもらう必要がある」

さも当たり前のようにお茶を淹《い》れに来る予定を示され、さらに当たり前のようにリリアを独占することを主張する。驚きと恥ずかしさから視線を逸《そ》らすと、エドアルドの指先がサファイアブルーの石をトン、とつついた。

「肌身離さず身につけていてほしい。これは君が俺のものという証――君と俺を繋ぐしるしだ」

胸の上の石に触れながらリリアの心を搦《から》めとるエドアルドは、自然な動作で五回目のキスをする。ふと離れて見つめ合うと、瞳の温度が再び上昇し始めている。

その色に囚《とら》われる前に、リリアはサファイアブルーのペンダントをきゅっと握りしめて静かに俯《うつむ》いた。


「今日はちょうど、お月さまが半分なのね」

ベンチに腰を下ろして独り言を呟く。小さくなったリリアの足は相変わらず地につかないが、ここには不作法を責める人など存在しない。

王宮庭園の景観は今日も息をのむほど美しい。咲き乱れる花々も、大きな池と噴水も、王国の紋章の形に刈り込まれた芝生も、すべてが美しく見えるよう計算し尽くされている。

その王宮庭園の中でリリアが一番心惹かれるのは、ツルバラが這《は》う可愛らしいフラワーアーチだ。花のトンネルの中に設置されたベンチに座ると、蔓《つる》と葉の隙間から月を見上げる。

「綺麗……」

リリアの呟きは、吐息と一緒にツルバラのアーチの中に溶けて消えた。

あれからすぐにエドアルドの部屋を出てカティエの部屋へ急ぎ、セイラと交代する時間にはなんとか間に合った。しかしカティエは今日も虫の居所が悪く、リリアが気を抜いた瞬間、再び部屋の外へ放り出されてしまった。

カティエの部屋を出たリリアは、どこにも行くことが出来なかった。以前と同じようにメイナを頼ることも考えたが、これ以上迷惑はかけられないと思うと、結局魔法院には足が向かなかった。

他にあてのないリリアは、考えた末に庭園のフラワーアーチの中で夜を過ごすことにした。仮に庭園に侵入する者がいたとしても、その侵入者を探す近衛《このえ》騎士がいたとしても、ツルバラのアーチの中を潜伏や捜索の対象にするメルヘンな人はいないだろう。なんて、今の王宮の中で一番不審なリリアが考える。

カティエのリリアに対する冷たい態度は、どんどん増している気がする。けれどリリアはカティエを強く責められない。元々強く諫《いさ》めることは出来なかったが、今は余計にそうだ。

カティエに後ろめたいことが出来てしまった。

友人の婚約者と親密な関係を持ってしまった。

けれどこれは一度だけのあやまち。

もう二度とこんなことは起こらないから。

エドアルドがリリアに愛の言葉を囁《ささや》いてくれたことは、確かに嬉しかった。カティエと結婚するつもりはなく、リリアを選ぶと言ってくれたことも嬉しかった。

けれどエドアルドは……やはりこのまま、カティエと結ばれるべきだ。

カティエの侍女が、元婚約者のリリア・フローラストだということは知られてしまった。だがエドアルドは、リリアの身体が呪われていることを知らない。フローラスト家に何らかの事情があって、婚約が破談になっただけだと思っているに違いない。それならまだ間に合うと思っているのかもしれない。

けれど実際は、想い合うだけで解決出来る問題ではない。リリアとエドアルドは、決して結ばれることはない。呪われた令嬢と王子の恋など、誰にも認められず誰にも祝福されないのだから。

首から下げたサファイアブルーのペンダントを取り出して、月光に透かしてみる。淡い光を受けてキラキラと輝く青い石を見つめると、まるでエドアルドと見つめ合っているみたいに思えた。

「こんな場所で何をしているんだ？」

「!?」

小さな宝石を夢中で覗《のぞ》き込んでいると、誰かに声をかけられた。びくっと身体を震わせて咄嗟《とっさ》に胸元にペンダントを仕舞い込む。

「……王子さま」

声をかけてきた男性を月明かりで確認すると、そこにいたのはエドアルドだった。

たった今まで見つめ合っていた色と同じ耀きに見据えられ、リリアは言葉を失う。

伝承の通りだ。プラチナホワイトの美しい髪は、月の色にもツルバラの色にも染まらない。

凛とした佇《たたず》まいで半月を背負ったエドアルドは、リリアに近付いてくるとまたためらいもなく地面に膝をついた。

「身体が冷たいな。一体いつからここにいるんだ？」

以前と同じエドアルドの行動に驚くが、伸びてきた指がリリアの頬に触れると、その温かさに別の意味で驚いてしまう。自分の身体がこんなに冷たくなっていたなんて知らなかった。

問いかけに答えられずにいると頬に触れていた指が離れ、今度はぽんぽんと頭を撫《な》でられた。

「おいで。一緒に寝よう」

「だ、だめです……出来ません」

目の前に差し出された手を取りそうになって、はっと我に返る。

エドアルドは心配してくれる。迷子の子どもを放っておけなくて、前回と同じように寝床を共にしようと言ってくれている。

リリアはそんなエドアルドに惹かれてしまった。優しい笑顔に恋をしてしまった。

そしてエドアルドも、リリアを好いていると言ってくれた。

けれどエドアルドは運命を知らない。どんなに好いていても、好かれていても、呪われた身体で彼と結ばれることはない。

この秘密を知られてはいけない。だから簡単に踏み込むわけにはいかないのに。

「また、辛い思いをさせてしまったんだな」

「え？　…………わっ！」

小さな呟きが聞こえた直後、エドアルドは麦の入った麻袋よりも簡単にリリアの身体を持ち上げてしまった。普段から鍛錬を重ねる彼にとっては、幼子《おさなご》の重さなど無に等しいのだろう。

前回は手を引いて優しく導いてくれたが、今日は身体を持ち上げられてしまった。そのまま正面から抱き合うように抱えられ、反論の言葉を失う。

「ちゃんと掴《つか》まっていないと落ちるぞ」

エドアルドに笑われ、焦って首に手を回す。

その行動が再びエドアルドの寝室で眠ることを意味すると知っていた。もちろんそれが良くないことだというのもわかっていた。

けれど優しく温かいぬくもりに抱きしめられると、本当は寂しかった気持ちが溶けていく。忘れようとした涙がじわりとにじんで、エドアルドの肩をほんの少し濡らしてしまった。

既視感どころではない。王殿に連れていかれて、侍女のパメラに迎えられて、お湯を用意してもらって、身体にフラワーオイルを塗られて。前回と全く同じ過程が再現されているような、不思議な気分を味わう。違うことといえば、夕食を食べていなかったリリアに温かいスープとパンが用意されたことだけだ。

食事を終えてエドアルドの私室に通されると、彼は仕事をしているところだった。今日の午後はほとんどの時間をリリアと過ごしていたので、その分の仕事が溜まってしまったらしい。夜着に上着を羽織って机で書類に目を通していたエドアルドが、リリアに気付いて顔を上げた。

「おいで」

手招きされたので前回とは形が異なるレースのネグリジェを揺らし、エドアルドに歩み寄る。立ち上がってリリアを抱き上げたエドアルドは、そのまま窓に近付いて外の景色を見せてくれた。

「あっ」

小さな声を漏らしたリリアに、エドアルドがにやりと笑う。

視線の先には王宮庭園のフラワーアーチ。ツルバラに覆われた小さなトンネルは、周りからは中まで見ることが出来ない。だがエドアルドの私室から見ると、ベンチのある場所の上部がぽっかりと穴を開け、ちょうどよく月明かりに照らされている。

つまりリリアがあの場所に座っていたのは、エドアルドからは丸見えだったということだ。

彼はそれ以上何も言わず、リリアを抱えたまま隣の寝室へと移動した。

「王子さま。もう寝てもいいの？」

昼間の仕事を溜め込んでしまったのはリリアのせいだ。小さな身体を下ろしたベッドにエドアルドも腰掛けてきたので、申し訳なさを感じつつ聞いてみる。

「懐かしいな、その王子さまという呼び方」

けれどエドアルドが反応したのは、彼の呼び方についてだった。

王子さま。もちろん国王の息子であるのだから王子であることは間違いない。だが二十六歳になった今のエドアルドは、もう王子さまと呼ばれることは少ないだろう。

エドアルド殿下。今の彼は周囲の者にそう呼ばれることが圧倒的に多いはずだ。

けれど五歳の姿のリリアが大人と同じようにエドアルド殿下と呼ぶのは何だか子どもらしくないし、変に大人びていて可愛げがない。そう思って、幼女の演技のつもりで王子さまと呼んでいた。

幼い頃のリリアも王子のことを殿下とは呼んでいなかった。確かに王子さまと呼んでいた。

リリアが知る王子さま――それは一体誰のことだろう。

思考にふけっていると、ベッドがギシッと音を立てた。

その音に気付いて顔を上げると、首の後ろにエドアルドの指先が迫《せま》っていた。

また頭でも撫《な》でられるのだろうと油断していた。しかしエドアルドの指先はリリアの頭ではなく、首の後ろにかけられていた銀色の鎖に絡まった。

「えっ……？」

驚く暇もなく細い鎖を引き上げられると、首から下げられていたサファイアブルーの宝石がネグリジェの上にほろりと零《こぼ》れ出る。

「これは俺が贈ったものだ」

エドアルドの声がはっきりと聞こえ、リリアは頭が真っ白になった。

このペンダントは、確かにエドアルドが贈ってくれたもの。深い青色の宝石はエドアルドの瞳と同じ色。つい先ほど、自分たちを繋ぐしるしだと言って、エドアルド本人がリリアの首にかけてくれたものだ。

「そうだろう、リリア」

「…………」

今度こそ言葉に詰《つ》まる。その口調と視線は、逃げ道など与えないと語っていた。

この期《ご》に及んで幼女として振る舞うなど無意味だ。これはただの確認でしかない。エドアルドはリーゼリアとリリアが同一人物であることまで、ちゃんと見抜いていたのだ。

「……呪いのことまで、ご存じだったのですね」

子どもの演技を喉《のど》の奥に仕舞い込み、話し言葉を元に戻し、エドアルドの視線と正面から向き合う。彼はリリアの演技さえもすべて理解していたようで、驚くこともなく低い声で頷いた。

「メイナさまにお聞きになったのですか？」

カティエ以外にリリアの事情を知る者はメイナしかいない。だが仮にメイナがエドアルドに告げ口していたとしても、リリアには怒る筋合いなどない。現在は王族ではなくなったとしても、メイナは国政の要《かなめ》だ。リリアの存在を王国の危険因子だと判断して対処しようと思うことは誤りではないのだから。

だがエドアルドはその可能性をきっぱりと否定した。

そしてリリアが恐れていた展開をあっさりと口にする。

「いや、調査した」

「！」

「ああ……調査したと言っても、対象はフォルダイン領やフローラスト家ではないぞ」

「えっ……？」

ついにそのときがやってきたのだと呼吸が止まったのは、ほんの一瞬だった。目の前で手を振ったエドアルドに、思わず間の抜けた声が出てしまう。

エドアルドが調査したのはリリアやフローラスト家、そしてフォルダイン領ではないらしい。ならば一体、エドアルドとスーランディア王宮は何を調査したというのだろう。

まさか呪いをかけた魔女について調べたとでも言うのだろうか。

そう言えばメイナに、どこの森で魔女に遭《あ》って呪われたのかと聞かれたことがあった。

もしかしてあの発言が、調査の引き金になってしまったのだろうか……

顔を上げると、エドアルドと目が合う。困ったように眉間の距離を狭《せば》めるエドアルドは、それ以上は何も言ってくれない。だから調査内容について、リリアは何もわからないが、今はそれよりも大事なことがある。

「殿下」

ただの伯爵令嬢でしかないリリアが王族や王宮を欺《あざむ》くなど、許されない。理由や原因がどうあれ、リリアがエドアルドを騙《だま》していたのは紛《まぎ》れもない事実だ。

「リリア。昼間に言ったことを忘れたのか？　俺は名前で呼んでほしいと……」

「いいえ、殿下。そういうわけにはまいりません」

ベッドの上で姿勢を正して平伏する。優しいエドアルドはリリアを特別に扱ってくれようとするけれど。

「私の身体は呪われています。王宮に呪いなどという不吉なものを持ち込み、大変申し訳ございません」

「……俺は謝罪など求めていない。君やレオン卿を罰するつもりもない」

困ったような怒ったような口調で言い切られるが、それでもリリアは首を横に振ることしか出来ない。本当は言いたくない台詞《せりふ》を口にするしかない。

「私が殿下と添うことはありません。ですから、どうかこのままカティエと結婚して下さい」

リリアの言葉を耳にすると、エドアルドの纏《まと》う空気が冷たく変化した。それが怒りの気配であることは理解していたが、リリアにはどうすることも出来ない。

しかしエドアルドは不機嫌を隠さず、未《いま》だに頭《こうべ》を垂れ続けるリリアに苛立ちの言葉を落とす。

「何度言えばわかるんだ。俺は君だけが欲しい……もう絶対に逃がさない」

「……申し訳ありません」

エドアルドの声は冷たいが、そこにリリアへの愛情があることを知っている。

今までは信じていなかった。たまたま条件のいい婚約者として選ばれたにすぎないと思っていた。

だがリリアのために贈り物を用意し、喜ぶ姿を愛おしそうに眺め、愛を囁《ささや》くエドアルドの言葉はすべて本物だった。

向けられる愛情を疑う余地はない。けれどこの身体は呪われている。呪いを受けた令嬢のリリアが王族であるエドアルドと添うことは出来ない。だからエドアルドとの婚姻をどうするかという議論は、これ以上続けても意味がないことだ。

「退室の許可を頂けますか？」

「……何？」

「外見は幼くても、中身は大人です。以前は殿下の恩情に甘えさせて頂きました。ですが知られてしまった以上、この部屋で夜を越すわけには……」

「待て」

この場から辞する許可を求めると、エドアルドに焦ったように制止された。顔を上げるとその表情は苦虫を噛み潰したように歪《ゆが》んでいる。

けれどその苦々しい表情は、すぐに諦めの色に変化した。エドアルドは婚姻の話と今夜の寝床の話を天秤にかけ、婚姻の話を打ち切ると選択したらしい。

「わかった。今はこれ以上言わない。だから今夜はここにいてほしい」

「で、ですが……」

「君を一人にしたくない。これは……俺のわがままだ」

その代わり今夜眠る場所については、自分に譲ってほしいと言いつのられる。

「わがままな男は嫌いか？」

「……いいえ、そのようなことは……」

そんなことはない。エドアルドはわがままでリリアを繋ぎ止めようとしているのではない。行く場所がないリリアを出ていかせたら、また寒空《さむぞら》の下で宵を越そうと考える。そうさせたくないから自分のわがままだと言ってくれるのだ。

そんな優しいエドアルドに、リリアが惹かれない理由などあるはずがないのに。

「それなら、今夜はここで眠れ」

そう言ってリネンの織物《おりもの》を身体にかけると部屋の明かりを落としてしまう。

布越しにリリアの身体を抱きしめたエドアルドが、

「腕に抱くぐらいならいいだろう。それ以上のことはしない」

と口にする。

けれど知っている。これは夜のうちにリリアが逃げ出さないための対策だ。

わかってはいるが、前回と同じように額《ひたい》に唇を寄せて「おやすみ」と囁《ささや》く声に、また照れて惹かれてしまう。

いっそ本当に謝罪と贖罪《しょくざい》を忘れて、すべてを彼に委《ゆだ》ねたいと願ってしまう。

カティエより二時間ほど早く起きる習慣がすっかり身についたリリアは、太陽の気配で自然と目を覚ました。

身体はもう大人の姿に戻っている。子ども用のネグリジェも、身体の大きさに合わせて大きなものへ変わっていた。

いつものソファよりもやわらかい感触を不思議に思って、視線を巡らせる。周囲を見回して広いベッドと隙間から光が差し込む見慣れないベルベットカーテンに気が付くと、一気に現実に引き戻された。

隣を見るとリリアの身体を抱くような姿勢でエドアルドが眠っている。

「！」

悲鳴をあげそうになるのは必死にのみ込んだが、首の下に回されていた腕がリリアのわずかな動きを感知してぴくりと反応した。エドアルドの睡眠を妨《さまた》げてしまったことに申し訳なさを感じたが、覚醒した直後に抱きしめられ、

「おはよう……リリア」

と名前を呼ばれた。

リリアが起床の挨拶を返すと、身体を抱いていた腕にさらに力が入る。

「まだ早い……。もう少し、ここに……いてくれ……」

エドアルドはまだ眠いらしい。いつもの落ち着いて凛とした声ではなく、やや聞き取りにくい穏やかな声が鼓膜に響く。その無防備な声を聞くだけで、身体が熱を帯《お》びて浮き足立つ。

しかしこのまま朝寝を続けたいと誘われても、返答に困ってしまう。もちろんリリアだって許されるのならそうしたい。けれど許されるはずがない。

ふるふると首を横に振ると、つまらなそうなため息が聞こえた。

「……着替えが必要だな。用意させよう」

リリアの髪に口付けながら、エドアルドがそっと呟く。

彼が不満を覚えていることは察したが、気まずさが勝って言葉にはならなかった。

「あの……侍女の服を」

メイナがいる魔女室の中で動き回りやすい格好であれば、別に侍女服である必要はない。けれど今までに用意されたフラワーオイルや夜着の上質さを考えると、何も言わなければ立派なドレスやワンピースが用意されるだろう。

それを見たカティエに何を言われるか想像出来ないし、したくない。だから今のリリアに最も合うのはやはり侍女服なのだろうと思えた。

だがリリアの着替えを用意させると言ったはずのエドアルドは、いつまで待っても動く気配を見せない。不思議に思って顔を上げようとしたが、動き出す直前でエドアルドに身体をひっくり返されて、そのまま唇を奪われた。

「んっ……ん、……や……」

驚いて身体を押し返そうとすると、すぐに離れたエドアルドがリリアの首元に顔を埋《うず》めて大きなため息をついた。そのまま首の下に腕を入れられ、反対の手で腰の横を撫《な》でられ、拘束力のない抱擁を受けているような心地を味わう。

「……すまない」

謝罪の意味がわからずただ困惑する。

リリアには謝らなければならないことや謝っても許されないことばかりだが、エドアルドが謝ることなど何もない。どうして彼が謝罪するのかと慌ててしまう。

「本当は今すぐに、君にすべてを話してしまいたい。話せば君が傷付かずに済むことも、不安を取り除けることもわかっている……」

「エドアルド……殿下……?」

「わかってはいるが……それでも俺は、君を諦められない」

エドアルドの独白は、リリアには意味がわからないものばかりだった。

だがエドアルドはそれ以上話してくれず、言葉の意味も教えてくれなかった。

代わりにもう一度、唇を重ねられる。その温度と瞳の色に『君以外は要らない』とまた丁寧に刻まれた気がした。

カティエを起こしに行くと、彼女は前夜にリリアを放り出したことを忘れているのか、すっかりいつも通りの態度に戻っていた。その様子を目《ま》の当たりにしたリリアは、悲しみや怒りを通り越してただ呆《あき》れるしかなかった。

セイラと侍女の役目を交代し、魔女室でメイナの仕事を手伝う。今日はメイナが依頼された薬にラベルを書いて貼る雑用を任されていたが、気を抜くとすぐに考えごとをしてばかりだ。

エドアルドにリリアとリーリャとリーゼリアが同一人物だと知られてしまったこと。カティエと結婚するつもりはなく、リリアを選ぶと言ってくれたこと。その言葉を証明するように、彼のベッドで何度も愛を囁《ささや》かれて、優しく抱かれたこと。カティエの冷たい態度のこと。この身体が呪われていることと、それを知られてしまったこと。

考えることが多すぎて、どうしていいのかわからない。

はぁ、とため息をつくと、顔を上げたメイナと目が合った。はっとして作業に戻るが、リリアに元気がないことはメイナにも見抜かれていたようだ。

「リリア。今日は午後から仕事休んでいいよ」

「えっ？　ですが私、まだ何も……」

昨日はエドアルドに連れ出されてしまったので、午前中しかメイナの手伝いをしていない。なのにメイナは、今日も午後から休んでいいという。

　メイナに頼まれる仕事はほぼ雑用なので、リリア以外にも務《つと》まるだろう。今まで助手などいなかったのだから、本当は誰の手も必要ないのかもしれない。それでも何か役割を与えられるなら誠意をもって取り組みたいと思うのに、メイナは楽しげに笑うだけだ。

「いいの、いいの。ここ最近リリアが手伝ってくれたおかげで、ずっと溜め込んでいた事務処理を終えられたからね。時間が十分確保出来たから、私も練習に専念出来るよ」

「練習……ですか？」

　リリアが首をかしげると、メイナがそっと笑みを浮かべた。

　練習というからには、何か慣れないことをするのだろう。前日の姉弟のやり取りを思い出し、メイナが練習するのはダンスなのだろうと思い至った。なにせエドアルドの婚約者をお披露目《ひろめ》する夜会の日は、もう五日後に迫《せま》っているのだ。

　しかしあんなに嫌がっていたにもかかわらず、今はやる気に満ち溢《あふ》れているメイナの心境の変化を不思議に思う。人の多い場所を好まないといわれる魔女メイナだが、弟の婚約者のお披露目《ひろめ》にはちゃんと参加するということだろうか。

「ま、そういうわけで私もやることがあるから、しばらく魔女室はお休みだよ」

「そう……ですか」

お披露目《ひろめ》の夜会について何も聞かされていないリリアには、正確なところはわからない。しかしメイナに仕事以外のやることがあるのならば、リリアだけ魔女室に残っても仕方がない。結局リリアはメイナの言葉に甘えて、助手の仕事のお休みをもらうことにした。

手持ち無沙汰になったリリアは、セイラと侍女の仕事を交代しようと考えた。このひと月ほどわがままばかり言い続けるカティエの相手をしていて、セイラは相当参っているだろう。

この機に少しでも休んでもらいたいと思い、カティエの部屋へ向かう途中だった。

「おい、知っているか？」

宮殿の廊下を歩いていたリリアは、険《けわ》しい声が聞こえた中庭のテラスへ意識を引っ張られた。そこでは貴族の男性三人が、葉巻を手に雑談をしているところだった。

彼らは王都に住む上流貴族で、スーランディア王国の政治と経済の中核である枢機院《すうきいん》に勤める者たちだ。王宮に勤める貴族たちは、こうして休憩と共に情報交換を行っている。それも彼らの大事な仕事で、重要な情報を持たない貴族は社交界ではすぐに取り残されてしまうものらしい。

とはいえリリアには何の関係もない。人の話を盗み聞きするのは恥ずかしい行為だと認識しているので、そのまま通り過ぎようとした。

「エドアルド殿下が、寝所に幼子《おさなご》を連れ込んでいるらしいのだ」

「!?」

しかしふと聞こえた言葉のあまりの衝撃に、心臓を思いきり掴《つか》まれた心地を覚えてつい足が止まる。リリアには何の関係もない話だと思っていたが、実際は全くの逆で、リリアにも大きく関係がある話だった。

だから直前まで恥ずかしい行動だと思っていたのに、つい廊下の壁に身を寄せて会話に耳を傾《かたむ》けてしまう。

「どういうことだ?」

「エドアルド殿下は、近々婚約者をお披露目《ひろめ》される予定だろう?」

一人の男性が発した言葉に、残りの二人も強い興味を示す。そして前のめりになった二人と同じぐらい、リリアも返答の言葉に釘付けになった。

「昨晩、エドアルド殿下が幼い少女を抱えて王殿へお戻りになる姿を見たんだ」

ただの噂話を確証に変える決定打に、リリアは後頭部を鈍器で殴られたような衝撃を覚えた。

「王太子殿下の姫君では？」

「いいや、セリアルド殿下は妃殿下と御子たちを連れて長期の外遊に出ておられるのだ。王殿に他の幼子《おさなご》などいるはずがなかろう」

訝《いぶか》しげに反論した男性に、なおも確信めいた台詞《せりふ》が続く。その言葉を聞いて一瞬黙り込んだ二人の男性だったが、視線を交わし合うと、すぐににやにやと下卑《げび》た笑みを浮かべた。

「ほう。エドアルド殿下がなかなかご結婚されない理由が、性癖にあったとは」

「殿下も隅に置けませんなぁ」

げらげらと下品な笑い声が聞こえると、リリアは目の前が真っ暗になったような気がした。

それ以上会話を聞いていることが出来なくなり、彼らの視界に入らないよう慎重に距離を置くと、早足にその場を離れる。

（ど、どうしよう……！）

まさか見られていたなんて。

こんな噂になってしまうなんて。

（このままでは、いけない）

危機管理が甘かった。誰にも見られないように注意して庭園に出たのに、まさかそこから連れ戻される場面を目撃されていたなんて。

このままではエドアルドに迷惑がかかってしまう。エドアルドの優しさが、彼や王宮の信頼を失う原因になってしまう。

冷静になって考えてみれば、カティエはすでにリリアの存在を必要としていない。前はもっと頼りにされていると感じていたが、現在の状況を考えればリリアがカティエに付き添う理由はどこにもない。メイナがリリアを気にかけてくれたのは嬉しかったが、その役目はリリアでなくても務《つと》まるものだ。

(帰ろう……)

故郷のフォルダイン領へ。帰って、もう二度と王宮には近付かないようにしよう。

エドアルドは、リリアやレオンを罰しないと言ってくれた。もちろん今後、その方針が変わって処罰が下る可能性はある。しかしもしそうなったときは、与えられた罰をしっかりと受け入れるつもりだ。

とにかく今は、一刻も早く王宮を離れたい。リリアが王宮から消えることが、エドアルドの立場を守る唯一の方法に思えた。

故郷のフォルダイン領へ帰る旨をカティエに伝えるために、彼女の部屋へ足を向ける。

しかし部屋の扉の前に立つと、ノックをする前に中の様子がおかしいことに気が付いた。何か揉《も》めているような……カティエが怒っている声が聞こえる。

嫌な予感を胸に抱いたまま、改めて扉をノックする。直後にカティエが怒鳴る声は聞こえなくなったが、ほどなくして出てきたセイラは目に涙を溜めて怯えきった様子だった。彼女に何が起きたのかは、この時点でおおよその想像がついた。

リリアは怯えた様子のセイラの涙を拭《ぬぐ》い取ると、彼女の身体をそっと抱きしめた。

「ごめんなさい、セイラ。たくさん頑張ってくれたのね」

よほど怖い思いをしたのか、ぼろぼろと涙を流したセイラはリリアの胸の中で少しの間泣きじゃくっていた。しかしリリアがしっかりと慰《なぐさ》めて労《いた》わった甲斐があり、そのうち涙を止めて顔を上げてくれた。

「もう大丈夫よ、セイラ。きっとカティエさまの侍女は……一人じゃなくなると思うわ」

「……リーリャ？」

恐らくカティエのわがままに付き合える人はそう多くはないだろう。だからリリアが王宮を去った後は、セイラだけではなく数人の侍女がカティエに配されるはずだ。そうすればセイラの負担も少しは減らせるだろう。

「カティエさまと二人にしてくれるかしら?」

セイラがこくんと顎《あご》を引く。とぼとぼと去っていく背中に心の中でお礼を言う。

セイラの後ろ姿を見届けると、リリアも意を決してカティエの部屋に足を踏み入れた。

「リリア……あなた、やってくれたわね」

リリアの姿を認めると、カティエが悪魔のような形相《ぎょうそう》で傍《そば》に近付いてきた。その剣幕に身体が震えてしまう。

至近距離までやってくると、非力な彼女のどこにそんな力があるのかと思うほど、強く乱暴に胸ぐらを掴《つか》まれた。

ダークバイオレットの瞳がリリアをきつく睨《にら》む。

リリアの予想は当たっていた。カティエも噂を耳にして、セイラに手酷い八つ当たりをしたに違いない。彼女は何も悪くないというのに。

「エドアルド殿下のお手付きがあった少女、ってリリアのことよね?」

「え、ちょ、ちょっと待って、カティエ。殿下はそんなことをなさったわけじゃないわ」

確かに婚約者であるカティエを差し置いてエドアルドの寝所に足を踏み入れたのは事実だ。けれど昨晩、リリアはエドアルドに何かをされたわけではない。ただリリアと幼女リーゼリアが同一人物であることを暴かれただけだ。

「どうかしら。リリアは昔から、人に媚《こ》びるのが上手だから」

「は……？　え……？」

慌てて首を振ったリリアから手を離すと、カティエが鋭い視線でリリアを睨《にら》みつけてきた。そのまま口元を歪《ゆが》めて、嘲笑するような笑みを浮かべる。まだ王宮に来たばかりの頃、まるで赤子みたいに可愛いと言って、リリアを冷たい瞳で見下ろしたときと同じ。嫌悪感を含んだ……魔女のように冷たい瞳で。

「昔からそうだったわね。お人好《ひとよ》しと努力家と清純を装って、特別可愛いわけでもないのに、領民にも学院生にも先輩にも先生にも、可愛がられてばかりで」

「え……カティエ……？」

「そうやって気付かないフリをするのも、得意だもんね？」

カティエが忌々《いまいま》しそうに吐き捨てる。意味がわからずぽかんと呆気《あっけ》に取られていると、カティエがフンと鼻で笑った。

「どこまで気付かないフリを続けるのかと思ってたけど、さすがに徹底して清純を装うのねぇ」

カティエの豹変《ひょうへん》とも言うべき表情と口調の変化。そして瞳の奥に潜《ひそ》む禍々《まがまが》しいまでの憎悪。そのどれもが、リリアが幼少から知る友人のものではない。

急にカティエが恐ろしくなって、意思とは関係なく身体が後退してしまう。だが続けられたカティエの言葉は、リリアにとってまたしても予想外の台詞《せりふ》だった。

「社交の場への招待状が届かないこと、気付いてないわけがないわよね？」

「え……え？」

「王都からフォルダイン領へ届けられる手紙や小包は、必ずヴィリアーゼン領を通るのよ」

にこり、と場にそぐわない奇妙な笑顔を浮かべたカティエの台詞《せりふ》で、ぴたりと動きが止まってしまう。突然何の話なのかと考え、次の瞬間ハッと瞠目《どうもく》する。

どこまで気付かないフリを続けるのかと言った、その意味に。

「ま……まさか、王都から届く手紙を差し止めていたの……？」

祈るような気持ちで問いかける。『違う』と否定してほしくて。

「そうよ」

しかし願いは空《むな》しく、カティエはあまりにも簡単に肯定する。

リリアは衝撃を受けるしかない。

確かに、成人した貴族の令嬢であるリリアへ、社交界や王宮からの招待状が一つも届かないことはおかしいと思っていた。貴族の家に生まれた以上、社交の場へ足を運び情報交換をすることと良縁を結ぶことは、重要な責務である。

もちろんそれは田舎に住む貴族も例外ではない。現在フローラスト家の中で唯一成人していて未婚であるリリアが、その役目を担《にな》うのは必須のはずだった。

しかしフォルダイン領は、王都から丸二日の時間を費《つい》やさなければ辿《たど》り着けないほど離れた場所にある。それが社交の場への招待状が届かない理由だと思っていた。遠方に住んでいて王都へ赴《おもむ》くことが大変だろうから、と気を遣《つか》われているのだと思っていた。

だがそれを言うなら、カティエも似た条件だ。隣の領地とはいえ、カティエの住むロナ侯爵邸とリリアの住むフローラスト伯爵邸は馬車で約一時間の距離しかない。リリアが王都に赴《おもむ》くまで丸二日かかるなら、カティエもそれとさほど変わらない時間がかかるはずだ。

でも彼女は頻繁に夜会へ足を運んでいた。この差が侯爵家と伯爵家の違いなのだと解釈していた。けれど。

「領地を通っていく手紙や荷物を検閲するぐらい、お父さまの力があれば簡単だもの」

「……」

いくら仲が良い友人のものでも、運搬される手紙や荷物をカティエの独断で検閲にかけることは出来ない。カティエの告白は、父であるフィーゼルもその悪行に加担していることを示していた。

「伯爵家の令嬢に届く招待状の数は、年間十通ほどかしら？」

悪びれもなく笑うカティエの表情に眩暈《めまい》を覚える。

ロナ親子はフォルダイン領へ届けられる手紙や荷物の中からフローラスト家へ届くものを抜き取り、勝手に内容を検《あらた》めていた。一部はカティエやフィーゼルの判断で処分され、届けても問題ないと判断されたものは綺麗に封をされて送られていた。

それはつまり、王宮や諸貴族の封印を偽造するという手の込んだ工作も意味する。

「大丈夫よ。媚《こ》び上手のリリアなら遊び相手ぐらいすぐに見つかるわ」

「何を、言っているの……？」

違う。これはもはや夜会や舞踏会への招待状が届かないという問題に留まらない。届け物の中身を勝手に検《あらた》め、偽造した王宮や他家の封印を使って何食わぬ顔で不正を働く。

それは決して許されない行為で、良識を逸脱した手段だ。

この事実が露呈《ろてい》すれば、ロナ家やヴィリアーゼン領……それどころか、国全体を揺るがす大問題に発展する由々《ゆゆ》しき事態なのに。王宮の文書を勝手に偽装するなど、重罪なのに。

「あぁ、でも結婚相手は見つからないわよねぇ」

そのとんでもない不正をあっさりと暴露したカティエは、自分が口走ったことの重要性をあまり理解していないらしい。リリアは衝撃で意識が遠退《とおの》きそうになっているというのに、当のカティエはリリアの表情を見てただ優越感に浸っている。

「リリアはそもそも、夜会になんて行けない『未来のない令嬢』だったわねっ。ふふ、あはははっ！」

お腹を抱えて心の底から愉快そうに笑うその姿は、民の手本となるべき上品で優雅な侯爵令嬢の姿ではない。

言いたいことは山のようにあったが、怒りと悲しみで震える声では、

「カティエに、そんなに嫌われているとは思わなかったわ」

と口にするだけで精いっぱいだった。

「ほら、そうやってすぐ気付かないフリをするんだもの」

カティエがリリアを見下《みくだ》して笑う。

もちろんリリアは、気付かないフリをしているのではない。カティエは周囲の人々に好かれていると言うが、改めて突き付けられるほどの事実ではないように思う。可愛がられている、という点ではカティエのほうがよほど周りに可愛いと褒められている。

けれど今のカティエにそう言っても無駄なのだろう。頭ごなしに決めつけてしまった

彼女の誤解を解くには相当の労力を要する。今のリリアにそんな余力はない。

「カティエ……。私、フォルダイン領に帰ろうと思うの」

ため息と共に、決意を明かす。決意ではなく、落胆かもしれない。

カティエを支えたいと思っていた。王宮に一人で赴《おもむ》くのが寂しいと言われ、リリアも大事な友達との別れに胸が締《し》め付けられた。

どうせ呪われていて何の役にも立たない身の上だ。ならばせめて、友人の心の慰《なぐさ》めになりたいと思った。レオンを通してフィーゼルから打診があったときは絶対に無理だと思ったが、王宮入りが近付くにつれカティエが『楽しみね』と笑う顔を見れば、頑張れると思ったのに。

あの言葉も、あの笑顔も、全部が嘘で演技だったなんて。

カティエはもうリリアを必要としていない。それどころか疎《うと》まれていると知ってしまったから。

「カティエにこんなに嫌われているのに、ここにいる意味なんて……」

「だめよ」

けれど紡《つむ》ぎかけていた言葉は最後まで言い終わらないうちに潰された。

「絶対にダメ。リリアはここで、私とエドアルド殿下が結婚するのをちゃんと見届けなきゃ」

憎々しく表情を歪《ゆが》めたカティエの言葉に、再び鈍器で殴られたような衝撃を覚えた。

そう、エドアルドはカティエと結婚する。リリアに好きだと囁《ささや》いて、身体中に愛を注いで、離さないと言ってくれたエドアルドは、カティエと結婚するのだ。

カティエはきっとリリアが悔しがる姿を見たいのだろう。だからその日を迎えるまで――五日後のお披露目《ひろめ》の夜会、冬に行われる国民へ向けた婚約発表、そして春の婚姻の儀式。そのすべてを見届けて、ちゃんと悔しがる表情を確認するまでは、フォルダイン領へ帰ることを許さない。

カティエにここまで嫌われる理由がわからず、ただただ呆然とするしかないというのに。

「じゃなきゃ魔女に高いお金を払って、リリアに呪いをかけた意味がないじゃない？」

カティエはまだ、リリアを傷付けるための材料を隠し持っていた。

「カティエ……何を、言ってるの……？」

カティエの言葉はリリアの理解を超えていた。考えようと思っても思考が上手く働かない。ようやく絞り出せた言葉を聞いたカティエが、満足したように嘲笑《あざわら》う。冷徹な微笑が放《はな》つ言葉は、棘《とげ》と毒を持ったバラの花のようだ。

「森で魔女に遭遇したのも、リリアが呪われたのも、偶然なんかじゃないわ。私が魔女に頼んで、リリアを呪うように仕向けたの」

「！」

あの日リリアは、魔女に呪われた。

木苺《きいちご》のジャムが食べたいというカティエと、深い森に入った。果実を得ようとしたリリアとカティエは、薬草園に足を踏み入れて魔女の逆鱗《げきりん》に触れた。怒《いか》れる魔女から放《はな》たれた強烈な呪いは、確かにカティエを狙っていた。だからリリアはカティエを庇《かば》った。大切な友達が死んでしまうかもしれないと思ったら、意識とは関係なく勝手に身体が動いていた。

けれどカティエは、リリアが自分を庇《かば》うことまで計算していた。リリアの取るであろう行動を織《お》り込んで、呪いのシナリオを綴《つづ》っていて、それを的確に実行したという。

「……どうして……？」

どうして、そんな手の込んだことを。そうまでしてリリアを傷付けたい理由がわからない。気に入らないのであれば、突き放《はな》してくれればそれでよかったはずなのに。

「どうしてって？　そんなの、私がエドアルド殿下に選ばれる予定だったからよ」

「え……？」

「だってたった一度しか社交の場に顔を出してないリリアが花嫁に選ばれるなんて、おかしいでしょう？　しかもそのデビューの日も、エドアルド殿下が公務で参加出来ない日に調整してもらったのに。それなのに一度も会ったことがないリリアが選ばれるなんて、何かの不正に違いないわ」

リリアやフローラスト家に対して不正をしている張本人が、最初に不正をしたのはそちらだと自信満々に言い放《はな》つ。

もちろんリリアは全く身に覚えがない。

だがカティエは一度決めつけたら折れることを知らない。絶対に自分が正しいと主張する。

「エドアルド殿下には私のほうがお似合いだし、相応《ふさわ》しいもの。私はただ、正当な権利を持つ者が花嫁になるべきだと思っただけよ」

リリアが身に覚えはないと首を横に振って否定しても、カティエの話は止まらない。まるでそれがすべての真実であるかのように、彼女は自分の考えと行動の正しさに陶酔《とうすい》していた。

はたから見れば彼女のほうがよほど呪われているのではないかと思うだろう。他人の話に聞く耳を持たず、自らの見解を主張する姿は、何かに取り憑《つ》かれているのではないかと感じるほどだ。

「だからその呪いは罰よ。不正を働いてエドアルド殿下に色目を使った罰なの」

そして辿《たど》り着いたのはリリアへの一方的な断罪だった。

貴族であろうと平民であろうと、この国で罪人を裁いていいのは王政枢機院《すうきいん》の裁定機関のみ。もちろんカティエもそれを理解しているはずなのに、そもそもリリアは罪人などではないのに、彼女はさも呪われて当然とでも言いたげだ。

あまりに自分勝手な解釈と言い分に、思考が上手く追い付かない。ほとんど放心状態だったリリアに、カティエがふふん、と鼻を鳴らした。

「夜だけ子ども返りするのも、ちゃんと計算のうちよ」

カティエは語る。

ずっと幼女の姿になってしまう呪いでは、リリアを王宮に連れてくる理由を作れない。リリアにエドアルドと自分の仲を見せつけるには、リリアが成人した姿でいる瞬間を作らなければならない。侍女という役割を与えなければ、王宮に引っ張り出せない。

それに夜に幼女の姿でいれば、エドアルドと直《じか》に愛し合う姿を見せつけられる。エドアルドが夜に部屋を訪ねてきたらリリアをクロゼットの中にでも押し込めて、直接その様子を見せるつもりだった。そういう算段も込みで夜だけ幼女になる呪いを選んだが、エドアルドがあまりにも忙しくその機会には恵まれなかった。

それだけが残念ね、と肩を竦《すく》めるその発想のおぞましさに身震いする。

「だから逃げるなんて許さない。エドアルド殿下と私が生涯を誓うところを、リリアにもちゃんと見届けてもらわなきゃ」

カティエの笑顔に、もはや立っていることすら出来なくなってしまう。足ががくがくと震えてその場に崩れ落ちると、頭上からカティエの嘲笑が降り注いだ。

床に座り込んだまま、カティエの顔を見上げる。ひどい動悸《どうき》がまともな呼吸を妨《さまた》げる。しかしその苦しみを押し退《の》けてでも、リリアには知りたいことがあった。

「カティエは……エドアルド殿下を好いているの……？」

「……は？　何言ってるのよ、当たり前じゃない」

苛立ちながら返答される。けれどカティエはきっと、エドアルドのことを好いているわけではないのだと思う。少なくともリリアなら、好いた相手が仕事で忙しいと言うならば無理にお茶に誘ったりしない。寂しいと口にすることはあっても、会いに来ないことに対して文句を言ったりしない。

カティエはただ、第二王子の花嫁の座が欲しかった。リリアが花嫁に選ばれて、自分が選ばれなかったことが面白くなかった。その感情が透《す》けて見えるようで、気付けばリリアは涙を零《こぼ》していた。

「……嫌」

カティエがリリアを嫌っていたことは、納得は出来ないがどうしようもないことだと思う。人の感情を他人がコントロールすることは出来ないから、彼女が嫌いだと言うならば、リリアは本当に嫌われているのだろう。

もちろん呪いのことは許せないし、不正のことも許してはいけないと思う。けれどそれ以上に、カティエ自身のわがままや見栄《みえ》にエドアルドを巻き込んだことが悲しくて辛かった。その感情から思わず漏れ出た『嫌』だったが、カティエは違う解釈をしたらしい。

俯《うつむ》いて涙を拭《ぬぐ》うリリアの前にしゃがみ込み、悪魔のように首をかしげる。全身が凍り付くほど可憐な笑顔を浮かべて。

「ここで逃げたら、リリアが呪いを受けたことを枢機院《すうきいん》に訴えるわ」

「!?」

「領地管理を任されている貴族の身内に、魔女の呪いを受けた者がいるなんて醜聞《しゅうぶん》が広まったら、レオンさまは爵位を失うかもしれないわね？」

「や、やめて……！」

決して逃がさないとダークバイオレットの双眸に追い詰《つ》められ、リリアは思わず声を荒らげる。泣きながら懇願するリリアの姿に、カティエは満足そうに頷いた。

「まぁ、私も悪魔じゃないわ。婚姻の儀式までは待たなくてもいいわよ」

「……」

「あと五日でお披露目《ひろめ》の夜会なの。それを見届けてくれたら、あとは帰ってもいいわ。けれど夜会の日より先に帰ったら、本当に枢機院《すうきいん》に訴えてあげる」

立ち上がってにこりと笑顔を浮かべたカティエが、もう一度リリアの顔を見下ろす。

「私もうリリアの顔も見たくないの。だからあと五日は、使用人棟で過ごしてくれる？」

その言葉を最後に、彼女はリリアの傍《そば》を離れると靴を脱ぎ捨ててベッドに寝そべってしまった。あとはリリアの存在など気にした風もなく、再び小説の世界へ入り込んでいく。

リリアはほとんど残っていない気力を振り絞って、ふらふらと立ち上がった。これ以上カティエの部屋にいたら、気を失うか息が止まってしまいそうだった。

心はもう死んでしまったように冷え切っている。なんとか生きている身体を動かして背後にあった扉を押し開けると、ふらりと部屋を出た。

支えがないと立っていられない気がして、壁伝いにずるずると歩いていく。

足元が覚束《おぼつか》ない。心臓がバクバクと大きな音を立てていて、息苦しい。一度に色々なことがありすぎて、色々なことを知りすぎて、とても処理が追い付かない。簡単に受け入れることが出来ない。

友達だと思っていたカティエの裏切り。聞くに堪《た》えない暴言の数々。ロナ家の不正と悪行。魔女に呪われた経緯。もう止められないエドアルドとカティエの婚姻。

瞳を閉じると勝手に涙が零《こぼ》れてくる。リリアはこんなにも、無力だ。

「リリア」

名前を呼ばれて顔を上げると、視界の先にエドアルドの姿があった。心配そうに、そして困ったようにリリアの顔を見つめるエドアルドになんと声をかけていいのかと迷う。

「エドアルド殿下……」

今見聞きしたほとんどのことは、エドアルドには知られたくないことだ。だから心配させないように笑おうと思ったのに。

リリアの目の前までやってきたエドアルドに、突然正面から抱きしめられた。ここは宮殿で、まだ昼間で、誰が見ているかわからないというのに。

「助けに入ってやれなくて悪かった。……辛かっただろう。よく、頑張ったな」

リリアの身体を強く優しく抱きしめるエドアルドのぬくもりに、身体からすべての力が抜けて安心してしまう。

今朝と同じように優しい言葉をかけられて、甘やかすように背中を撫《な》でられると、せき止めていた悲しみと痛みが決壊したように、ぼろぼろと涙が溢《あふ》れた。

「落ち着いたか？」

「はい……ご迷惑をおかけして申し訳ございません」

ここ数日で、すっかりエドアルドの寝室に居心地の良さを覚えた気がする。それが良くないことだと知っているのに、隣に腰を下ろして身体を撫《な》でてくれる大きな手を振り解《ほど》けない。

「すまない。洗いざらい吐いてもらうためとは言え、君を傷付けてしまったな」

「いえ、エドアルドさまのせいでは……」

エドアルドはリリアとカティエのやり取りのすべてを部屋の外で聞いていたらしい。

リリアの事情はすでに知られていたが、ロナ家の事情やカティエの言動は出来れば知られたくなかった。

カティエを支えるために王宮にやってきたのに、逆にカティエの醜態《しゅうたい》を晒《さら》してしまった。それでもエドアルドが結婚前にカティエの本性を知れたことはよかったと思う。だが知らなければ知らないなりに上手くやっていけたのではないか、とも思ってしまう。

けれどロナ親子の行いはとても看過出来るものではなく、やはりエドアルドは知っておくべきだった。

結局考えがまとまらず、ぐるぐると考え込んではまた涙が溢《あふ》れてくる。

「リリアのおかげで、裏が取れた」

「……エドアルドさま……?」

「調査した、と言っただろう?」

その言葉に、零《こぼ》れかけていた涙がぴたりと止まった。

そうだ、いつまでも泣いている場合ではない。昨夜リリアの正体を暴いたエドアルドは『調査をしたから知っている』と言っていた。そのときは何を指しているのかわからなかった。

けれど今ならわかる。エドアルドと王宮が調べていたのは、カティエとロナ家についてだったのだ。

「そうだな、ちゃんと説明しようか」

リリアの表情を確認したエドアルドが、そっとため息を漏らす。

今朝『すべてを話してしまいたい』と言っていたエドアルドの言葉の続きが語られると直感し、リリアはじっとサファイアブルーの瞳を見つめた。

「俺は今、元老院とある取り決めをしている」

「げ、元老院……!?」

リリアの予想の範疇を超えて突然出てきた大きな存在に、思わず声がひっくり返る。

元老院。スーランディア王国の国政を担《にな》う枢機院《すうきいん》・騎士院・魔法院のさらに上位に位置付けられる国王のための最高助言機関。他の院とは異なり、先王や王太后を筆頭とした国王の縁者のみで構成され、他の貴族が介入出来ない秘匿《ひとく》された組織。

国の意思決定の頂点に立つのが国王であることは言うまでもない。だが彼らによって国政は陰《かげ》から支えられているとも、陰《かげ》から牛耳《ぎゅうじ》られているとも言われる。それが元老院だ。

その元老院が出てくるなんて……と青ざめていると、不安を察したエドアルドに優しく肩を撫《な》でられた。

「発端はフローラスト家が婚約の辞退を申し出てきたことだった」

「……」

「俺は君との婚姻を、本気で望んでいた。だからその婚約を辞退したいと言われたとき、俺は自分の結婚が心底どうでもよくなった」

リリアの身体を抱いていたエドアルドが、数か月前の心境を吐露してきた。

「君以外なら相手が誰だって同じだからな。あまりに腹が立って『都合のいいやつを勝手に選んでくれ』と言った気がする。まぁ、それさえあまり覚えていないんだが」

エドアルドはなんでもないように笑うが、それは笑える問題ではない。結婚する当の本人が興味を示さない縁談など、上手くいくはずがない。

けれどエドアルドは、一年も前から決まっていた婚約を唐突に辞退され、しかも納得出来る理由が一つもないので、腹立たしさのあまりそう言い捨てた。

エドアルドの怒りと悲しみを思えば、申し訳なさでまた消えたくなってしまう。けれどエドアルドはリリアの身体を抱きしめたままだ。

「だがレオン卿からの申し出とほぼ同時に、フィーゼル卿が『新たな花嫁にカティエを』と言ってきた」

「え……？　そんなに早く、ですか……？」

「そうだ。仮にフィーゼル卿がフローラスト家の事情を知っていたとしても、変だろう？」

確かにおかしい。婚約を辞退したいと願い出た時点では、まだ婚約がどうなるかも、新しい花嫁を迎えるかどうかもわからないはずだ。

もちろんエドアルドはこの国の王族としては婚姻が遅いぐらいの年齢だから、すぐに代替を考える可能性は高い。しかし王宮から打診があったのではなく、フィーゼルのほうから申し出があったというのは初耳だ。

けれどロナ家には確信があった。フローラスト家が婚約を辞退し、リリアとエドアルドの婚姻は破談になると。なぜならそれが、自らが周到に用意したシナリオだったのだから。

「その時点で、以前から感じていた違和感が疑念に変わった」

「違和感……ですか？」

「そうだ。俺は成人した君が全く社交の場に顔を出さないことをずっと疑問に思っていた」

王宮主催の夜会や舞踏会にも、王都に住む貴族が主催する社交の場にも、リリアは絶対に姿を現さない。招待状を送って、その日を楽しみにしていてもエドアルドはいつも空回《からまわ》ってばかり。都合が悪かったのだろうと一年は待ったが、その後も全く顔を出さないのはどう考えてもおかしい。

だからエドアルドは焦っていた。リリアは好いた男性が出来て、その相手に操《みさお》を立てるために社交の場に現れないのではないかと、当時は本気で考えていた。

「だから指をくわえてただ待っているぐらいなら、予定を調整して、いっそこちらから君に会いに行けばいいと思った。だがいくら入念に準備をしても、直前になるといつも山道の崩落や水路の決壊が起こる。それも決まってヴィリアーゼン領の周辺で」

「!?」

「それは知らなかったか？」

「え、えっと……事故が多発していた時期が何度かあった事実は存じております。ですが、エドアルドさまの来訪予定があったのは初耳です」

「まぁ、手紙も勝手に検《あらた》めていたようだからな。通達すら届いてなかったなら、知らなくて当然か」

似たような事故は三回起こり、フローラスト家への訪問も三度取り止めになった。痺《しび》れを切らしたエドアルドは、フォルダイン領へ赴《おもむ》くことは諦めた。代わりにレオンが登城した際に個人的に話す場を設《もう》けて、リリアを花嫁にしたいと直談判した。レオンは困惑しながらも、エドアルドとリリアの結婚を受け入れてくれた。

けれどやっとの思いでこぎ着けた念願の婚約は、直前になって結局破談になってしまった。詳しい理由を訊《たず》ねても、その回答はいつも曖昧で要領を得ない。レオンに直接聞いても申し訳ございませんの一点張り。そんな苛立ちの日々の中でカティエが新しい花嫁に推挙され、エドアルドの違和感は一気に疑念へと変わった。

リリアが社交の場に顔を出さないことも、過去の事故も、婚約が破談になったのも、送られてくる曖昧な回答も。ロナ家は何か知っている――知っているどころか、ロナ家が手引きをしているのではないだろうか。

そう思ったエドアルドは、すぐに調査を始めた。それと同時にカティエを領地から引き離す目的でフィーゼルの申し出を受け入れた。正確には了解したように装っただけだったが、いざカティエを城に呼び寄せたら、そこにリリアがついてきたのは完全な予想外だった。

「君もレオン卿も、人がよすぎる。伯爵家の令嬢が他家の侍女を務《つと》めるなど、聞いたことがないぞ」

「も、申し訳ありません。カティエが王殿に居を移すまでのつもりだったので……」

たとえ王子の婚約者であっても、貴族と国民に認められるまでは、王殿に足を踏み入れることは出来ない。だが婚約者が王殿へ居を移せば、家からついてきた侍女は帰されてしまう。

だからそれまでの間だけ、カティエのわがままを聞いて、不安な彼女を支えようと思っていた。

「というか、そもそも俺はカティエと婚約などしていない」

「え……。ええっ……？」

「ロナ家からの『すぐにでもカティエを王宮に送りたい』という申し出と『調査を円滑に進めるためにカティエを領地から引き離したい』というこちらの希望が一致したから

な。とりあえず婚約者候補扱いにして客人として招いたが……俺は彼女を特別扱いしたことは一度もないぞ」

鼻から短い息を零《こぼ》すエドアルドに、それは巧妙な罠ではないかと思ってしまう。

婚約者と婚約者候補では雲泥の差があるのに、リリアやレオンの認識は一体いつどこですり替わったのだろう。否、フローラスト家の者だけではなく、当のカティエやフィーゼルでさえ誤った認識をしている気がする。

けれどもし本当に、カティエがエドアルドの婚約者ではないのだとしたら。

「えっと……フィーゼルさまとお披露目《ひろめ》の夜会についてお話しされていましたよね？」

「したな。君のお披露目《ひろめ》だろう」

「……」

「……」

「ええっ、それフィーゼルさま、絶対誤解なさっていますよ？」

「あぁ、もちろんわざと放置した。だが俺は相手がカティエだとは一言も言ってない。嘘はついていないからな」

「!?」

開き直ったエドアルドの言葉に、ぽかんと口を開けて固まる。きっと間抜けな顔をしているだろうリリアに、エドアルドがにやりと笑う。

「俺がカティエをこの部屋に入れたことがあったか？　贈り物をしたことも、お茶に誘ったこともない。指一本触れたことさえないぞ」

言われてみればそうかもしれない。同じ王宮にいる婚約者相手なら、確かにどれもあって然《しか》るべき愛情表現だ。寝所に入れるのはどうかと思うが、贈り物やお茶ぐらいならば……そんなことを考えていると、突然エドアルドに腰を撫《な》でられた。

「ああ……君には全部あるな」

「！」

耳元で色を含んだ吐息と共に囁《ささや》かれ、また意識とは関係なく身体が火照《ほて》ってしまう。真剣な眼差しから逃げるように身をよじると、エドアルドが面白くなさそうな顔をした。

「お、お気持ちは嬉しいのですが、私の身体は呪われているのです……。お傍《そば》にはいられません」

「まだそれを言うのか？」

不機嫌な声で詰《つ》め寄るエドアルドの肩に手を当てて、身体を押し返す。なんとか距離を置こうとすると今度は手首を掴《つか》まれた。そのままぐっと手を引かれ、再び元の腕の中に抱き寄せられてしまう。

「そんなことは気にしない」

「え……気にしないわけにはいかないと思うのですが……」

「気にしない。それが俺の特別な人なら、周囲の者も認めてくれる」

確信を持って宣言されるが、魔女の呪いなど不吉以外の何ものでもない。呪われた身で王子に嫁《とつ》ぐなど、エドアルドが許しても王や貴族……それこそ元老院は許さないと思う。

「これは幼い頃、君が俺に教えてくれた言葉だ」

「……え？」

「まだ思い出さないか？」

間近に迫《せま》ったエドアルドのサファイアブルーの瞳が、リリアの記憶に語り掛ける。その深い青色の向こうに、リリアの意識はそっと吸い込まれた。


十六年前の夏の終わり、リリアは王宮庭園で自国の王子と出会った。爽やかに切り揃えられたプラチナホワイトの髪と海のように深く濃いサファイアブルーの瞳。彼がスーランディア王国の王子であることは、リリアもすぐに気が付いた。

王子はエドアルドと名乗ったが、リリアの家族は名前が三文字の人ばかりだったので、五文字の名前をやけに長いと感じてしまった。

「王子さま、お散歩？」

結局王子さまと呼ぶことにすると、エドアルドはふっと表情をゆるめてくれた。けれどその顔色は優《すぐ》れないように見えた。体調不良というより、困ったような顔をしている。

「なやみごと？」

リリアの問いかけにエドアルドは無言で首を振ったが、改めて顔を見るとやはり辛そうだと感じた。けれど子どものリリアは、悩みを聞いても助言など出来ない。自分も一緒に困ってしまうだけのような気がした。

それなら、どうすれば元気を出してもらえるのだろう。ベンチに腰掛けて『ううーん』と悩んだ末に、リリアは自分自身が一番元気になれる方法を実行することにした。

「じゃあわたしが読んだお話を、王子さまにも教えてあげるね」

「お話？」

リリアが最近読んだ物語は、スーランディア王国ではごく一般的な、大人が子どもに読み聞かせるための可愛らしいおとぎ話だった。魔女に呪われた姫が隣国の王子と共に困難に立ち向かい、自らの運命を切り開くために戦い、最後は二人が結ばれるというありふれた物語だ。

後から考えたら、きっとエドアルドもその話を知っていたのだと思う。だから最初はぼんやりと聞いていたようだが、リリアが内容を一生懸命思い出しながら、時折言葉を間違えながら話す様子を喜んでくれたらしい。だんだん表情が明るくなったことに、五歳のリリアも気が付いていた。

「すてきでしょ？」

「そうだね」

自信たっぷりに胸を張ると、エドアルドも笑顔を返してくれた。笑った顔を見せてくれたことが、リリアは嬉しかった。

「運命の相手か……いいな、うらやましい」

エドアルドがベンチの背もたれに体重をかけて、ぼそりと呟いた。彼の隣に並んで座ったリリアはその言葉にきょとんと目を丸くする。

「王子さまも、大人になったらとくべつな人が出来るよ？」

「……どうかな」

せっかく楽しそうな表情をしていたのに、エドアルドはまた浮かない表情に戻ってしまった。フラワーアーチの中のベンチに背中を預け、ツルバラの隙間から空を仰《あお》ぐ。

「僕はたくさんの人を愛せって言われると思う」

「ええ～？　王子さまはとくべつな人がいっぱい欲しいの……？」

「えっ……あ、いや……そうじゃなくて」

それは五歳の少女にはあまりにも難しい話題だった。エドアルドの悩みの本質を知る由《よし》もないリリアは頬を膨《ふく》らませたが、エドアルドは怒ることなく、むしろ焦ってリリアに釈明した。

「僕が『特別な人だ』って言っても、周りは認めてくれないと思うんだ」

「うーん、そうかなぁ」

寂しそうに呟いたエドアルドに、リリアは首をかしげた。

そんなことはないと思う。なぜならエドアルドは王子だ。物語に出てきた、魔女と戦って姫を助ける勇敢な王子と同じ。

もちろん本に書かれている王子とエドアルドが同じではないことは理解している。けれどリリアの中では王子が姫を助けるのは普通のことだから、いつかエドアルドもどこかの姫を助けるときがくるに違いない。

「文句なんて、だれも言わないよ」

「え……？」

「王子さまが呪いをといて、ちゅーってしたら、みんなとくべつってわかってくれると思うよ」

リリアが大真面目に語ると、エドアルドは鳩が豆鉄砲を食らったような顔をした。

この国にも数は少ないが、数人の魔女がいる。だが遭遇することは稀《まれ》で、まして呪いという危険なものは物語の中の存在だ。そうそう身近に起こるものではない。

けれどたった今話した物語の最後に、石化の呪いから解き放《はな》たれた姫と王子のキスシーンがあった。夢見る少女のリリアにとって、それは物語のラストを飾る定番の場面だった。

キリリと真剣な目で訴えると、エドアルドが顔を背《そむ》けて肩を震わせ始めた。一生懸命に笑いを堪《こら》えているエドアルドがどうしてそんな表情をするのか、リリアにはよくわからなかった。

「特別な人がいてもいいのかな」

笑いを引っ込めてようやく安堵の表情を取り戻したエドアルドに目を輝かせる。

目の前の美しい少年がいつか見つける運命の人を想像し、リリアはうんうんと頷いた。

綺麗なお姫さま。可愛いお姫さま。頭がいいお姫さま。魔法が使えるお姫さま。

どんな人が彼の隣に立つのだろうと、他人事のようにわくわくしていたのに。

「じゃあその特別な人に、君を選んでもいい？」

エドアルドに訊《たず》ねられ、リリアは「え？」と首をかしげた。

王子さまであるエドアルドには、可愛らしいお姫さまがいいと思う。例えば隣の領地に住む同い年の侯爵令嬢、カティエのような。カティエはシャンパンゴールドの美しい髪に、濃いバイオレットの目を持つ可憐な少女だ。周りの大人に可愛がられ、いつも素敵なドレスを着て、本物のお姫さまのようだった。

対するリリアは、この国ではありふれたキャラメルブラウンの髪とペリドットグリーンの瞳を持って生まれた。どこにでもいる、普通の子どもだ。もちろんまだ幼いので周囲の大人は『可愛いね』と言ってくれるが、カティエのようにお人形のような外見をしているわけではない。だからリリアがエドアルドの特別になることはない。

エドアルドの言葉の意味がわからずに困惑していると、遠くからよく知った声が聞こえてきた。

「リリアー？　どこまで遊びに行ったんだー？」

「あ！　おとうさまだ！」

ツルバラのフラワーアーチは周囲から中の様子を確認しにくい。まして身長の低い五歳の子どもが相手では、傍《そば》まで近付かなければ姿を見つけることなど出来ないだろう。

父に注意を奪われたことでエドアルドへの返答をすっかり忘れたリリアは、ベンチからぴょん、と飛び下りた。そして悪戯《いたずら》っぽくアーチの端から噴水のほうを覗《のぞ》くと、きょろきょろと視線を動かしていたレオンと目が合った。

愛娘の姿を見つけ「そんなところで何をしているんだい？」と語り掛けながら近付いてきたレオンだったが、リリアの隣にいたエドアルドの姿を見てわかりやすく凍り付いた。

「エ、エドアルド殿下!?」

「ああ、フローラスト伯爵」

「レ、レオンとお呼び下さい。我々臣下は殿下の御心に従います」

「そんな大仰《おおぎょう》な言い方をしなくてもいい」

臣下の礼をとったレオンに、十歳のエドアルドは肩を竦《すく》めた。そのやり取りの間、リリアは大好きな父と尊い王子の顔を眺めることしか出来なかった。

「ではレオン卿、あなたにお願いがある」

「はい」

「リリアが成人したら、僕の花嫁にしたい」

「……は、…………ええ!?」

唐突な申し出に、レオンの表情が再度凍り付く。驚いたレオンはエドアルドとリリアの顔を交互に見比べながら言葉の意味を懸命に咀嚼《そしゃく》した。

そして考えに考えて出した返答は、

「そのように大事なことは、殿下お一人で決められないほうがよろしいかと……」

だったが、エドアルドはその言葉を聞かなかったことにしたらしい。

「僕がリリアを迎えに行くまで、誰とも縁談を組むな。絶対に」


——思い出した。

あのとき王宮庭園で会った王子が、いつかリリアを迎えに来ると言ったことを。十六年も前から、父であるレオンに婚姻の約束をさせていたことを。

「私、エドアルドさまに、お会いしたことがあった……」

「思い出すのが遅い」

エドアルドのため息を聞き、リリアはうっと言葉に詰《つ》まった。

とはいえ五歳の頃の話だ。五文字の名前すら覚えられない少女が、小一時間ほど話しただけの少年のことを、まともに記憶しているわけがない。

そう言い訳したい気持ちを引っ込めたリリアに、エドアルドがやわらかな笑顔を浮かべる。

「俺は『特別な人』に君を選んでもいいかと聞いた。リリア――あのときの答えを」

「え、わ、私は……」

「拒否は許さない」

「ええっ⁉」

エドアルドはリリアを選ぶと言う。カティエと結婚するつもりもないと言う。呪われた身体でも構わないし、十六年越しに手に入れた初恋の想《おも》い人をもう手放《てばな》すつもりはないと語る。

いつの間にかリリアも、その色に惹かれている。恋も愛も知らなかったはずなのに、エドアルドに与えられるすべてを受け入れたいと思っている。罪悪感や不安を押し退《の》けてでも、エドアルドの傍《そば》にいたいと思っている。だから。

「私も、エドアルドさまの特別な人に、なりたい……です」

口にするだけで恥ずかしい台詞《せりふ》を、顔を上げてしっかりと伝える。

搾《しぼ》り出すように呟いた言葉は、エドアルドにもちゃんと伝わったようだ。

瞳を覗《のぞ》き込まれて囁《ささや》かれた言葉は、確かに永遠を約束する言葉だった。

「俺も君だけが特別だと誓う」

「はい」

そっと顎《あご》を引くと、エドアルドがほっとしたように表情をゆるめた。

そして再び決意を示す。

「元老院は『ロナ家を徹底的に叩いてすべての悪事を白日の下に晒《さら》すこと』を、一度破談になった相手との結婚を認める条件とした」

エドアルドの言葉に、リリアはごくりと息をのむ。確かに一度破談になった相手にいつまでも執着するなど、王家の体裁《ていさい》を考えればやめてほしいと思うに違いない。それでもエドアルドが望むなら自力でその活路を切り開いて見せろ、というのが元老院の言い分のようだ。

「そしてカティエを庇《かば》う可能性がある君には、調査内容を告げてはいけないと制約をかけられた。俺は君を囮《おとり》にするような方法は取りたくないと猛反対したが……」

苦虫を噛み潰したような顔を見て気付く。元老院にとってのリリアは、王家を貶《おとし》めたロナ家を潰すための駒の一つにすぎない。だがエドアルドは、リリアを使ってカティエから情報を引き出すという方法を極力取りたくなかったのだろう。

リリアを王殿に連れ込む現場を意図的に噂として流す方法は、カティエへの誘導の材料としては強烈すぎた。おかげでカティエは言わなくていいことまですべて語ってくれたが、エドアルドの懸念の通りリリアは手酷く傷付けられた。

結局、元老院の想定通りの過程と結果を辿《たど》ることになった。エドアルドは歯噛みしたが、二人の関係を認めてもらうためにはどのみち避けては通れなかったのかもしれない。

「まぁ、その元老院との取り決めに少し背《そむ》いてしまったから、俺にも落ち度はある」

「そ、そうなのですか？」

「本当は君の正体も、呪いのことも、すべての証拠を揃えるまで暴くつもりはなかったからな。けど姉上に魔法院の男を紹介すると言われて満更《まんざら》でもなさそうな顔をしていたのが……腹立たしくて」

「!?」

「リリアは俺のものだと……その証を刻んでいいのは俺だけだと、どうしても君に認めさせたくなった」

エドアルドはきっととんでもない勘違いをしている。リリアが喜んでいたのは、魔法院の男性を紹介する云々の前の話――メイナの助手として魔法院に就職しない？　と誘われたことに対してだ。だがエドアルドはその内容までは聞こえていなかったらしく、リリアが他の男性に興味を示していると思ったらしい。

釈明しようか、余計なことは言わないほうがいいかと逡巡していると、ふっと笑顔になったエドアルドに頬を撫《な》でられた。

「今までは話せなかった。けれどもう、君への隠しごとは一切ない」

「……はい」

エドアルドもたくさん悩んだはずだ。今なら今朝の言葉の意味もわかる。話したいのに話せない理由も、話せばリリアが傷付かずに済むと言った理由も、それでも諦められないという思いも。

エドアルドがそのすべてを一人で背負う必要はない。密《ひそ》かに二人分の未来を背負ってくれていた広い背中に手を回すと、エドアルドが嬉しそうに笑った。

「そうだな。辛い思いをさせてしまったから……少しの間だけ、忘れさせてやる」

「あっ……エドアルド、さま……」

リリアの身体をやわらかなシーツの上へ押し倒し、じっと見下ろしてくるサファイアブルーは、今日も灼熱の温度を秘めている。

優しい口付けの合間に見つめ合うと鼓動の間隔がだんだんと短くなっていく。角度を変えて口内を味わうように熱が絡むと、そのまま溺れてしまいそうになる。

長い指が腰の結び目をほどく。しゅる、と布地が滑《すべ》る音と同時に、白い布がスルリと取り払われた。ベッドの下に侍女が身につける前掛《まえか》けが落ちる。伸びてきた指が首元のリボンに触れると、もう一度衣擦《きぬず》れの音がした。

「ん、ん……っ」

恥ずかしい行為を予測して、キスに応じることを少しだけためらう。

裾《すそ》からワンピースの中に侵入してきたエドアルドの指が、今度は太腿《ふともも》を撫《な》でる。その指が徐々に進んでいく方向を知ると自然と身体が強張《こわば》った。

「やっ……エドアルドさまっ……」

昨日、女性の身体は官能的に気持ちがいいと、秘部が濡れるものだと教えられた。今日はまだ直接触れられたわけではない。けれど耳元で散々愛の言葉を囁《ささや》かれ、唇だけではなく髪や頬や瞼《まぶた》の上にも優しく口付けられて、すでに全身が熱を持っている。まだ気持ちがいいところまで到達していないはずの自分の身体がどうなっているのか、リリアはちゃんと自覚していた。

「どうした、そんな目で見て」

「〜〜っ……！」

エドアルドが意地悪く笑うので、つい言葉に詰《つ》まる。彼の身体が股の間にあるせいで脚は閉じられない。真ん中に到達した指先が、ショーツのクロッチ部分をゆるく撫《な》でていく。

「あ、んっ……だめっ……」

「濡れている」

「ちがっ……！」

目を細めたエドアルドの視線に耐えかねて、ふるふると首を振る。しかし有無を言わさぬように唇を塞がれると、否定の言葉は喉《のど》の奥に溶けた。

「っふ、ぁ、あっ……」

激しい舌遣いに応《こた》えるように必死に舌を絡めると、さらにキスが深まる。貪《むさぼ》るように舌や唇を噛んだり吸ったりされると、その熱でだんだん頭がぼーっとしてしまう。ちゅる、と水音を残して離れた唇が、耳の傍《そば》で意地悪な問いかけを紡《つむ》いだ。

「キスが好きか？」

「す、好き、です……」

「素直だな……可愛い」

「……んっ」

離れたと思った矢先に再び重なる口付けと、深い求愛。唇の端から甘ったるい声が溢《あふ》れると、意図せずにまた下腹部に熱が集まっていく。

「んん、んぅ……あっ……」

エドアルドの指先がショーツのクロッチを撫《な》で続ける。徐々に熱と水分を帯《お》びていく場所を弄《いじ》りながらもキスはやめてくれない。

「昨日の痕《あと》は、まだ残っているな？」

唇を離して確認される。布越しに敏感な秘芽を撫《な》でていた手が、いつの間にかワンピースの前ボタンを外していた。

王宮の侍女服である黒地のワンピースは、前ボタンが上から八つ。すべてを外されるとお腹まで全開になり、あっという間に袖から腕を引き抜かれる。さらに身体の下に差し込まれた両手が、手際よくステイズの留《と》め具を外してしまう。ワンピースをペチコートごと引き下げられると、残っていたシュミーズも頭からするりと引き抜かれた。

「うぅ……どうしてそんなに慣れていらっしゃるのですか……っ」

残されたガーターとショーツとストッキング以外に、リリアの身体を隠すものはない。他に身につけているものは、首からかけたサファイアブルーのペンダントのみ。腕で胸を覆いながらエドアルドを見上げるが、彼は喉《のど》の奥で楽しそうに笑うだけだ。

「侍女は着ているものが少ないな。脱がせやすくて助かる」

「……ひゃ、ぁっ」

昨日残した所有痕をさらに色付かせるように、赤みの上からちゅっと肌を吸い上げられる。それだけで身体がぴくっと跳《は》ねて震えてしまう。リリアの表情を確認して満足そうに微笑んだエドアルドは、再びショーツの布越しに秘芽を強く扱《しご》き出す。

「あっ、やん……いやぁ……」

「ここ、気持ち良くないか？」

「あうっ……きもち、よす……ぎてっ」

くるくると指の腹で丁寧に撫《な》でられると、奥から愛液がじわりと溢《あふ》れてくる。イヤイヤと首を振って強く触らないように乞《こ》うと、クロッチを押し退《の》けた指が中まで侵入し、とうとう直《じか》に触れられてしまった。

「ふぁああっ……！」

急な刺激で下肢に力が入り、腰から背中がびくんと仰《の》け反《ぞ》る。押し寄せる強烈な快感の波にはなんとか耐えたが、エドアルドの目の前で快感に悶《もだ》えるはしたない姿を晒《さら》してしまう。

「ふぁ、あっ……っん」

制御不能の声に応《こた》えるように、エドアルドが生唾《なまつば》を嚥下《えんげ》する音が聞こえた。せっかく動きが止まったと思ったのに、一瞬の後に再開された指の動きは、よりいっそう強く速くリリアの弱点を攻め立てる。

「やぁ、んっ、そこ、や……ぁ」

直《じか》に触れた指が、萌えた花の薄い膜を剥《む》くように秘芽を拡げる。小さな種子がショーツの中で露《あら》わになっている状態をリリアは認識出来ないが、エドアルドの指の先がそこをひっかくように撫《な》でると、ぞくんっと痙攣が起こった。

「あぁっ、だめぇッ……」

強い刺激から逃げるように腰をずらしても、エドアルドはその隙さえ与えないよう執《しつ》拗《よう》に追いかけてくる。晒《さら》された秘芽をゆるゆると弄《いじ》られると、下腹部の奥から強い快感が迫《せ》り上がってきた。

「あ、っふ……あああっ！」

与えられる刺激の強さに恐怖さえ感じる。目を閉じて快感に耐えようとすると、伸びてきた手に右胸の上の突起を摘《つ》ままれた。それだけでまた身体が跳《は》ねてしまう。

「ああ、あああッ……」

すでに限界近くまで高められた身体に対して、胸への新たな刺激は強すぎた。剥《む》かれた秘芽に直接与えられる快感と胸の上に与えられる鋭い快感がぶつかると、身体ががくがくと震えて簡単に果ててしまった。

「ああ……っふ」

覚えたばかりの快感を再び与えられ、身体の奥から生まれた絶頂感に全身を支配される。目を閉じて快感の波が過ぎるのを待っていると、エドアルドに顎《あご》の下を撫《な》でられ、何度か唇に口付けられた。重なり合った舌と唇から感情が伝わりそうでそっと視線を逸《そ》らすと、エドアルドが楽しそうに笑う。

「可愛いな、リリア」

「ふ、あ……」

甘やかな快感に酔い痴《し》れていると、いつの間にかシャツを脱いでいたエドアルドにぎゅっと抱きしめられた。

肌と肌が直《じか》に触れ合う。啄《ついば》むような可愛らしいキスが、唇から頬、顎《あご》の下、首筋へと移動していく。耳元でくすくす笑われるとその刺激でまた声が零《こぼ》れた。

エドアルドの声は新緑のように爽やかなのに、大樹のように低い。深みのある音は下腹部に直接響くようだ。褒め言葉に名前を添えて囁《ささや》かれただけで、全身に蜂蜜を塗りたくられているような甘い刺激を感じてしまう。

「中途半端に残っている分、妙にいやらしいな……」

「なっ……」

恥ずかしい呟きに、全身がかぁっと熱を持つ。彼の眼前に晒《さら》されているのは、白い肌と赤い痕《あと》。それを隠すようでいて全く隠せていないのは、王宮侍女の制服に付属するガーターとストッキング。そして秘部を覆うショーツのみ。この中途半端に残された薄い布地と白いレースが、リリアの羞恥心《しゅうちしん》を一層際立たせた。

「それなら、ちゃんと脱がせて下さい……！」

「俺はこのままで問題ない。いい眺めだ」

抗議の言葉を紡《つむ》いでも、エドアルドは楽しそうに笑うのみ。呪いのせいで夜伽《よとぎ》の務《つと》まらないリリアだが、これでエドアルドが喜んでくれるなら……と思わないこともないが、視線を下げればやはりそれはあられもない姿で、恥ずかしい。

一度快感を極めた蜜壺は、通り過ぎたはずの絶頂の余韻を思い出してひくひくと痙攣している。エドアルドに知られないようにさり気なく股を閉じようとしたが、実行に移す前に腕と腰を引っ張られて身体ごと抱き起こされた。

驚く暇もなく、今度はエドアルドのお腹《なか》の上に乗せられてしまう。王子殿下のお腹《なか》の上に乗るなんていくらなんでも無礼がすぎる。焦って腰を浮かせると、生じた隙間にエドアルドの指が侵入してきた。

「えっ？　あ、あっ……！」

エドアルドの上に跨《また が》ることで自然と脚が開き、濡れた蜜孔からは半透明の蜜液が滴《したた》り落ちる。快感のせいで麻痺しているにもかかわらず、愛液の感覚だけはやけに鮮明に感じてしまう。その淫《みだ》らな蜜はショーツが受け止めてくれる。はずだった。

股の間に侵入していたエドアルドの指先が、くちゅ、と濡れた音を放《はな》った。布地が水分を吸収していれば聞こえるはずがない水音を聞いたリリアが、驚いて顔を上げる。

「魔法は本当に便利なものだな」

「なっ……あぁぁっ……」

エドアルドはそう呟くと同時に、指先で割れ目の縁《ふち》をくるりと撫《な》でた。突然直《じか》に触れられたリリアの背中を、電流に似た刺激がびりびりと走り抜けていく。

サファイアブルーがにやりと笑う。その表情と股の間で滑《すべ》る指先の動きを知覚して、身につけていたショーツのクロッチ部分が縦に裂けていることに気付かされた。

刃物や手を使って裂いた記憶はない。その代わりにエドアルドが直前に呟いた言葉を思い出し、はっとその瞳を見つめる。

「ま、間違っています！　魔法の使い方、絶対間違ってますっ！」

「まあ、そう言うな」

どうやらエドアルドは、魔法を使ってショーツの一部を裂いたらしい。確かにそうすれば脱がなくてもレースの下に触れることが出来る。あまりの恥ずかしさと驚愕で猛抗議したが、エドアルドはリリアの抵抗には一切構わず、濡れた蜜壺の中へ指を侵入させてきた。

「だ、め、ああ……ぁん、っん……」

内壁を押し広げるように擦《こす》られる度《たび》に、喉《のど》の奥から途切れ途切れの声が漏れる。腰が引けると反対の手に逃亡を阻《はば》まれ、長い指をより深くまで突き立てられる。

「ふぁ、ああッ……！」

奥を攻められると、呼応するようにくちゅっ、ぐちゅ、と水音が響く。漏らしたわけでもないのに、身体の奥からは粘度のある水分がどんどん溢《あふ》れる。部屋中に響く淫靡《いんび》な音を、リリア自身には止めることが出来ない。

中をほぐす指が一本から二本に増やされ、丁寧にかき混ぜられる。昨日破瓜《はか》したばかりだというのに、その場所はすでにエドアルドに与えられる快感を欲しているようだ。水分だけではなく、喉《のど》から溢《あふ》れる嬌声まで自分では全く制御出来ない。

「やっ、あん……っ、あっ、エドアルド、さま、ぁ……っ」

指先から与えられる刺激を欲するように、腰がゆらゆらと動いてしまう。リリアの秘めた愛欲を見抜いたのか、エドアルドが美しさと獰猛《どうもう》さを孕《はら》んだ目をゆっくりと細めた。

「昨日よりもっと深い場所を突いてやる」

「えっ……やっ……」

声は甘く優しいが、囁《ささや》かれた内容には恐怖すら感じる。腰を荒々しく掴《つか》んだ手が、すでに衣服を寛《くつろ》げてそそり立っていた陰茎の上へ蜜口を導く。

逆の手が割れ目を押し広げると、一瞬だけ冷たさを感じた。けれどその温度に慣れる前に、熱い先端をあてがわれる。

「リリアは忘れやすいから、ちゃんと覚えてもらわないとな」

「五歳の頃ですよっ……覚えてるわけな――あぁぁんっ……！」

からかいに対する反抗の言葉は、中に突き立てられた熱鉄に押しつぶされた。一気に奥まで貫かれると、全身にごり、ぐりゅっと重たい音が振動した。あまりの圧迫感と遠慮のなさに、身体が仰《の》け反《ぞ》ってしまう。

「ああ、あっ……んっ」

「っ――、リリア……少し、力抜いてくれ……っ」

「んぅ……むり、です……」

最奥まで貫通して動きを止めたエドアルドに促《うなが》されるが、とても力など抜けそうにない。

昨日失ったばかりの純潔。昨日覚えたばかりの形と、大きさ。温度。まだ曖昧にしか知らない感覚を覚え込ませるように、エドアルドが動きを止めて優しく腰を撫《な》でる。

「力は入れるな。まだ、動いてない」

「はっ、ぁん……あ……」

「ほら、ゆっくり覚えろ……」

「んん……ふぁ……あん、んっ」

強烈な感覚のすべてを、たったの一日で覚えられるはずはない。けれど忘れるはずもない。

突き立てられた楔《くさび》の圧迫感に、呼吸をしながら慣れようとする。しかし力を抜くと熱い剛直の存在を感じ取って、身体がびくんっと反応してしまう。その度《たび》にエドアルドも辛そうな顔をする。

「ああ……気持ちいいな。このまま溺れそうだ」

「エド、アルド……さまぁ」

奥まで貫いてきた塊《かたまり》がゆっくりと引いていく。その隙に上へ逃《のが》れようとする腰はすぐに掴《つか》まえられ、抜けきらないうちに再度奥まで貫かれる。ゆっくり覚えろと言われていた通りその動きはひどく緩慢で、本当に長い時間をかけてリリアの身体にすべてを覚え込ませて刻み込むつもりのようだ。

「あぁっ、ん、っぁ……！」

ゆるい律動に内壁を擦《こす》られ、蜜孔のすべてがエドアルドの形と大きさと温度を覚えていく。

それまで優しかったエドアルドが、ふと膝を曲げてベッドに片足を立てた。

その動作から、まだ動いていないと言っていた彼が動き出す瞬間を知る。

「っや、待って、まっ……！」

「十分慣らしただろう。これ以上は俺も耐えられない」

言い終わる前に、立てた脚を支えにして腰が動き出した。ゆっくりと突き上げられ、秘部にきゅうぅと力が入ると、熱い塊《かたまり》はすぐに抜けていく。けれど安堵の間もなくまた奥まで一気に攻め込まれ、その度《たび》に全身が満たされていく気がする。喉《のど》の奥から溢《あふ》れ出る声を止められない。

「っふ、あっ……ん、んっ」

「もう、痛みはなさそうだな」

エドアルドに確認されて、羞恥《しゅうち》を感じながらもこくこくと顎《あご》を引く。

リリアの表情を確認すると、スピードがさらに速まる。ぱちゅ、ぐちゅ、と肌がぶつかる音と水を含んだ音が混ざり合うと、乱暴で淫猥《いんわい》な音色に思考も一緒に乱された。

「あぁっ、ああ、ふぁ……」

「——っ、……は」

絶え間なく続く鋭利な突き込みに、身体が快楽を極める。感覚が麻痺しているのか過敏になっているのかもわからない状態で、くん、と腰を押し込まれた瞬間、強い快感に襲われた。

「あ、んっ、あぁぁッ……」

甘く凶暴な感覚に津波のようにのみ込まれ、リリアは全身を震わせながら果てた。

同時に蜜孔の中へ放《はな》たれた熱と腹の奥から溢《あふ》れてきた熱が混ざり合う。極まりの余波でびく、びくっと身体が跳《は》ねる度《たび》に、秘部に収まったままの陰茎もビクリと跳《は》ねた。

「はぁ……はっ……ふ……」

手折《たお》られた花のようにくたりと力が抜けると、エドアルドの腕に抱きとめられた。そのまま汗で濡れた髪の中に指先を突っ込まれて、愛猫を愛《め》でるようにやわらかく頭を撫《な》でられる。

「……あ、えっ?」

だが休む間も与えられず身体の位置を変えられ、ころりとうつ伏せにされてしまう。

さらにシーツの上に上腕をつくように誘導され、抜けかけたものを再度奥まで押し込まれた。

そこからゆるい突き上げが再開されると、意思とは関係なく身体が再燃する。

「んっ、あ、あっ……！」

「ああ、可愛い……もっと啼《な》かせたい」

背後のエドアルドがぽつりと呟く。その一言に、飛びかけていた思考が少しだけ戻ってきた。

エドアルドは何気なく言ったつもりだろう。もちろんリリアも、もっと長い時間こうしてエドアルドと抱き合っていたい。愛した分愛されたいし、与えられた分返したい。けれどいつだって、時間が二人の邪魔をする。

「ごめんなさい」

「……どうして謝る？」

気付いた瞬間に、自然と謝罪が零《こぼ》れた。押し進んでいた腰の動きが停止し、後ろから困惑したように問いかけられる。

「どんなに求められても、私には……エドアルドさまの夜伽《よとぎ》は、務《つと》まりません」

四つん這《ば》いになったまま、しゅん、と呟く。

元老院の目的はリリアの呪いを解くことにはない。強力な呪いというものは、かけた本人しか構造を理解しえない。だからこの呪いは誰にも解けない。想い合って心を通じ合わせても、夜になればリリアが子どもの姿になってしまうという現状は、変わらない。

こんな身体じゃなければ。

こんな呪いさえなければ。

太陽が沈み、月が昇るまでの間しか、エドアルドに愛されることが出来ない。

「月が、昇るまでしか」

「それが何だ」

エドアルドに対して感じる負い目は紛《まぎ》れもないリリアの本心だ。だがその言葉の上に、少しだけ不機嫌なエドアルドの声が重なった。

気分を害したかもしれないと、振り返ろうとした。しかし、彼の瞳の色を確認する前に再度深く突き上げられてしまう。

「あっ……！」

「それなら、月が昇るまでの間」

「……ん、ああ、やぁ、あっ……」

「たくさん……可愛がって、やるっ……」

「ふぁ、あっ、あぁぁ、ッ……」

快感を追うエドアルドの息遣いは途切れ途切れだが、腰の動きは怖いぐらいに的確だった。後ろから最奥を抉《えぐ》る一回一回の突き上げに、喉《のど》の奥からはとめどなく嬌声が溢《あふ》れでる。思いきり貫かれる度《たび》に、ペンダントの青い色が鎖骨の上を滑《すべ》る。

「っ……リリア……」

「っやあ、ああッ……エド、ぁ……ドさまぁっ……」

名前を呼ばれることが嬉しくてどうにか答えようとするのに、全身が震えてまともな言葉を発することが出来ない。

下から回されたエドアルドの手が胸を包み、尖《とが》った乳首をきゅうっと摘《つ》まんでくる。律動に乱されて指先の動きは丁寧ではないが、性感が高まるには十分な刺激だった。ただでさえ昇り詰《つ》めるように攻められて、心も身体も乱されているのに。ぱん、と肌同士がぶつかり、暴れる楔《くさび》に奥を突かれると、目の前が真っ白に明滅する。

「ああっ、んぁああッ」

「……く、……っ」

花襞のすべてが甘く収縮し、結合部で熱い雄竿をきゅうきゅうと締《し》め付ける。彼の精のすべてを搾《しぼ》り取るように力が入ると、エドアルドもほぼ同時に低く短い呻《うめ》き声をあげた。

下腹部の奥から身体の隅々に向かって快感が波及していく。

身体がびくびくと痙攣する様子を、後ろから見つめられていると感じる。掴《つか》んでいたシーツから手を離し、上半身がその上に崩れ落ちると、体位が変わって蜜壺から陰茎がぶるりと抜け出た。

「……無用な心配はしなくていい」

肩で呼吸をする身体をゆっくりと転がされ、再び正面から見つめ合う。その瞳は言葉と同じくリリアの不安を拭《ぬぐ》おうと優しく揺れていた。

ふっと笑ったエドアルドに抱き寄せられ、唇と頬に口付けられる。呪い云々の話など忘れてしまえと言わんばかりに、リリアの予想と異なる恥ずかしい質問をされた。

「ちゃんと覚えたか？」

「……はい」

何を、と聞いたら、もっと恥ずかしい確認をされてしまうのだろう。さらに乱される前に素直に顎《あご》を引いたのに、エドアルドは少しだけ意地悪が好きなようだ。

「じゃあ復習しようか」

「……むぅ」

「忘れられたら困るからな」

「忘れません……」

くすくすと笑うエドアルドの長い指が、胸の膨《ふく》らみを包むように撫《な》でる。甘い戯《たわむ》れに照れと嬉しさを感じていると、突然心臓がどくん、と跳《は》ねた。

「！」

太陽が沈み、月が昇る。

呪いの時間――毎夜の、収縮が始まる。

「はあ……はぁ……っ」

「リリア……大丈夫か？」

「あ……はい……いつもの、ことなので……」

大丈夫です、とはにかんでみせるが、視界に映るエドアルドの表情は不安そうだ。

これはいつもと同じ。呼吸の乱れ、体組織の変化、筋骨格の脆弱化、皮膚と臓器の縮小。身体が縮んでいく奇妙な感覚。少し息が苦しいだけで、痛みはほとんど感じない。

けれど今日は、いつもと少しだけ違う。目を閉じて嵐が過ぎ去るのを静かに待っていると、エドアルドに身体を抱きしめられた。

肌から伝わる確かなぬくもりの心地よさに安心する。うっすらと瞳を開けると、すぐ近くに美しいプラチナホワイトが煌《きら》めいていた。その温度に身を委《ゆだ》ね、二人で裸のまま抱き合う。

「あぁ……本当に小さくなるんだな」

　収縮が終わった頃、エドアルドの呟きが耳に届いた。

　改めてリリアの状況を目の当《ま》たりにすれば、困惑するか呆《あき》れられてしまうだろうと思っていた。けれどエドアルドは汗ではりついた前髪を優しく撫《な》でるだけだった。

「……申し訳ありません」

「謝らなくていい。着替えを用意させよう」

　苦笑したエドアルドがベッドから立ち上がり、シャツの袖に腕を通しながら頷いた。ベッドに座ったままエドアルドの姿を見ていたリリアもこくりと頷き返すが、ふと自分の姿を見て重大な忘れものに気が付く。

「あ……あの噂……」

　カティエに投げつけられた辛辣な言葉の数々に衝撃を受けていて、エドアルドにかけられた嫌疑をすっかり忘れてしまっていた。

「ああ。宮殿のあれなら、俺は別に気にしてないぞ」

　エドアルドは頓着《とんちゃく》していない様子だが、少しは考慮すべきだろう。なにせ第二王子であるエドアルドに、幼女に対する性愛趣味の疑いがかけられているのだ。実際、外見年齢五歳の幼女が、寝室のベッドの上にほぼ全裸の状態で座っている今この瞬間を誰かに見られたら、言い訳出来ない。

　せめて少しでも身体を隠したいと思い、ベッドの下へ手を伸ばしてエドアルドが落とした侍女の前掛《まえか》けを引っ張り上げる。

『お呼びでしょうか。エドアルド殿下』

「リリアの着替えを持ってきてくれ。小さいほうだ」

『かしこまりました』

　呼ばれてやってきた侍女には、扉越しにそう命じるだけですべて通じてしまうらしい。一体どこまで知られているのだろうと驚いていると、ベッドの傍《そば》に戻ってきたエドアルドにじっと姿を観察された。

「なるほどな」

「え……ど、どうかなさいましたか？」

「いや。どうしてリリアは下に何も生えていないのか、昨日からずっと疑問だったんだ」

　前掛《まえか》けを身体に押し当てながら首をかしげると、エドアルドが納得したような顔で頷いた。

「呪いが解けたら、また生えてくるんだろうか？　……ああ、もしかして最初からないのか？」

興味津々のサファイアブルーと目が合う。エドアルドは子どもの姿には情欲が湧《わ》き起こらないようだが、単純に呪いの仕組みについては気になるようだ。

リリアはしばし呆けていたが、視線を下げて下腹部を確認して、ようやくその意味を察する。

あまりの恥ずかしさに顔から全身のすべてが一気に沸騰してしまう。頑張って叫ばないようにしようと思ったが、数秒我慢したのち結局羞恥心《しゅうちしん》に勝てずに叫んでしまった。

「やあぁぁん！」

――それは考えたこともありませんでした！

王子殿下は花嫁を愛《め》でる

五日後の午後。

昼のうちに湯浴みを済ませ、身体の隅々まで磨き上げられ、肌の上にフラワーオイルを丁寧に塗りこまれる。数人の侍女に手伝ってもらって、形はシンプルだが裾《すそ》に同色のフリルとレースがあしらわれたスノーホワイトのドレスを纏《まと》う。

国民への婚約発表のときには好きな色のドレスを選んでいいらしい。婚姻の儀式の際は純白のドレスと決まっている。けれど貴族へのお披露目《ひろめ》の場で王子の婚約者が身につける装いは、伝統的にスノーホワイトのドレスだ。この色は大広間の豪奢《ごうしゃ》なシャンデリアの光を纏《まと》うと、王族にしか発現しないと言われているプラチナホワイトの輝きを放《はな》つ。髪の色までは変わらないが、身も心も王宮と王家に捧げるという意味を持つらしい。

髪は綺麗にまとめられて結い上げられた。両耳と首を飾るのは国の名を持つ青い鉱石、スーランドナイトを加工したイヤリングとネックレス。そして左胸の心臓の位置に添えるのは、王国の紋章をかたどった銀細工のブローチ。中央に埋め込まれているのは、生涯を誓う相手の瞳の色――サファイアブルーの宝玉。

鏡を覗《のぞ》き込んだときは、ついほうっとため息を漏らしてしまった。そこに映るのは、知らない国のお姫さまのような自分。国王に認められた者だけが許される、プラチナホワイトに染まる姿。完璧な王子殿下の婚約者だ。

前日の夕方に招かれた王殿の晩餐《ばんさん》の間で会ったエドアルドの両親――スーランディア王国の国王と王妃は、エドアルドとリリアが並ぶ姿をとても喜んでくれた。

二人の婚約を国王が認めてくれた。だからリリアは恥じることも怯えることもない。

わかっているのに、大広間に近付く度《たび》に緊張で足がすくんでしまう。

「緊張してるのか？」

「はい……」

「大丈夫だ。怖くなったら俺に掴《つか》まっていればいい」

ふっと笑うエドアルドの顔を見上げて、どうにか顎《あご》を引く。ドレスの下に重ねたパニエの中では再び足が震えてしまったが、エドアルドの腕が腰に回り優しくエスコートされると少しずつ震えは治《おさ》まった。

大広間への扉が開く――エドアルドの隣に相応《ふさわ》しくあるために、視線を上げて正面を見据える。

大広間のシャンデリアの明るさに、一瞬目が眩《くら》む。その瞬間、やんだと思った足の震えが再発してふらりとよろめきそうになった。気付いたエドアルドが歩みを止めて、リリアの背中を支えてくれる。その心遣いに応《こた》えるように顔を上げると、視線を交わして微笑み合った。

扉が開いたことで、二人はすべての人々の視線を一手に浴びた。その人々の中心で待っていたのは、カティエ・ロナ侯爵令嬢。リリアの友人にして、リリアに呪いをかけた張本人だ。

「リリア⁉　あなた……！」

共に大広間に入ってきたリリアとエドアルドの姿を認めたカティエが、目を見開いた。名前を呼ばれたリリアがカティエに視線を向けると、彼女の表情がサッと曇《くも》る。

カティエの姿を確認すると、彼女もまた王国の伝統をよく理解していることが窺《うかが》えた。しかし誰が見ても、その差は明白だ。カティエのドレスの色もスノーホワイト。生地は値の張るシルクで、デザインも華やかで可愛らしい。身につけている装飾品も一級品のスーランドナイトのイヤリングとネックレスで、どちらもシャンデリアの光を受けてきらきらと光り輝いている。

一見すると、カティエも王子に嫁ぐ者として相応《ふさわ》しい装いをしている。

だがあまりにも格が違う。リリアが身につけているドレスは王宮が特注で用意した最高品質の極上シルク。逆に耳と首を飾る宝飾品はややくすんでいて新品のものには輝きで劣る。しかしこれは王家に嫁ぐ令嬢が代々身につけてきた由緒ある品であり、積み重ねられた確かな歴史が存在する。その重々しさは真新しい宝飾品には決して醸《かも》し出すことが出来ない。

そして決定的な違いは左胸の上。サファイアブルーが埋め込まれ、王国の紋章をかたどった銀細工のブローチがカティエの胸にはなかった。

カティエは今夜、来賓《らいひん》の前で婚約者として指名される演出があると思っていたのだろう。まさか自分が紛《まが》い物で、さらにエドアルドが本物を連れて大広間に登場するとは思ってもいなかったらしい。可憐な顔立ちから血の気が引いていく様子を見るのは、少しだけ心苦しかった。

エドアルドに伴《ともな》われ、お互いの存在を確認し合うように睦《むつ》まじい姿を見せる婚約者のリリアと、その婚約者と同じ装いで二人の前に立つカティエ。その異様な光景に周囲がざわめき出したことを確認すると、エドアルドがようやく声を発した。

「皆、忙しい中よく集まってくれたな」

わななくカティエを置き去りに、エドアルドが周囲の視線を自分に集める。

「今宵、王宮まで足を運んでもらったのは、他でもない我が生涯の伴侶《はんりょ》となる者を皆に披露《ひろう》するため」

朗々と口上を述《の》べるエドアルドだが、周囲へ気を配りつつも視線は玉座に腰を下ろす父王に向けている。視線を交わして密《ひそ》かに笑い合う親子の姿に、リリアは一人緊張した。

「紹介しよう。彼女が俺の花嫁となるリリア・フロー……」

「お待ち下さい、エドアルド殿下！」

エドアルドの言葉を遮《さえぎ》ったのは、人混みをかきわけて転がり出てきたフィーゼルだった。

「ロナ侯爵」

名を呼ばれたフィーゼルの背筋がすっと伸びる。見ていた周囲の者も、なぜ飛び出してきたのだろうと訝《いぶか》しげな目でフィーゼルの姿を見つめる。王族であるエドアルドの口上を遮《さえぎ》って何を言うつもりだろう、と周囲の興味と関心が集中する。

「エドアルド殿下は、我が娘のカティエを花嫁に選んで下さったのではないのですか!?」

叫ぶように問いかけてきたフィーゼルに、エドアルドが薄い笑みを浮かべた。

本来のフィーゼルは、もっと慎重で計算高い男だ。周囲の目がある場所で王子の言葉を遮《さえぎ》ることなどしないし、舞台の真ん中に自ら躍《おど》り出て目立ちたがる人物でもない。

だがフィーゼルにはこうせざるを得ない理由があった。今この場でエドアルドの宣言を貴族たちが認めてしまえば、この状況をひっくり返すことは不可能になる。カティエが王家に嫁ぐ可能性は万に一つもなくなってしまう。

だからこの場で問わなければならなかった。たとえ変に目立つとしても、王家と血縁関係を結んで政治的権力を強める機会は、もうこの瞬間しか残されていない。未婚の王族はエドアルドの他には、セリアルドの幼い御子たちしかいない。

フィーゼルは、このタイミングを逃《のが》すわけにはいかなかったのだ。

「俺はそんなことを言った覚えはないが」

「そ、そんな……！」

「だが……まあ、そうだな。まずは皆にそのことを知ってもらわねばなるまい」

納得したように鼻を鳴らすエドアルドの横顔を、豪奢《ごうしゃ》なシャンデリアの灯《あか》りが照らしている。その蜜色が濃くなればなるほど、リリアのタイムリミットも近付いてくる。

リリアの焦りに気が付いたのか、エドアルドが腰を抱き寄せる。そして視線だけで『大丈夫だ』と麗《うるわ》しく微笑んだ。

「まずフィーゼル・ロナ侯爵に問う。ルヴェルザーラという名に聞き覚えは？」

「っ……いいえ。……ござい、ません」

「ではレディに問おう。カティエ・ロナ嬢、ルヴェルザーラという女性を知っているな？」

「ぞ、存じ上げませんわ……」

エドアルドに詰問《きつもん》され、フィーゼルは目を泳がせつつも白《しら》を切った。間髪いれずに問われたカティエも自分には無関係だと即答したが、その声は怪しいほど上擦《うわず》っていた。

この場にそぐわない名を聞き、周辺にいた者たちの間に小さなどよめきが起こる。ほとんどの者はその名に馴染みがないようだったが、全員が全く知らないということはあり得ない。

「ベネット伯爵。貴殿はご存じだろう？」

「え……ええ、もちろんです」

首を動かしたエドアルドが、遠巻きにやり取りを眺めていた男性に声をかける。金色の髪を後ろに撫《な》でつけた中肉中背の男性は、事態の理解は不十分ながらもエドアルドの質問にはちゃんと答えてくれた。

「殿下の祝いの場で口にするのはためらわれますが……それは、夕闇森《ゆうやみもり》に棲《す》む魔女の名では？」

「その通りだ」

ベネットの回答に、エドアルドがゆっくりと顎《あご》を引く。

「夕闇森《ゆうやみもり》は四つの領地に属する深い森。その四領地の一つであるヴィリアーゼン領の領主が、なぜその名を知らないのだ？」

「……っ、それは……」

「自領内の魔女の行動把握は領主の務《つと》め。知らぬと言うなら領主としての管理責任を怠《おこた》っているともとれるが——ロシェット」

「はい」

頃合いを見計らい、王殿の侍女であるロシェットが歩み寄ってきた。エドアルドは彼女から紙束を受け取ると、大広間に集まった全員の目に留まるように頭の上に掲《かか》げる。

だがそこに記された内容を語る前に、紙束はエドアルドの手からあっさりと放《はな》たれた。

支えを失いバラバラになった紙束が、雪のように空中を舞いながら足元へ落ちてくる。

訝《いぶか》しげな顔をしたフィーゼルも、ぽかんと口を開けたカティエもその紙の行方を視線で追う。

やがて足元に滑《すべ》り込んできた紙面の内容を流し読んだフィーゼルが、ピキリと表情を凍り付かせた。急いで散らばったものを回収しようとその場にしゃがみ込んだが、その頃には周囲にいる者たちの手にも同じものが握られていた。

「こ……これは？」

「エドアルド殿下、これは一体どういうことですか!?」

「さぁ、俺が聞きたいぐらいだ」

わざとらしく肩を竦《すく》めたエドアルドも、身を屈《かが》めて一枚の紙を拾い上げる。それをカティエの前に差し出しながら、エドアルドがさらにわざとらしく首をかしげた。

「これは君の字と名だな、カティエ・ロナ嬢」

「……っ」

問われたカティエもゆっくりと視線を落としたが、熟読するまでもなく氷のように固まる。一瞬にして動作も呼吸も停止してしまう。

そこに記されていたのは、カティエが密《ひそ》かに交わしていた魔女とのやり取りだった。

カティエだけではない。別の紙にはフィーゼルの字と名が刻まれたものもあり、手にした貴族たちは困惑した表情を浮かべている。ざわざわと広がっていく不信感を孕《はら》んだ空気の中で、カティエの声が鮮明に響いた。

「身に覚えがございませんわ！」

「ロナ家の封印が入っているようだが？」

「……偽造されたものではないでしょうか」

「なるほど。そうだな、ロナ家の者は印を偽造するのが得意だったな」

「！」

なぜ、それを。

カティエのダークバイオレットの目が最大限まで見開かれる。気軽さを装いつつも、エドアルドの言葉はカティエの喉《のど》元に剣先を突き付けている。彼の薄い笑みに内心まで暴かれたと思ったのか、カティエの身体が少しずつ後ろへ退《さ》がっていった。

「リリア……あなたこの数日、一体どちらにいらしたのかしら？」

問いかけてくる声は氷のように冷たかった。その温度にリリアは人知れず恐怖する。

リリアを一人の令嬢として扱う言葉を、随分久しぶりに聞いたように思う。だがその声には、親しみなど涙一粒分も含まれていない。そこにあるのは社交の場で礼儀や作法を欠くわけにはいかないという、侯爵令嬢としての見栄《みえ》だけだ。

カティエが問いたいのは、リリアがこの数日間を使用人棟で過ごしていたのかどうかではない。カティエもきっと、リリアが指定した場所にいなかったことには気付いているのだろう。

エドアルド殿下に余計なことを喋ったの？　――カティエの鋭い視線はそう問いかけていた。

もちろんリリアはエドアルドに告げ口などしていない。やり取りのすべてはエドアルドが直接聞いていたのだが、カティエはその事実を知らない。辛く悲しい暴言を思い出して無言で頭を振ったリリアを見て、カティエはリリアから満足のいく回答を得ることを諦めたようだった。

しかしどんなにリリアを問い詰《つ》めようと、貴族たちの目に触れた魔女ルヴェルザーラとのやり取りはもうかき消すことは出来ない。

魔法を利用した山道の崖崩れ、意図的な増水による水路の決壊、家畜の逃亡による公道の寸断、不可解な橋の崩壊と、それに伴《ともな》う予定外の長期の修繕工事。その指示を克明に記した文書の数々は、貴族たちの目にはさぞ衝撃的に映ったことだろう。

悪事を暴露されて完全に思考停止したカティエとフィーゼルだったが、人の群れの中から聞こえた、

「失礼ですが、エドアルド殿下。ここに記されている呪いとは一体何のことでしょうか？」

という言葉は、二人よりもリリアの肩を跳《は》ねさせた。

リリアが息をのむと、目聡《めざと》く察したエドアルドに肩を抱かれてポンポンと撫《な》でられた。

王族の聖礼装に身を包んだエドアルドは、リリアを腕に抱きながら反対の手を上げることで、大広間に広がったざわめきを制した。

「では改めて紹介しよう。彼女は俺が生涯を捧げる女性、レオン・フローラスト伯爵の息女リリア・フローラスト嬢だ」

エドアルドの言葉を受けたリリアは、ドレスの裾《すそ》を軽く持ち上げて静かに膝を折った。緊張に支配された身体は、たったそれだけの動作でその場に崩れ落ちて座り込んでしまいそうなほど震えていた。だがなんとか持ち堪《こた》えて顔を上げると、人々の視線がすべてリリアに向けられていることに気が付く。

理由や原因があったとは言え、リリアは社交の場に顔を出すことを怠《おこた》っていた。人々に向けられる好奇の視線を感じると、慣れない重圧から眩暈《めまい》が起きそうになるのに。

「彼女は今、魔女に呪われた身の上だ」

他でもないエドアルドが、リリアの負い目をあっさりとさらけ出す。

けれどそれも、シナリオの通りだ。

「その呪いをかけた者がルヴェルザーラ。指示をした者がカティエ・ロナ嬢とフィーゼル・ロナ侯爵だ」

「まぁ……！」

「なんということだ……」

「それに呪いだけではない。リリアが社交の場に足を運べないよう工作していた事実もある」

「ではこの文書に記されている事故とは、そういう意味なのですか……？」

「そうだ」

リリアも山道の崖崩れや水路の決壊については知っていた。だが家畜の逃亡や橋の破壊の件はエドアルドに調査の内容を聞くまでは知らなかった。ロナ親子はリリアに近付くエドアルドだけではなく、王都へ行くリリアの行動も妨害していたのだ。

カティエはリリアよりも優位に立ちたいがため。

フィーゼルはより確固たる地位と名誉を得るために。

それだけのために国税や領税を使い、しっかりと整備された公道を破壊するとは度し難い。リリアには常軌を逸する発想と行動にしか思えなかったが、エドアルドにとっての最大の問題はそれとは別のところにあった。

「俺から大切な花嫁を奪おうとは、一体どういうつもりだ？」

狡猾《こうかつ》なやり口を暴くエドアルドの口調は、やや芝居じみていてわざとらしい。だがそう感じるのは、リリアが今夜のシナリオのすべてを知っているからかもしれない。

事実、不吉な呪いを受けたと明言したにもかかわらず、エドアルドは貴族たちの同情を上手く誘い、同調を促《うなが》すことに成功しつつあった。順調に周囲の理解を得ていたエドアルドとは対照的に、不正を暴かれ逃げ道がなくなったフィーゼルは額《ひたい》に汗を浮かべている。カティエに至っては華奢な身体をカタカタと震わせ、高貴なはずのドレスの色は血の気の失せた死に装束にさえ見えてくる。

だが、まだ終わりではない。

ただ不正を暴くだけなら、わざわざ他の貴族たちに呪いの存在をひけらかす必要はない。

落ちた太陽と入れ替わるように、空には月が昇っていく。それはリリアの身体に大きな変化が起こる瞬間。――呪いの時間だ。

「エドアルドさま……」

「大丈夫だ。落ち着いて、呼吸だけはちゃんとしていろ」

毎夜と同じように始まった痛みのない呼吸苦に、リリアはついその腕に縋《すが》ってしまう。それはリリアが目指していた、凛として気高く美しい貴族令嬢の姿ではない。生まれての雛鳥《ひなどり》のように弱々しく震える姿は、高貴な女性には相応《ふさわ》しくない。

わかっているのに、呪いを受けた姿をこの場に晒《さら》す恐怖に耐えられない。これが必要な過程であったとしても、不浄だ、不吉だ、と誹謗《ひぼう》を受けるのが辛い。この大広間のどこかでリリアの姿を見守っている父レオンや母ラニア、弟たちやフォルダイン領に住む人々を苦しめたくない。

エドアルドや国王と何らかの取り決めをしているのか、家族はリリアの前に姿を現さない。けれど心配させているだろうし、母は涙を流しているかもしれない。その心情を思うと、リリアの目からも涙が零《こぼ》れてしまった。

頬を辿《たど》った一筋の雫《しずく》が静かに流れ落ちる——幼女の姿へ変わった、リリアの小さな手の上へ。

「こ、これは……！」

「ああ、なんという……」

人々の嘆きとどよめきが、リリアとエドアルドを中心に波紋となって広がっていく。

由緒正しい伝統のドレスや宝飾品も、リリアの身体と一緒に縮んでしまった。それを目にした者の中には、スーランドナイトの美しい輝きが放《はな》つ威厳と品格まで矮小《わいしょう》な存在に成り下がったと感じる者もいるだろう。

王家の権威を失墜させてしまったのではないかと恐れていると、リリアの傍《そば》にエドアルドが膝をついた。

「ご覧の通り、今のリリアは夜がくれば子どもの姿に変わる呪いにかけられている」

大広間全体を包んでいた重い空気を薙《な》ぎ払うように、エドアルドの澄んだ声が響く。

その大樹のように低く穏やかで、新緑のように清々《すがすが》しく爽やかな声の色に、リリアはほっと安堵した。

だがエドアルドが認めたことで、わかりやすく反発する存在が浮き彫りになった。膝をついたエドアルドの腕の中で聞いた男性の声は、明らかな悪意に満ちていた。

「なんと不吉な！　エドアルド殿下、それが本当であればレディ・フローラストは穢《けが》れています！」

突然、大広間の中央にエドアルドの決定を覆《くつがえ》そうとする者が現れた。

声を張り上げる様子から、彼は先ほどのエドアルドと同じように周囲の者を自分の意見に同調させたいのだろうと感じる。もちろんそう簡単に人心を掴《つか》めるはずはないと思うが、正当性を掲《かか》げる声と言葉には勢いがあった。

「……あれだな」

「え……？」

逞《たくま》しい腕の中で首をかしげたリリアの耳元に、エドアルドの小さな呟きが届いた。顔を上げてエドアルドの視線を辿《たど》り、瞠目《どうもく》する。

（中庭で噂話をしていた方だわ……）

社交の場に赴《おもむ》く機会がなかったリリアに名前まではわからないが、その顔には見覚えがある。彼は五日前に中庭で雑談をしていた男性の一人。エドアルドが寝所に幼女を連れ込んでいると、同僚の貴族たちに噂を流していた人物だった。

その男性をじっと見据えるエドアルドの横顔を見て、リリアもピンとくる。

恐らく彼は、フィーゼルに傾倒している人物だ。地方の領地管理を任される貴族の中でも、特に強い政治的権力と地位を持つフィーゼル・ロナ侯爵を慕う者。枢機院《すうきいん》の機密をロナ親子へ流し、王宮の公平性と品性を貶《おとし》める存在だ。

カティエが口走った『デビューの夜会にエドアルド殿下が公務で参加出来ないように調整してもらった』というのも、きっと彼が絡んでいるのだろう。

「そうよ……そうだわ！」

今まで塩をかけた青菜のように萎《しお》れていたカティエが、男性に後押しされるように声をあげた。

「魔女に呪われた花嫁なんて、王家の顔に泥を塗ることになるのよ！　エドアルド殿下には相応《ふさわ》しくないわ！」

「……カティエ」

カティエはまだ自分がエドアルドの花嫁になることを諦めていないらしい。王家の顔に泥を塗るなんてどの口が言うのだろうか。堂々と胸を張ってリリアを糾弾するカティエの浅はかさに、頭痛がしてくる。

フィーゼルは、カティエの発言が恥の上塗りであることを理解しているらしく「よせ」と首を振っている。だが父からの合図を素直に受け取れるほど、カティエは聡明な令嬢ではなかった。

カティエの言葉に興醒めしたエドアルドの失笑は、至近距離にいたリリアにしか届かなかった。もちろんそれを周囲に悟《さと》らせるような不手際などするはずもない。その場で首を傾《かたむ》けてマントの留《と》め具を外したエドアルドが、なめらかな動作で衣を広げる。

「エドアルド殿下？」

「な、何をなさっているのです⁉」

そのマントでリリアの小さな身体を包むと、守るようにぎゅっと抱き寄せる。予想外の行動にはリリアも驚いたが、それ以上に周囲にいた人々のほうが驚いたようだった。とりわけ驚いた声を発したのは、大声で持論を語っていた先ほどの男性だった。目を丸くした男性は相当焦ったのか、危うい発言ばかり繰り返す。

「殿下、その娘は穢《けが》れているのです！　呪われた身体でスーランディア王宮に嫁ぐなど、王族の血統まで穢《けが》れてしまいます！」

しかしエドアルドは臆さない。

ふっと笑みを浮かべると、リリアの身体を一層強く抱き込む。

「可愛い婚約者を自慢したい気持ちはあるが、夜の姿は俺だけのものだ。他の誰の目にも触れさせたくない」

「なっ……」

あまりにも過保護な愛情表現に、周囲にいた女性たちがほうっと羨望の吐息を漏らした。『王家の顔に泥を塗る』という発言をまるで気にしない大胆な言動に、カティエの顔が赤く染まっていく。

この大広間に集った者の中には、エドアルドの幼児に対する性愛趣味の噂を耳にした者もいただろう。エドアルドはその噂を気にしていないと言って放置していた。だが彼の言動を目の当《ま》たりにした今なら、誰もが噂の真相を正しく理解出来るはず。

エドアルドの行動からは、幼女を性愛の対象にしているという意図は感じられない。そこにあるのは、姿が変わる呪いの有無に関係なく、ただ愛しい人を傍《そば》に置いておきたいという深い愛情のみ。

エドアルドの大胆な言動に言葉を失ったカティエに代わり、件《くだん》の男性が声を張り上げた。

「しかしエドアルド殿下！　そのお召し物は王族の聖礼装。その衣で呪われた娘を庇《かば》うということは、王家が呪いを擁護《ようご》するということではありませんか!?」

「随分よく喋る輩《やから》だな。……まあいい」

舌打ちするエドアルドの悪態は、やはりリリアにしか聞こえなかった。

エドアルドが、リリアの身体の上にマントを残したまますっと立ち上がる。

「そこまで言うのなら、この呪いを早急に解くことにしようか」

「え」

「えっ……」

「……」

驚く男性と、驚くカティエと、黙ったままのフィーゼル。

笑みを浮かべたエドアルドが、玉座を振り返る。その視線の先にいたのは王と王妃ではない。

玉座から少し離れた柱にゆったりと寄りかかり、果実酒の入ったグラスを手にしたまま こちらの様子を窺《うかが》っていたドレス姿の女性。エドアルドが彼女に視線を向けると、その女性も大きく頷きゆっくりとこちらに歩み寄ってきた。

女性にしては高い身長によく映える、流れるようなドレープとコバルトブルーが印象的なドレス。リリアが身につけているものとは形が違うが、スーランドナイトに彩《いろど》られた首飾りと、片側だけのイヤリング。頭の後ろで一つに結い上げられた長い髪が歩く度《たび》に馬の尾のように揺らめく。大広間のシャンデリアの光を浴びるだけで、太陽の光にも月の光にも劣らない輝きを放《はな》つプラチナホワイト。ドレスと同じ、コバルトブルーの瞳。

――王宮の、魔女。

メイナが通り過ぎた場所から順に、ざわ、ざわ、と期待と困惑が広がっていく。知る人ぞ知る、だが知らぬ人は永遠に知らぬままのスーランディア王宮秘蔵の魔女。メイナ・マイオン。

「こんばんは、カティエ・ロナ嬢」

カティエの前までやってきたメイナが、ドレスの裾《すそ》を持ち上げて優雅な動作で膝を落とす。しかし元王族であるメイナが自ら礼節を尽くしたにもかかわらず、カティエは微動だにしない。いや、動くことさえ出来ない。

例に漏れずメイナを恐ろしい魔女だと想像していたカティエは、メイナの高い身長と圧倒的な存在感に勝手に恐怖を感じ、勝手に表情を凍り付かせた。

「私、君にお願いがあるんだけど」

リリアとは異なる理由で、メイナも社交の場にほとんど姿を現さなかった人物だ。そのせいなのか、元王族というのが嘘か冗談ではないかと思うほど、メイナの口調は淑女らしからぬ淡々としたものだ。彼女の話し方はこの大広間にいるどの貴族の男性よりも粗野である。

メイナを目《ま》の当たりにしたカティエは『お願い』と言われているのに、どんな『命令』をされるだろうと顔を強張《こわば》らせた。

「リリアにかけた呪い、解いてくれない？」

身構えていたカティエに、メイナが軽い口調で問いかける。

メイナの言葉が意外なほど単純だったので、カティエは拍子抜けしたのだろう。あるいはすでに王族ではなくなったメイナを恐れるに足らない存在だと判断したのかもしれない。カティエはメイナを刺激しないように、けれど言いなりになるつもりもないと示すように、静かに首を横へ振った。

「出来ませんわ」

「そりゃ君に解呪は出来ないでしょ。そうじゃなくて、ルヴェルザーラとの契約をこの場で今すぐ切ってくれない？」

無理だと断言したカティエに、メイナが眉を顰《ひそ》める。再度丁寧に説明するが、やはりカティエは首を横に振るだけだ。

「出来ません」

「なんでよ？」

話しているうちに恐怖の感情が薄れたのか、カティエはいつものようなわがままで身勝手な振る舞いを始める。

「確かに印はロナ家のものかもしれませんが、あれは偽造された文書ですの」

「ほう」

「わたくしには身に覚えがありません」

「へえ」

「ですからわたくしが彼女を呪ったなどと言うのは、真っ赤な嘘ですわ」

「わお」

メイナもここまできっぱり断言されると苦笑いするしかないらしい。もちろんそれが虚偽の申告であることは、メイナもリリアもエドアルドもわかっていた。だがカティエは、知らぬ存ぜぬでこのまま押し通すつもりのようだ。

いっそ清々《すがすが》しいほどの嘘を並べたカティエに、メイナが首をかしげる仕草をした。

「うーん、そっか。じゃあ仕方がないね」

「ご理解頂けたのであれば結構で――」

「君も一回、リリアの気持ちを味わってみるといいよ」

つん、と澄ました顔をして勝利を確信したカティエの言葉に、メイナの言葉が重なった。思いもよらぬ宣言をされたカティエが、一瞬遅れて「えっ」と短い驚き声を発する。

冴《さ》えわたる青の裾《すそ》を翻《ひるがえ》したメイナが、カティエの顔の高さまで右手をスッと掲《かか》げる。そして五本の指を操って、空中に何かの模様を描き始めた。

一見すると空気を撫《な》でているだけのようにしか見えない。それが魔女の力を使うための初動だと全員が気付いたのは、メイナがカティエに向けて恐ろしい言葉を放《はな》ったからだ。

「これでも練習したんだけど……あんまりやったことないことするから、失敗したらごめんね？」

「はっ……え、ちょっ……」

コバルトブルーの瞳に宿った静かな炎は、メイナが積み重ねてきた魔法の知識と技術の結晶だ。大広間にいた全員がその荒々しくも美しい色に魅せられただろう。社交の場に姿を見せず、秘密のベールに包まれた王宮の魔女の真の姿に、心臓を掴《つか》まれるような衝撃と感動を味わったはずだ。

空気が波打ち、空間が振動する。周囲にキン……と高い音が鳴り、空気中に含まれる物質がメイナの右手に集積していく。

まるで時間と空間が吸い込まれているようだ。一点に集中したすべての物質がキラキラと融解すると、空間の一部が金と銀の混合物に染め上がっていく。

メイナが空気を集めて作った光の球体が、カティエに目がけて飛翔した。

今度はリリアも、庇《かば》うことは出来ない。

「いやあぁぁ……っ！」

リリアが受けた暗黒の球体に比べれば、メイナの作った球体は神秘的だった。それでも魔女の力をその身に受ける状況には恐怖を感じることだろう。

断末魔のような金切り声をあげたカティエに、貴族たちが思わず目を背《そむ》けた。しかし一瞬の閃光《せんこう》ののちにカティエの様子を確認すると、彼女は倒れることもなくその場に立ち尽くしていた。

「うん、まあ……おおよそ成功したんじゃない？」

光の気配が去り、カティエの様子を確認したメイナが満足そうに呟く。まばゆい光と友人の切ない叫び声につい目を瞑《つむ》ってしまったリリアも、ようやくカティエの姿をしっかりと確認出来た。

けれどそこにいたのは、カティエであって、カティエではない。シャンパンゴールドのなめらかな髪からは艶が消えぼろぼろと乱れている。ダークバイオレットの鮮やかな目はシャンデリアの光が眩《まぶ》しいのか、しょぼしょぼと閉じられている。スノーホワイトのドレスから伸びた細い腕にはよれよれと皮膚が寄り、いくつもの皺《しわ》が浮かんでいる。身長が縮んでいるように見えるのは、膝と腰が曲がっているから。

「なんでひゅの……」

そして言葉が覚束《おぼつか》ないのは、綺麗な白い歯が抜け落ち、顎《あご》の骨格が歪《ゆが》んでしまっているから。

「!?」

自分の発した言葉に自分で驚いたらしい。目を見開いたカティエだったが、その動作で余計にシャンデリアの光を眩《まぶ》しく感じたようだ。再びしょぼしょぼと閉じかけた目では、自分の身に起きた変化を見つけることも出来ないはず。

「ロシェット、鏡を持ってきて」

「はい、こちらに」

有能な侍女のロシェットは、メイナの要望まで把握済みだった。侍女から受け取った手鏡をカティエに差し出すと同時に、詰《つ》め寄ってきたフィーゼルを一瞥する。

「メイナさま！　カティエに何をしたのですか!?」

「いや、リリアの気持ちをちゃんと知ってもらおうと思って。でもほら、ルヴェルザーラと全く同じだと芸がないじゃない？」

「だからと言って、若い娘にこんな……！」

「ファギャアァ、ッ……!?」

フィーゼルの言葉を遮《さえぎ》り、カティエが奇怪な悲鳴をあげた。その大きな声を聞いて、場にいたほぼ全員の身体がびくっと飛び跳《は》ねた。歯を失ったカティエは、悲鳴すら満足に発せないらしい。

覗《のぞ》き込んだ手鏡の中にいたのは、紛《まぎ》れもない老婆の姿のカティエ・ロナだった。とはいえ元が可憐な顔立ちのカティエは、年をとった姿も可愛らしい。今の姿はぼろぼろだが、髪を梳《と》かして歯を整え、年相応の衣服を纏《まと》えば愛嬌のある老女に見えるだろう。本当に年をとった彼女も、きっとこういう姿になるに違いない。

だが二十一歳の若き乙女には、この老いた姿を自分だと示されるのは耐えがたいほどの苦痛だろう。自分の変貌《へんぼう》ぶりに驚いたカティエは、勢いよく手鏡を放り投げてしまった。

床に落ちて割れると思われた鏡は、エドアルドの靴先が衝撃を削《そ》いだことで粉砕を免《まぬが》れた。結局鏡は床へ落ちたが、割れることはなくカラカラと乾いた音を立てながら転がっていった。

鏡が転がる音が空気へ溶けた頃、大広間の奥から堪《こら》えるような笑い声が聞こえてきた。

「ぶふっ……っく、くくく……」

「うふっ、うふふふ……」

「陛下、笑いすぎです」

「あぁ、すまない……ふ、ははっ」

王の側近が諌《いさ》めたが、彼の笑いは止まらない。見ればことの成り行きを黙って見守っていた国王と王妃が、顔を手で覆い笑いを堪《こら》えている。

だが二人はカティエの醜い姿を笑ったわけではない。自分の娘であるメイナの、極端な発想に笑ったのだ。

幼女になる呪いを受けたリリアの気持ちを味わわせるために、それとは全く逆の——老女の姿に変えてしまう。さらに思いついたことを実行出来てしまう魔力の高さ。両親としては、娘の誉《ほま》れ高い能力を喜ばずにはいられなかったのだ。

けれど王が笑うのならば、貴族たちも笑いを堪《こら》える必要はない。くすくす、ひそひそと密《ひそ》かに交わされる嘲笑に、フィーゼルの顔が憤怒で赤く染まっていく。娘の憐《あわ》れな姿を蔑む周囲の者たちを烈火の形相《ぎょうそう》で睨《にら》みつけるが、カティエ本人は逆に顔面蒼白になっていた。

「気まぐれで望まない姿に変えられた気分はどう？」

メイナはエドアルド以上に、他人の心を抉《えぐ》るのが上手かった。ただでさえ身長差があるのに、腰が曲がったせいでカティエの顔の位置はさらに低い。その彼女を覗《のぞ》き込むようにしゃがんだメイナは、にこにことわざとらしい笑顔を浮かべてみせる。

「大丈夫。朝にはちゃんと戻れるから」

「あぁ……あああ……」

「けど今夜のその姿を見て、君を求める紳士はいるのかな？」

遠慮なく核心をつく言葉に、カティエの身体がぐらりと傾《かたむ》いた。血の気が引くどころではない。血の巡りが低下しすぎて、今にも天使が迎えに来そうな状態になっている。

「若さと美貌を失って、皺《しわ》と欲望にまみれた老婆など、誰が愛してくれるだろうね？」

「い、いや……っ」

「少なくとも、私が男だったとして君を選ぶことはないだろうね。呪いの穢《けが》れなんかよりも、心の穢《けが》れのほうがよほど醜いものだよ」

「うぁ、うぅ……っ」

「でも君が知らないというのなら、これ以上は何も問えないね。うん、それじゃ……私はこれで失礼するよ」

メイナがすっと立ち上がる。

そんな彼女がカティエにかけたのは、呪いなどではない。実はただの変身魔法だ。

だがそこに至るまでの口上、王宮の魔女の秘匿性《ひとく》、そしてカティエ自身の罪の意識。

それらを利用した王宮の魔女は、あたかも彼女に暗黒の呪いをかけたように装った。

容赦ない言葉を浴びせられ、カティエは我を失いかけていた。顔を覆い隠そうと思っても、節々が硬く上手く動かない。さらに視界に映る手にこれでもかと皺《しわ》が寄っていたことが、余計にカティエを焦らせた。

メイナが去ってしまえば、自分にかけられた術を解く者がいなくなる。そう考えたであろうカティエは、覚束《おぼつか》ない足と上手く動かない腕で必死にメイナに縋《すが》りついた。

「とっ……ときまふ……っ。けいひゃくを、かいひょ、ひまふので……！」

指示に従うとの言葉を確認すると、背中に回ったメイナの指先がパキンと音を鳴らした。その瞬間、老女だったカティエは二十一歳の美しい侯爵令嬢の姿に戻った。しかし錯乱状態になったカティエは、自分の身体の変化に気付いていない。

「どうか、元に戻して下さい……！」

「その前に言うことがあるよね？」

「ごめんなさい！　わたくしが……わたくしとお父さまが、リリアを呪うように指示しました！」

「カティエ……ッ！」

メイナが直前で元の姿に戻したのは、カティエ・ロナの正しい姿で真実を語らせるためと、彼女の滑舌を回復させるためだ。思惑《おもわく》の通りに謝罪と暴露を叫んだカティエに、フィーゼルが大慌てで名前を呼ぶ。だがもう遅い。

絶叫で体力を使い果たしたカティエは、はらはらと涙を流しながらその場にどさりと崩れ落ちた。

「これが、魔女との……契約証です」

そう呟いて震える指が差し出したのは、薄氷のような透明の板だった。

魔女との契約証を肌身離さず持ち歩くということは、カティエ自身どこか不安に思っていたのかもしれない。リリアがカティエの立場ならば、夜会の場に不要な契約証を持ち込んだりしないと思うのだ。

薄い板を受け取ったメイナが、大広間のシャンデリアに文字を透かせて内容を確認した。リリアの目にも何かの文字が書かれているのが見て取れたが、目を凝らす前に視界から薄い板が消えてしまう。メイナの手によって床の上に叩きつけられた板は、静まり返った大広間の中に、パキッ、ガシャと高い音を響かせて粉々に砕けてしまった。

「……せめて内容だけでもちゃんと確認して頂けませんか」

「えー、いいよ別に。面倒でしょ」

あっという間の出来事にエドアルドが呆《あき》れた声をあげる。けれどメイナは肩を竦《すく》めるだけでさらりと受け流してしまった。はぁ、とため息を漏らすエドアルドに、メイナがむっとした顔で「何よ？」と呟く。

リリアも、エドアルドの言う通りだと感じた。小さな板だったので書かれている情報はさほど多くはないと思うが、書いてある内容は知りたかった。しかしメイナは、面倒の一言でさっさと次のステップへ進もうとする。

「あの……エドアルド殿下」

姉弟のやり取りを聞いていた貴族の一人が、おずおずと声をかけてきた。振り向いたエドアルドの視線を受けた男性が、リリアの姿をちらりと見る。

「リリア嬢が元に戻らないようですが……」

そう、実はこれだけでは元には戻らない。契約はカティエ、あるいはロナ親子と魔女ルヴェルザーラとの間で結ばれたもの。契約の解除は取引関係の終了を意味するだけで、リリアにかけられた呪いが解けることとはまた別問題だ。

「やはり彼女は、不吉な存在なのだ」

「殿下、ここは改めてご婚約者を選び直したほうが……」

魔女と関わりのない貴族がその仕組みをどこまで理解しているのかはわからない。だが大広間には再び不穏な空気が流れ出し、ざわざわと嫌な緊張感が漂い始めた。

「エドアルドさま……」

「大丈夫だ」

大広間の空気を感じ取ったリリアがエドアルドを見上げると、彼はふっと優しい笑みを浮かべた。迷いのないサファイアブルーの瞳が、リリアの不安な心を包み込む。

「皆が言うことも理解出来る」

エドアルドの喉《のど》から滑《すべ》り出た爽やかで低い声が、大広間の隅々まで行き届いた。一瞬間を空け、しん、と静まり返った空間に、再びエドアルドの美声が響き渡る。

「だが俺が生涯を捧げるのはリリアだけだ。悪いが他の女性を傍《そば》に置くつもりはない」

水を打ったような空間で高らかに宣言された言葉に、リリアはそっと照れた。

今までも似たような台詞《せりふ》を聞いたことはあったが、それはリリアだけに向けたもの。他の者に対して堂々と宣言されると、言葉に出来ない恥ずかしさを感じた。

「呪いを解くには、愛する者のキスが必要なのだろう」

「え？　……えっ？　えっ!?」

だがリリアには照れている暇など与えられない。いつになく優しい笑顔を向けてくるエドアルドに、つい驚きの声が零《こぼ》れる。

お披露目《ひろめ》の夜会での作法と今日のシナリオを説明されたとき、呪いを疎《うと》む貴族たちを納得させる手段については詳しく聞いていなかった。任せてほしいと言われていたので、リリアはエドアルドの指示に従うつもりだった。

「では俺の可愛い花嫁には、元の姿に戻ってもらうことにしようか」

エドアルドが、ゆるやかな動作で跪《ひざまず》く。リリアには挙動不審になっている時間も与えられない。それは聞いていない、と抗議をする時間ももらえない。

伸びてきた手がするりと頬を包むと、小さく変化したイヤリングに指先が触れた。

「ほら、リリア。目を閉じて」

リリアにしか聞こえない穏やかな声で告げられ、心臓がばくばくと大きな音をあげる。

「え、ちょ……エドアルドさま」

無理です、恥ずかしいから嫌です、とは言えない空気だった。せめてもの抵抗で名前を呼ぶが、エドアルドに言い出したことを引っ込めてくれる気配はない。

彼の腕の中に身体が収まると、至近距離で見つめ合う。表情は穏やかだが、エドアルドの全身からにじみ出る感情がいつになく楽しそうなことに気が付いた。

長い中指と人差し指がリリアの前髪を優しく撫《な》でる。

「……ん」

ゆっくりと掻《か》きあげられて晒《さら》された額《ひたい》にエドアルドが唇を寄せると、くすぐったさと気恥ずかしさから小さな声が漏れてしまった。閉じていた目を開けると、再びエドアルドと目が合う。少し意地悪に、けれど麗《うるわ》しく微笑む表情に、全身がぽうっと火照《ほて》り出す。

恥ずかしさから俯《うつむ》くように視線を下げると、身体に変化が起きていることに気付いた。床の距離がどんどん遠のいている。まるでリリアの身体が上昇しているようだ。

視線だけではない。体組織の変化、筋骨格の伸長、皮膚と臓器の拡大。身体が元の状態へ戻っていく不思議な感覚。

エドアルドの宣言と額《ひたい》への口付けを受けたリリアは、成人した伯爵令嬢、リリア・フローラストに戻ることが出来ていた。

その変化に驚いたのはリリア本人だけではない。ふと顔を上げると、周辺にいたエドアルド以外のすべての人が呆然とこちらを眺めていた。

「戻った……！」

「……まさか、そんな」

「エドアルド殿下が……魔女の呪いを解かれた……！」

いいや、違う。リリアの呪いを解いたのは、エドアルドではなくメイナだ。

エドアルドが周囲の注目を集めている隙をついて、彼女がバルコニーへ移動したことにはほとんどの者が気付いていない。そしてそこで解呪の魔法が使われたことも。

前日の夜にこの話を聞いたときは、リリアも相当驚いた。メイナはこの数日の間にフォルダイン領の夕闇森《ゆうやみもり》へ足を運び、密《ひそ》かにルヴェルザーラと会っていた。そして魔女同士の密約を交わしたメイナは、ルヴェルザーラからリリアにかけた呪いの解き方を聞き出してくれていたのだ。

だからこれは、ただの演出だ。エドアルドとメイナはただタイミングを合わせたにすぎない。まるで愛の口付けがその呪いを解いたように。スーランディア王国出身の者なら、かつて一度は読んだであろうおとぎ話のように。

『王子さまが呪いをといて、ちゅーってしたら、みんなとくべつってわかってくれると思うよ』

リリアも幼い日の無邪気な願望が、十六年の時を越えて自分に返ってくるとは夢にも思わなかった。貴族たちの承認を得やすい演出をするといっても、もっと穏便な方法なのかと想像していた。それがまさか、こんなに恥ずかしい思いをするなんて。

エドアルドとメイナが密《ひそ》かに組み上げていた策略に、リリアは両手で顔を隠した。けれど今は恥ずかしさを感じている場合ではない。

「フィーゼル・ロナ侯爵。カティエ・ロナ嬢。今宵の場を乱したこと、禁じられている魔女との契約を結んだこと、王政枢機院《すうきいん》に虚偽の報告をして王宮を謀《たばか》ったこと、侯爵の名に恥ずべき品位を欠く行為に及んだこと。そして何より、俺の大事な花嫁を傷付けたこと。いずれも王国の名と、王宮の公平な意思決定を貶《おとし》める重罪と心得よ」

エドアルドに名前を呼ばれたフィーゼルは、逃げることも隠れることも出来ずに立ち尽くしていた。カティエに至っては放心状態で座り込み、動くことさえ出来なくなっている。

「両名とロナ侯爵家には枢機院《すうきいん》の裁定機関から沙汰を出す。今宵は魔法院に留まり、明日以降は処分が決定するまで自領内にて謹慎《きんしん》するように」

「……は、い」

「……」

侯爵の地位を鑑《かんが》みて直接表現は避けたが、二人に言い渡されたのは拘束と監視。そしてすべての罪が適切に裁かれるまで、枢機院《すうきいん》の厳しい管理下に置くという命令だった。

本当は裁きを受けなければならない人物がもう一人いる。リリアを散々罵《ののし》り、フィーゼルやロナ侯爵家を擁護《ようご》する発言を繰り返し、エドアルドを陥《おとしい》れるような噂を流していた輩《やから》だ。

エドアルドに睨《にら》まれてヒィッと震え上がった彼にも調査が及び、いずれは裁きを受けることになるだろう。だが別の動きを見せる可能性もあるので、今夜はこのまま泳がせておくようだ。

エドアルドに目配《めくば》せで指示を受けた近衛《このえ》騎士数名が、フィーゼルとカティエを拘束して大広間から連れ出していく。カティエが乱暴な扱いを受けてしまうのではないかとハラハラしていると、エドアルドにぽんと肩を叩かれた。心配するな、ということだろう。

いや、心配しなければいけないのはこっちだ、という意味かもしれない。

姿勢を正したエドアルドが改めて皆の前に進み出る。

再び注目を集めた第二王子の表情は、自信に満ちていた。

「ではこの場にお集まり頂いた皆々さまに、改めてリリア・フローラストを紹介し、我が生涯の伴侶《はんりょ》としてお認め頂きたく存じます」

エドアルドの腕がリリアの腰に回る。不安で震える身体を抱く力は何よりも心強く、何よりも優しい。

「彼女が呪いを受けていたのは事実。だがたった今、その呪いは解かれた。それはこの場にいるすべての方がその目でしっかりと見届けたはず」

近くでエドアルドの視線を受けた数名が目を見開いた。いや、この場にいるすべての人々がエドアルドの言葉に息をのんだ。彼の淀《よど》みのない声と力強い言葉の数々に、人々の心は動かされつつあった。のまれている、という表現のほうが正しいかもしれない。

そのエドアルドが望んでいるものはただ一つ。愛しい想《おも》い人と生涯共に歩むために、人々から承認を得ることだ。

「俺には彼女が必要だ。もちろん彼女も俺を必要としてくれている。そうだろう、リリア？」

「はい。もちろんです、エドアルド殿下」

全員の視線が集中する中で意思を確認されたので、導かれるように顎《あご》を引く。

エドアルドは集った貴族たちの前で、リリアからも言質《げんち》を取りたかったのだろう。しかしリリアの答えはいつ確認されても変わらない。

明確な答えを聞いたエドアルドは、満足したようにやわらかく微笑んだ。

「リリアのことを、どうか認めてくれないか？」

エドアルドが笑顔を崩さないまま周囲をぐるりと見回すと、一瞬しん、と空気が静まり返った。

だがすぐに、ぱちぱちと手を叩く音が響き始める。最初はたった一つだった小さな拍手が、周囲を巻き込みながらだんだんと大広間全体に広がっていく。すぐに大きな波に変わった祝福の音を聞くと、リリアは安心感で腰が抜けそうになった。

「よし。話はまとまったな」

それまで玉座に腰を落ち着け事態を見守っていた国王の声に、拍手の音がピタリと鳴り止む。そして大広間のすべての視線が玉座へと集中する。

国王はエドアルドに次期王弟としての自覚を望んでいたのだろう。その国王も、この結果には満足したようだ。隣に座す王妃もただ朗《ほが》らかに笑っている。

「では騒がしい始まりになってしまったが、祝いの夜を始めるとしよう」

王が愉快そうに肘掛《ひじか》けを叩く。その様子を見ていた人々にも、ようやく安堵の表情が広がった。

王家へ嫁ぐ令嬢をお披露目《ひろめ》する場では、まず集まった貴族たち全員の前で令嬢を紹介する。その後一人ずつ挨拶を交わした上で、再度全員の前ですべての人の承認を得たことを報告する。最後に国王と王妃から承認を受けることで、晴れて王侯貴族から認められた婚約者となる。

もちろんそれは形式上の話であって、王子が自ら望んだ婚姻に反対する者が名乗り出るはずはない。王と王妃からも、前夜のうちに婚姻を認められている。

「ただし花嫁は縮んだり伸びたりと気忙《きぜわ》しかったのだ。慣例とは異なるが、挨拶を済ませたら今日のところは早めに休ませてやってほしい」

それを知っている王は、今回は慣例の順序を変え、一部を割愛しても構わないと仰《おお》せだ。

「なにせエドアルドは彼女に執心なのだ。花嫁が倒れて、自ら看病すると言い出されては政務が滞《とどこお》りかねん。王国の明日は、皆の手早い挨拶にかかっていると心得てくれ」

王の冗談に、大広間には小さな笑いの波が起こる。その穏やかなさざめきと楽団の調べが入り交じる前に、リリアとエドアルドの前には早くも一人目の男性が挨拶にやってきた。


貴族たちとの挨拶を一通り済ませて王と王妃の承認をもらうと、宣言通りに早めの退場を許された。この後はいつもの夜会と同じく酒や食事が振る舞われ、ダンスや楽団の催《もよお》しなどが予定されているようだ。

心身共に疲れ果ててエドアルドと大広間を出ると、そこにはリリアの父レオンと母ラニアが待っていた。

「お父さま、お母さま……！」

「ああ、リリア……！」

直前まで感じていた疲労が吹き飛び、母の胸に飛び込むと、ラニアも思いきりリリアを抱きしめ返してくれた。

「心労をかけたな、レオン卿」

「滅相《めっそう》もございません。エドアルド殿下とメイナさまには、いくら感謝しても足りないほどです」

レオンが安堵の表情を浮かべて頷く。そのやり取りを聞いたリリアは、ラニアの腕に抱かれたまま小さく首をかしげた。

レオンは年に数度登城の機会があるので、王子であるエドアルドとは接点がある。けれど今の口振りは、王族と臣下のそれというより、今日の出来事を事前に通じ合っていたような話し方だ。

「お父さまは、エドアルド殿下と再婚約することになって驚かないのですか……?」

最後にレオンに会ったのは王宮入りの前々日。侍女としてカティエを支えると決め、フォルダイン領を出たとき以来だ。そのときのリリアはカティエとエドアルドが結婚すると信じていたし、レオンとラニアもそう思っていたはずだ。けれど二人はカティエではなくリリアと婚約するという急展開に、特別驚いた様子はない。

「あぁ、エドアルド殿下から聞いていたからな」

「お昼のうちに、でしょうか？　私が支度をしている間に会われたのですね？」

リリアは女性なので、湯浴みから装飾品を身につけるまでかなりの準備時間を要した。だがエドアルドは時間があったのだろう。てっきりその間に今日の大胆なシナリオを聞かされたのだと思っていたのに。

「いや……リリアが王宮に行った日からちょうど四日後だ」

「!?」

首を振ったレオンが続けた台詞《せりふ》に、リリアはまたも言葉を失ってしまった。驚いて隣のエドアルドの顔を見上げると、彼はああ、と頷きながら自分の顎《あご》に触れる。どうやらエドアルドもリリアへの説明をすっかり忘れていたらしい。

「君が王宮に来たことで、婚約辞退の理由が病気や怪我ではないとわかったからな。そこから元老院に掛け合って再度フローラスト家に結婚を申し込むための段取りを組んだが……。またこちらの情報が握り潰されたら面倒だ。それなら自分で馬を飛ばしてレオン卿に会いに行くのが、一番確実だろう？」

「え……ええっ？」

「あのときは本当に驚きました。王宮からの遣《つか》いが、まさかエドアルド殿下ご本人だとは思いもよりませんでしたから」

困ったように笑ったレオンに、リリアも頭を抱えてしまう。メイナもそうだが、国を統べる為政者は常識とは異なる発想を持つのかもしれない。そして思いついた事柄の良し悪しを即座に判断し、さらにそれを実行に移す行動力も必要なのだろう。あるいはそのプラチナホワイトの煌《きら》めきの中に、生まれつき備わっている才能なのだろうか。

けれど言うほど簡単なことではない。秋は忙しい時期だし、王太子のセリアルドが不在の今、エドアルドの政務は普段より忙しい状況にあると聞いている。そんな中で王宮とフォルダイン領を自ら馬を駆けて往復するなど、にわかには信じがたい。だがエドアルドも両親も認めるならば、本当の話なのだろう。

「ではカティエのお茶の誘いに応じて頂けなかったのは……」

「そもそも王宮にいなかったからな」

エドアルドがにやりと笑う。するとレオンが困ったように後頭部を掻《か》いた。

「エドアルド殿下には相当お叱りを受けたよ。社交の場への招待状が届かないことに少しぐらい疑問を持て、それはお人好《ひとよ》しを通り過ぎて荒唐無稽《こうとうむけい》だ、フローラスト家まで罰せられたいのか、とな」

苦笑するレオンだが、責められるならリリアも同罪だ。リリアも招待状が届かないのは王宮が気を遣《つか》っているからだと勝手に思い込んでいた。疑問に思うことさえなかった。随分のんびりした一家だな、と呆《あき》れられてしまえば、家族総出で謝罪するしかない。

最初に婚約の辞退を願い出たときも、エドアルドは相当の剣幕でレオンに詰《つ》め寄ったらしい。病気なのかと問えば違うと言う。他に好いた男がいるのかと聞いても違うと言う。自分を嫌っているのかと聞いても違うと言う。ならばどうして、と問いかけても申し訳ございませんの一点張り。

エドアルドは絶対に理由を語らないレオンに立腹し、最後は『もういい』と怒鳴りつけた。

だが王宮の応接間でリリアに会った後、自分の行動を猛烈に後悔したという。怒り任せだったとはいえ、どうして無理にでもレオンから理由を聞き出さなかったのか。ちゃんと確認しておけば、リリアの目の前で他の女性と話すという、無駄な時間を過ごさずに済んだのに。

だから今度は絶対に諦めないと、最初に宣言した。レオンが理由を言うまでは帰らない、と子どもじみた態度でフローラスト家の応接間に居座った。憮然《ぶぜん》と足を組んだまま本当に立ち上がる気配を見せないエドアルドとレオンの膠着《こうちゃく》状態は半日にも及んだ。

とうとう根負けしたレオンから真実を聞き出したエドアルドは、現在の状況を説明した上で、その場でリリアとの結婚を許してほしいと再度願い出た。だからリリアは知らなかったが、そのときからリリアはエドアルドの婚約者に戻っていたことになる。

貴族の令嬢の婚姻には、本人の意思などあってないようなものだ。だが王宮に来てわずか数日でリリアがエドアルドの婚約者に戻り、カティエはエドアルドと元老院の監視下に置かれていた、という状況は今この瞬間まで知らなかった。

最初にエドアルドに触れられたときは軽い人だと思ったが、彼にとっては婚約者への愛情表現。エドアルドに抱かれることはカティエを裏切ることだと感じていたが、彼にとってはただ愛を教える行為だった。

それならそうと、早く言ってほしかった。

いや、言えばリリアはカティエを庇《かば》ってしまう。ロナ家の不正を暴くというエドアルドと元老院の目的が達成出来なくなる。それを見越して黙り続けたのなら、エドアルドも相当心苦しかったはずだ。

「エドアルドさまは、呪いのことも……？」

「あぁ、そのときに聞いた。最初はあまり信じていなかったから、実際に見たときは相当驚いたぞ。昔会ったときのままの姿だったから、時間が巻き戻ったのかと錯覚したほどだ」

「……申し訳ありません」

「どうして謝るんだ？」

「だって……」

申し訳ない、と思ったから。呪いのことを隠していたことも、大事な思い出を忘れていたことも。カティエに向けられる感情を疑えなかったことも、そのせいでエドアルドを傷付けたことも。

謝らなければいけないことばかりだというのに、リリアの肩を抱くエドアルドには怒った様子などなかった。

黙り込んだリリアを腕に抱いたまま、エドアルドはリリアの慰《なぐさ》めを後回しにして、レオンとラニアに向き直った。

「二人とも、今日はどうするつもりだ？」

「今夜は王都に宿を取ってあります。明日には領へ戻る予定ですが……」

レオンの返答を聞いたエドアルドが、ふむ、と頷いて窓の外の王宮庭園を見つめる。

「確かフォルダイン領は、今期の収税も滞《とどこお》りなく終わっていたな。農作物の検品も済んでいるのだろう？」

「ええ」

「では明日は王宮に滞在していってくれないか」

「よろしいのですか？」

「もちろんだ。リリアも両親と話をしたいんじゃないか？」

今夜の王宮は忙しく、宮殿の客間も遠方からの来訪者で溢《あふ》れている。もちろん第二王子の婚約者の親族ならば優先的に客間を使わせてもらえるが、レオンもラニアも騒がしいのは苦手だからと遠慮していたらしい。だが今日の夜会を終えれば、明日の宮殿は静かなものだ。

それなら明日は宮殿に泊まり、久しぶりに娘とゆっくり話をしてはどうか。

そんなエドアルドの提案には、誰よりもリリアが喜んだ。腕の中でエドアルドの顔をじっと見上げると、視線が合った彼もふっと笑顔になった。

「エドアルド殿下」

見つめ合う二人にレオンが照れたように破顔する。改めて臣下の礼をとると、今度はラニアと揃って家族としての敬愛の礼をとった。

「リリアを、よろしくお願いします」

「あぁ、何よりも大切にすると誓おう」

エドアルドの誓約を聞いたリリアも、両親に家族としての感謝の礼をとって膝を落とした。

「メイナさま、大丈夫でしょうか……」

魔女という強い力を持つ者にとっては、他者を変身させる魔法はさほど難しいものではないらしい。だが呪いを解く魔法は、たとえ魔女であっても身体に相当な負荷がかかるという。

ルヴェルザーラとの直接交渉の末に解呪方法を入手したメイナだったが、強力な呪いの解呪は激しく体力を消耗する。そのためメイナは、万が一にも大勢の前で倒れないようさり気なくバルコニーへ移動して解呪の魔法を実行した。

「具合を悪くなさっていたら申し訳ないです……」

「大丈夫だ。そうなってもいいように、アンティルム殿には今日の警備から外れてもらっている」

リリアの呟きを聞いたエドアルドが苦笑しながら頷く。

疲弊したメイナを守り支える役目は、彼女の夫であるアンティルムが請け負った。騎士院の部下たちは皆優秀で、エドアルドやアンティルムの指示がなくとも動けるようよく訓練されている。だからアンティルムも、負担の大きいメイナを支えることに集中出来た。

王の宣誓を聞き届けた彼は、疲れ切ったメイナを抱えて軽やかにバルコニーから飛び下り、大広間を後にした。それもすべて、エドアルドの用意したシナリオの通りである。

「さすがに魔力切れだろうが、姉上は少し大人しくしていてくれたほうがいいからな」

身体を張って協力してくれた姉に対してひどい言い方だとは思うが、それが二人の仲の良さを示している証にも思えた。納得して頷くリリアだったが、エドアルドに背後から抱きしめられて、甘い現実に引き戻された。

宝飾品を外し、靴、ドレス、コルセット、パニエ、シュミーズ、ストッキングまですべてエドアルドに脱がされてしまう。そのエドアルドも、装飾品の多い聖礼装のマントと上着、シャツ、トラウザーズを脱いでいる。

「――リリア……」

低い声で名前を呼ばれ、ベッドの上に身体を押し倒されて、唇を重ねられる。

「……ん……」

口の中に熱い舌が侵入し、貪《むさぼ》るように味わい尽くされてしまう。顔の角度を変えながら溢《あふ》れる唾液を吸い取られ、時折熱い吐息を零《こぼ》しつつ何度も何度も夢中で口付けられる。

リリアもその口付けに応じようとしたが、優しい指で頬や頭を撫《な》でられると、気持ちよさが勝って意識がふわりと浮き上がってしまう。

「ふぁ……っん」

「ようやく俺のものだと刻める」

唇を離したエドアルドが、顔の位置を下げて胸の膨《ふく》らみの上に唇を落とす。肌の上に小さな刺激を感じたのは、そこを強く吸われたから。

エドアルドはこの五日間、リリアの肌に所有の痕《あと》を残したがった。しかしリリアはお披露目《ひろめ》の夜会で胸元の開いたドレスを着ることが決まっていたので、それは恥ずかしい、とやんわり拒《こば》んでいた。

制止される度《たび》にため息をついていたエドアルドだが、その憂いも今夜からは不要だ。エドアルドの唇が音を立てながら肌に吸い付くと、胸元には赤い花びらが色付いていく。

「やっ……は、恥ずかし、です」

「俺以外には誰も見ない」

以前は一つだけだったものが、今夜は三つ、四つ、と簡単に数を増していく。気恥ずかしさから逃《のが》れたくて身をよじると、今度は胸の膨《ふく》らみの頂点に口付けられた。思わずびくんっと身体が跳《は》ねる。

しかし小さな口付けだけでは終わらず、エドアルドは胸の突起をかぷりと口に含んでしまう。さらにそのまま舐《な》め転がされると、強い刺激に身体が過剰反応した。

「ひゃあっ……あ、ん……だめっ……」

「……甘い」

「そ、そんなわけな……あ、ふぁ……っ」

エドアルドが胸の突起を舌で転がしながらぼそりと呟く。味なんて存在するはずはないから、それが戯《たわむ》れなのはわかっている。

リリアの左胸を舐《な》めていたエドアルドが、舌の動きを指先で再現するように右胸の突起も撫《な》で始める。左の胸にはぬるりとした感触と温度が与えられ、右の胸には強弱と緩急の刺激が与えられる。

「んん、んっ……ん」

「声、出してもいいぞ」

「ん、ぁ……っふ」

その同時刺激に耐えようと身体に力を入れると、胸から離れた唇に我慢をしないよう諭《さと》された。

顔を上げたエドアルドに見つめられる。気持ち良すぎてどうにかなってしまいそうな身体と乱れた呼吸でその瞳を見つめ返すと、エドアルドの顔が耳元に近付いてきた。

「エド」

「え……なん、ですか……?」

「家族しか使わない俺の呼び名だ」

短い言葉の中に、エドアルドのささやかな要求が含まれていると気付く。

確かに王も王妃もメイナも、エドアルドのことを『エド』と呼ぶ。そしてリリアも、いずれはエドアルドの花嫁となる。それならリリアにも同じように愛称で呼んでほしい、ということなのだろう。

けれどそれはリリアには高い壁だ。エドアルド殿下、から、エドアルドさま、と呼び方を変えることさえ、本当はまだ慣れていない。けれどエドアルドは諦めてくれそうにない。指先がリリアの唇を撫《な》でて、視線で先を促《うなが》される。

「エ、エドさま……」

「さま、も要らない」

「む……無理、です」

「大丈夫だ。他の者の目があるときは、敬称をつけることも許してやる」

「それは当たり前です……」

自信満々に言われるが、呼び捨てになんて出来ない。寝所での呼び方に慣れ、人前でうっかり呼んでしまう危険を考えると、それは絶対に聞けないお願いだ。

「……呼び捨てはそのうち慣れさせよう」

リリアがふるふると首を横に振ると、エドアルドが少しだけ不満そうな顔をする。しかし指先が胸の尖端を摘《つ》まむように撫《な》で、さらに胸の膨《ふく》らみをやわやわと揉《も》まれると、愛称どころか言葉さえまともに発せなくなった。

「やぁ、ああっ……ん」

甘美な刺激に身体が反応し、喉《のど》からは嬌声が零《こぼ》れ出す。エドアルドは丁寧に胸を愛撫することで、リリアの身体と反応を堪能しているようだった。

「あ……や、あっ」

「どこもやわらかいな」

「はぁ、っあ、ん」

恥ずかしい確認をされて、再び首を振る。必死になって快感に耐えようとすればするほど、エドアルドのサファイアブルーは意地悪な色を帯《お》びていく。

「ああ、あ……ゃあ、あっ」

この数日間で、リリアの身体はエドアルドに与えられる快感を少しずつ覚えていた。女性の身体には性の悦《よろこ》びを感じる場所が多く、エドアルドはその一つ一つを丁寧に拾い上げては、指や舌や言葉や視線で快楽を教え込もうとする。だが覚えることと慣れることは別だ。むしろ新しいことを覚えれば覚えるほど、理性を失うきっかけが増えていくように思う。

胸の上を舌先と指先が這《は》いまわり、感覚が敏感に研ぎ澄まされ、判断力が蕩《とろ》けていく。その状態で触れられた場所は、水を浴びたように濡れていた。

「だめっ、だめ、ッ」

身体が快感に溺れていることを知られたくなくて、必死に首を振る。だがエドアルドの力は強く、残されていた下着を剥《は》ぎ取られることも、閉じた股の間に侵入してくる指先も阻《はば》めない。

すでに膨《ふく》らんでいた花芽を強めに撫《な》でられると、そのまま身体がビクビクッと跳《は》ねた。

「ふ、ぁっ……あああっ」

エドアルドはそれが達するという状態だと教えてくれた。頭の中を白い光が走り抜け、自分では抑制出来ないほどに身体が激しく反応する。下腹部の奥に表現しがたい感覚が湧《わ》き起こって、浮遊感と共に急激に弾け飛ぶ。その姿をじっと見つめられると羞恥《しゅうち》を感じるのに、優しく微笑まれると幸福感に変わってしまう。

「気持ちがいいと覚えたようだな」

エドアルドが嬉しそうに笑う。髪を撫《な》でて、額《ひたい》にキスをしながら何度も名前を呼ぶ愛しい人に、すべてを教えられ、すべてを覚えさせられている。

「本当に悪かった」

頭を撫《な》でる優しさに身を委《ゆだ》ねていると、エドアルドの謝罪が耳に届いた。顔を上げるとプラチナホワイトの髪がさらさらと揺れ、その下にあるサファイアブルーは困惑の色を帯《お》びている。

「王族であるがゆえに社交の場に出ることも、他の令嬢と話すことも、踊ることも避けられなかった。だが心に決めた相手がいるなら、そうと宣言してすべて断るべきだった。俺の判断が甘かったせいで、ロナ親子は妙な期待をしたんだろう。そう考えれば、俺が君を呪ったようなものだ」

エドアルドの悔しさをにじませた表情をそっと見つめる。いつも余裕があるように見えるエドアルドだが、時折、必死な表情や余裕のない言葉遣いをすることがある。

彼が見せる優しさや凛々しさ、逞《たくま》しさや色のある視線にも鼓動が高まる。けれど余裕を失った言動の一つ一つにも、いつしか惹かれている。それほどエドアルドの存在を間近で感じている。

「そうかもしれません。私はきっと、あなたに呪われてしまったのだと思います」

「リリア……」

「でもこの呪いは、解けなくていいのです」

その色に溺れたまま。その想いと惹かれ合ったまま。言葉と視線に搦《から》めとられたまま。永久に傍《そば》にいることを許してほしい。ずっと溺れて、惹かれて、囚《とら》われたままでいたい。そう思ってしまうことこそが、本当の呪いなのだと思う。

「いいのか？　俺の想いが呪いなら、いくら逃げても、どんな魔法を使っても絶対に解けないぞ」

「はい……。ずっと、このままでいさせて下さい」

「まあ、嫌だと言われたところでいまさら逃がすつもりはないが」

再び口付けを交わしてお互いの熱を深く確かめ、どちらからともなく笑い合う。

蜜を纏《まと》ったエドアルドの指先が花弁を割り開き蜜壺の中へと侵入してくる。一瞬驚いて跳《は》ねた身体も、中をゆっくりと愛撫する動きを感じるとすぐに期待で身悶《みもだ》えた。

丁寧にかき混ぜられ、内壁を押すように広げられるその合間にも口付けだけは途切れない。

「ん、ぁ、ふぁっ……」

唇だけではなく、頬や額《ひたい》、首筋にも触れられる。大切に扱われていることが嬉しくて背中に手を回すと、指を引き抜いたエドアルドに足を折り曲げられて腰を掴《つか》まれた。

十分に濡らされてほぐされた場所に、熱い先端が埋められる。思わずぴくっと反応すると、頬をするりと撫《な》でられた。

「痛いか？」

「大丈夫、です」

痛みは感じない。念入りにほぐされて受け入れる準備をされた身体は、もうエドアルドに与えられる熱を知っている。ずぷ、とさらに沈んだ楔《くさび》は硬く圧迫感があるが、それを嫌だとは思わない。

リリアの反応を見ながら腰を沈めるエドアルドの顔が、少しずつ歪《ゆが》む。はぁ、と息を零《こぼ》しながら何かと戦っているかのような表情を見せることは、きっとリリアしか知らない。

「リリアの中、いつも……熱いな」

「そんなこと……っ、ああ、ぁん」

それはエドアルドの台詞《せりふ》ではないと思う。身体を貫く雄の象徴は、全身を焼くほどに熱い。その圧倒的な硬さと熱が奥まで到達すると、すぐに引いていく。けれど休む暇もなく、またぐぐっと奥まで入り込む。そうやって限界まで攻める度《たび》に嬉しそうな表情をするエドアルドが、リリアよりも熱を感じているなんて変だ。

「エドさま……あっ……ふ、あぁっ」

腰を突き込まれると身体が熱を持つのに、卑猥《ひわい》な水音と共に腰を引かれると物足りないとさえ思ってしまう。徐々に慣らされていく感覚が、何よりも恥ずかしい。

「ああ、あッ……やぁ、っおく……！」

「あぁ……届いてる、っ」

「エドさまぁ、あぁ……っ」

腰を掴《つか》まれて突き上げるように揺さぶられると、胸がふわふわと揺れる。エドアルドの右手が左胸の上で綻《ほころ》ぶ突起に触れるだけで、胸の上にも別の快感が生まれた。淫花を攻められ快感に溺れている状態で胸を撫《な》でられると、急激に昇り詰《つ》めてしまう。

「だめえ、ぁっ、きもち、よくっ……っあぁ！」

「俺もだ」

短い言葉が耳に届くと同時に、腰の動きが速度を増した。一番奥の行き止まりを硬い熱が叩く。じゅぷ、にゅぷ、と濡れた音を聞くと、耳にも快感を与えられている気分になる。

「ああっ……あああっ、っん」

強く最奥を突かれると、臍《へそ》の下の辺りで強烈な熱の感覚が弾け飛んだ。それと同時にリリアもびく、びくと身体を震わせながら快感を極めてしまう。

「っふ……はぁ……あ」

達した後の余韻はいつも甘美だ。いけないことをしてしまった背徳感があるのに、それ以上の幸福感が全身を支配する。

身体を震わせながら悦楽の波が引くのを待ち、ゆっくりと呼吸を整える。くたりと脱力した身体の上に、エドアルドの指が伝い始めた。存在を確かめるような指遣いがくすぐったく、身をよじってそこから逃げようとする。

だがわざとそうしているのか、エドアルドは悪戯《いたずら》をやめない。しかも蜜孔に収まったままのものもいつまで経っても引き抜いてくれない。

「あ、あの……。夜着を、着たいの……ですが」

王殿の侍女たちは優秀で、エドアルドの寝室には新しい夜着がちゃんと用意されている。しかし台の上を確認した後でエドアルドの瞳を見上げると「ん？」と不思議そうな顔をされてしまう。

「……なぜ？」

「……なぜ、とは？」

リリアの首が右に傾くと、エドアルドも同じ方向へ首をかしげた。

しかしなぜと言われても。世間には裸でベッドに入るほうがよく眠れる人もいると聞くが、リリアには裸で眠る習慣がない。だから寝着や夜着を身につけて眠りたいだけだ。ここ数日でエドアルドもそうだと知っていたので、彼だって着替えればいいと思う。愛の行為の余韻を楽しみたいなら、その後でも構わないはずだ。

だからなぜ、と問われるほうが、なぜ、なのだが。

「？」

「？」

疑問の表情を見合わせる。ただし首が傾く方向は同じでも、お互いの疑問が向かう方向が全く違うことにはリリアも気が付いていた。

眉を寄せたエドアルドが、先に答えに辿《たど》り着く。

「まさかこれで終わるつもりか？」

「……は……え？」

「君の呪いは解けた。もう夜になっても幼児にはならない」

「え……はい。……はい？」

確かにリリアにかけられた魔女の呪いは解けた。月が昇ったこの時間に大人の姿でいられること自体が久々で、自分でも少し不思議な感覚を味わっている。だから解呪の実感はあるけれど。

「大人の時間を存分に楽しめる身体に戻ったんだ。なのにこれで終わりだとでも？」

これで、をやけに強調するエドアルドから、思わず逃亡を図《はか》ろうとする。だが細いのにしっかりと筋肉がついたエドアルドの腕は、リリアを逃がしてはくれなかった。シーツの上に腕を縫い付けたエドアルドが、リリアを見下ろしながら不服そうな声を漏らす。

「リリアは、俺をからかうのが好きみたいだな」

「いえ、そんなわけな……んんぅっ……」

反論の言葉は、降りてきた唇に奪われた。深いキスの後、エドアルドがリリアの耳元でくすくすと笑う。基本的には優しいのに、たまに見せる意地悪な本性の一つ。

「どれだけ待ったと思っている。君のすべてを愛し尽くすまで、今夜は寝るつもりも、寝かせるつもりもない」

「!?」

エドアルドはリリアが嫌がることはしない。本当に嫌だと感じることはちゃんと見抜いている。

その上でひどく獰猛《どうもう》な本性が『自分の愛欲を受け入れてほしい』と囁《ささや》く。

リリアはエドアルドの恋の呪いを受け入れると言ってしまった。ならばいまさら、彼に与えられる快楽を拒否出来るはずがない。

「エドさまに、お願いがあるのです」

宣言通りに身体のすべてを愛し尽くされ、心のすべてを奪い尽くされた。とうの前に大広間の夜会も終わったであろう時間になって、リリアはようやくその言葉を口にすることが出来た。

汗をかいて前髪がはりついた額《ひたい》に唇を落としたエドアルドが、

「ベッドでの願い事を聞かない男はいないいな」

と楽しそうに呟いた。しかしリリアが望んでいるものは、宝飾品やドレスなどではない。だからエドアルドには駄目だと断られてしまう気がしたが、それでも願わずにはいられなかった。

「明日、ヴィリアーゼン領へ送還する前に、カティエに会わせて頂けませんか？」

「駄目だ」

案の定、一瞬で不機嫌になったエドアルドに即答で却下される。

「君が傷付くとわかっているのに、会わせるわけにはいかない」

取り付く島もないエドアルドに怯《ひる》んでしまうが、リリアは簡単に諦めるわけにはいかなかった。

この五日間、ずっと悩んでいた。

断罪されたカティエとフィーゼルが、法の下で厳しく裁かれることはもはや避けられない。万が一にも逃《のが》さないように証拠を集めて裏を取ったエドアルドは、決してロナ親子を許さない。幾度となくそう口にしているのを、リリアもしっかりと聞いていた。

もちろんエドアルドの意見に異論はない。してはいけない悪事を働いたのは他でもないカティエとフィーゼルなので、それを庇《かば》ってどうにかしようとは思っていない。

ただ、リリアはどうしてもカティエに確認したいことがあった。言っておきたいことがあった。

だから会いたい。

そしてその機会は、もう明日の朝しか残されていない。

「傷付かないですよ」

リリアの頭を撫《な》でながら、困ったような顔をしているエドアルドに告げる。

「もう傷付きません。大事なものを、間違えません」

エドアルドの憂慮もわかる。カティエはリリアにひどい暴言を吐く可能性があり、エドアルドはその状況を避けたがっている。

でもどんな暴言を吐かれてもいい。それがカティエの本心なら、受け入れる覚悟だ。

泣かれたら、謝罪するつもりだった。リリアが一方的に傷付くかもしれない状況も想定した。それでもリリアは、カティエと話がしたかった。

もし何かが起きたとしても、エドアルドから与えられる愛情がリリアを支えてくれるだろう。

「……わかった」

渋々だが、顎《あご》を引いて抱きしめてくれたエドアルドの胸に、そっと頬をすり寄せる。感謝の気持ちは言葉にさせてくれなかったが、ぴたりと合った肌から、想いはちゃんと伝わったはずだ。

目を閉じると、温かくてやわらかいぬくもりに包まれる。

リリアはその幸福感を、もうちゃんと知っている。


魔法院には強力な魔法を用いて出入りの自由を制限した特殊な部屋が存在する。普段は医療措置が必要な者や、罪を犯して暴れる者を一時的に隔離するために使用する場所だ。リリアはエドアルドに案内され、そのうちのカティエが使用している部屋へ足を踏み入れた。

「リリア……」

侍女の服ではなく、クラシカルなドレスで現れたリリアを見た瞬間、カティエが憎々し気に表情を歪《ゆが》ませた。

「何よ。私を笑いに来たの？」

フンと鼻を鳴らしたカティエに、リリアは少しだけ怯《ひる》んだ。一晩経って少しはしおらしくなったかと思っていたが、カティエは相変わらずわがままな態度を崩さない。リリアを守るように傍《そば》に立つエドアルドの存在が、彼女の苛立ちを一層強めた。

「あの場では何も言わなかったくせに！」

王子であるエドアルドが隣にいるにもかかわらず、噛み付きそうな勢いで己の主張を吐き、瞳の奥に怪しい光を宿す。カティエの様子に辟易《へきえき》したエドアルドが、彼女の言葉をきっぱりと否定した。

「俺が喋らせなかったんだ」

「エドさま……」

「君一人に、俺と姉上とリリアが三人で責めればただの弱い者いじめにしか見えないだろう。その役を負わせたくなかったから、リリアには一言も話すなと事前に言ってあったんだ」

エドアルドが語った言葉は、本当だった。前日の夜、エドアルドとメイナに『リリアは喋らなくていい』と言い含められた。

お披露目《ひろめ》の場で、花嫁がぺらぺらと喋るものではないのは理解していたが、あのときリリアが言葉を発するタイミングは幾度もあった。だが結局、リリアが口にした言葉は数えるほどだった。

「まぁ、フィーゼル卿に加えて協力者まで出てきたからな。数で言えばこちらが不利だったが」

エドアルドがにやりと笑う。その笑顔に、カティエの表情が静かに凍り付いた。

「……っ」

「悪いな。姉上は一人で三人換算だ」

昨夜、魔法をかけられて老女の姿になった恐怖を思い出したのだろう。確かに王宮の魔女メイナの高度な魔法と凛とした姿は美しかったが、それと同時に言葉に出来ない圧倒的な力を感じた。

見る見る青ざめていくカティエには同情するが、今日リリアがここへ来たのは彼女に同情するためでも、上から目線で叱責するためでもない。

「カティエ。聞きたいことがあるの」

ヴィリアーゼン領に送還され、厳しい監視の下で沙汰を待つ身となる前に、リリアにはカティエ本人に確認したいことがあった。それは他でもない、カティエの今の気持ちだ。

「カティエは、今もエドアルド殿下のことが好き？」

「は……はあ？」

リリアの問いかけに、カティエの声がわかりやすく裏返った。

「何よ、そんなの……！」

「だってカティエ、この前聞いたら当たり前でしょって言ったから」

「！」

本人を前に過去の自分の発言を暴露され、カティエの顔がみるみるうちに赤く染まる。

リリアとしては、あんなに自信満々にエドアルドの花嫁になると豪語していたのだから、そこまで恥ずかしがる必要はないように思う。けれどプライドの高いカティエには耐えがたいことだったのだろう。その事実には、随分後になってから気が付いた。

「私、エドアルド殿下をお慕いしているの。誰にも渡したくない……カティエにも」

そのときのリリアは真剣だった。

それゆえに、カティエの事情に気付ける余裕もなかった。

「だからエドアルド殿下のことを傷付けるつもりなら、私はカティエを絶対に許さない」

リリアの本気の訴えに、カティエが一瞬たじろぐ。

リリアにとって、エドアルドは初めて恋をした相手だ。心の底から愛する人。生涯をかけて守り支えたい人。自分の命と人生を預けてもいいと思える人だ。

こんなに重くて切なくて、甘くて深い感情を抱いたのはエドアルドが初めてだ。彼がそうだと言ってくれたように、リリアにとってもエドアルドは『特別な人』だった。

だからエドアルドや、エドアルドが大事にしている人を傷付けるつもりなら、カティエを絶対に許さない。

「でもカティエは私の友達だから、カティエのことを傷付ける人も許さないわ」

「……は？」

「それがカティエ本人でも、同じよ」

カティエが一瞬面食らう。それは偽りのないリリアの本音だったが、カティエは、逆上したように再び怒りを露《あら》わにした。

「何よっ……だからリリアは偽善者なのよ！　私が可哀そうって、上から目線で……！」

「そうかもしれない」

カティエの暴言を予想して先回りし、静かに頷く。リリアが肯定したことで怒りをぶつける場所を失ったカティエが口を噤《つぐ》んだ。その意外な反応に驚く反面、変わったのはカティエではなく自分の考え方なのだと気が付いた。

「私、周りの人に偽善者って言われるのが、ずっと怖かったの」

息をつくと同時に、以前から考えていたことを語る。

自覚したのは学院生時代。リリアはカティエの自分勝手でわがままな行動にいつも振り回されてきた。それを爵位に抗えない臆病者だと、偽善者だと、陰《かげ》でリリアを揶揄《やゆ》する輩《やから》もいた。

リリアは彼らと向き合うことが怖かった。だからカティエのわがままに付き合い、流れに身を任せることでその視線や陰口に知らないふりをした。

「でも私、カティエに振り回されるの、嫌じゃなかったの」

けれど本当は、少しも嫌じゃなかった。わがままで身勝手だけれど、自由奔放で天真爛漫なカティエと共に過ごす日常が、リリアにとってはかけがえのない日々だった。

「カティエのお兄さまの恋人を探ったり、夜の大聖堂に忍び込んだり、学院長の石像の向きをこっそり変えたり……」

「君たち、そんなことをしていたのか」

エドアルドの訝《いぶか》しげな声が耳に届き、その追及から逃《のが》れるように視線を逸《そ》らす。大聖堂に忍び込んで警備に見つかったときも、こうして咎《とが》めの視線から逃《のが》れようと二人で必死に白《しら》を切った。今にして思えば、貴族令嬢にあるまじき品のない悪戯《いたずら》をしたと思う。

けれど思い返せば、怒られたことも含めて楽しい時間だった。

カティエには嫌われていたのかもしれない。思い出に浸って、ひどい仕打ちを受けたことを許す自分に酔っていると言われるかもしれない。

でもあのときの笑顔や思い出が、すべて偽りだったとは思えない。そう信じたくないだけかもしれない。それでもリリアにとって、カティエと過ごした時間は本当に楽しい日々だった。

「だから、偽善者って言われてもいい。――私、自分の気持ちに素直になることにしたの。嬉しいことは嬉しいって言う。嫌なことは嫌だって言う」

今までのリリアは、どの感情も口に出来なかった。レオンの体裁《ていさい》を保つため、カティエに嫌われないため、伯爵家の令嬢として体裁《ていさい》を保つため。外面ばかり意識して、自分の気持ちを口にしてこなかった。自分自身の素直な感情を受け入れられてこなかった。

だからカティエの無茶なお願いも、ちゃんと断れなかった。王宮に来てから、ないがしろにされることを悲しい、辛い、寂しいと感じていたはずなのに、カティエに嫌われたくなくてどれも口に出来なかった。それがカティエの歪《ゆが》んだ感情に拍車をかけてしまったと気付くことも出来ずに。

そんなリリアが少しだけ前向きになって口にする、カティエに対する最初のわがまま。

——最後の願い。

「カティエがしたことは決して許されることじゃないし、許してはいけないことだと思う。だから枢機院《すうきいん》の裁定に従って、ちゃんと罰を受けてほしい。でも罰を受けたら、カティエにも幸せになってほしいの」

これはリリアのわがままだ。今までカティエのわがままを聞いてきた分、自分のわがままも聞いてほしい、とカティエをじっと見つめる。

ダークバイオレットの瞳が戸惑いの色を帯《お》びる。きっとカティエも、今まで見たことのない強い意志を感じ取ったのだろう。

リリアは自分の心の中に、明確な答えと指針にするべき存在を見つけた。彼のためにも、もう迷わないと決めた。それがいかに幸福で満ち足りた感情であるかを、本当の幸せがどんな形をしているのかを、カティエにもいつか知ってほしい。リリアのわがままは、その価値観をカティエに押し付けることだ。

瞳を見つめていたカティエが、はっと我に返る。

「わ、わかったわよ！　償えばいいんでしょ！　ちゃんと……枢機院《すうきいん》の決定に、従う……から」

強気に声を荒らげたカティエだったが、その語尾はだんだんと小さくなり、最後は下唇を噛んで俯《うつむ》いてしまった。リリアの目にも珍しい、彼女が自分のあやまちを認める瞬間だった。

「エドアルド殿下。お時間です」

「ああ」

守衛を務《つと》める騎士に声を掛けられ、エドアルドが頷く。

その声を聞いたリリアもカティエとの別れの時間がやってきたことを悟《さと》った。

カティエと見つめ合った瞬間、気丈に振る舞おうと決めていたリリアの瞳に涙が浮かんだ。

「泣かないでよ。……子どもじゃあるまいし」

「……だって」

それに比べてカティエのほうがよほど気丈――最後まで高慢だった。促《うなが》されて立ち上がったカティエが、部屋を出る直前にぽつりと小さな言葉を漏らした。

「昨日の夜、ここに来た王宮の魔女に聞いたの。リリアはもう十六年も前から、エドアルド殿下のお姫さまだったたって」

「え……？」

「未来のない令嬢なんて言ってごめんなさい。リリアはちゃんと、自分で未来を掴《つか》んだわ」

カティエの愛らしい唇から零《こぼ》れた言葉に瞠目《どうもく》する。幼少期より知る彼女の態度は、最後までリリアの知るそれと変わらない。遠慮のない言葉が、むしろ長い歳月を共にしてきた二人の関係を思わせた。

「でも私、お人好《ひとよ》しで、努力家で、清純なリリアのことなんか、大ッ嫌いだから！」

「うん……さようなら、カティエ」

手錠をされたまま部屋を連れ出されていくカティエの背中を見送る。彼女はとうとうリリアを振り返ることはなく、つんと澄ました顔で魔法院を後にしていった。

きっともう、カティエには一生会うことがない。エドアルドは王位を継承しない可能性が高いが、それでもリリアは王家の一員となる身だ。罪を犯した人と簡単に会える立場ではなくなるし、恐らくカティエも簡単に王都には近付けなくなる。

この数日間、少しだけ怖かった別れの瞬間。思った通り清々《すがすが》しい気持ちにはなれそうもない。

カティエのしてきたことを許してはいけないし、許すつもりもない。けれど、それでいい。リリアが絶対に許さないことこそがカティエにとって一番の戒《いまし》めになると、リリアは知っているから。

「やっぱり傷付けられたじゃないか」

エドアルドは終始不満気だった。憮然《ぶぜん》とした様子でひと気の失せた扉を一瞥し、ため息を零《こぼ》す。

「本当はどうしてあんなに嫌われていたのか、知りたかったんじゃないのか？」

「そうですね。でもそれは知らないほうがいいと思います。私のためにも、カティエのためにも」

その理由はきっと、他人が聞いたら至極下らない、リリアにとっては衝撃的な、そしてカティエにとっては触れられたくないものだろう。

知ったところで、いまさらどうにかなるものではない。過去には戻れないし、受けた心の傷は癒せない。それならば知らないままにしておくほうが、これ以上傷付く人を作らずに済むのだと思う。

「本当に、君はお人好《ひとよ》しだな」

深い息をつくエドアルドに、リリアもそっと苦笑いを返す。

「他人にも自分にも甘いのです。……だめですね」

「あぁ、駄目だな。リリアを甘やかすのは俺の役目だ。それにリリアは、俺だけを甘やかせばいい」

なぜか自信満々に胸を張るエドアルドの顔を見上げると、伸びてきた指が自分でも知らないうちに零《こぼ》れていた涙を拭《ぬぐ》ってくれた。さらに頬に口付けを落とされて、それが彼なりの甘やかし方なのだと気が付く。

無言でそっと抱きしめられる。

温かい胸に縋《すが》って零《こぼ》した涙は、初冬の朝の光に溶けて静かに消えていった。


「あの、エドさま……？」

魔法院からリリアを連れ出したエドアルドが向かった先は、王宮庭園のフラワーアーチの中だった。

太陽が昇りきっておらずまだ朝の冷たさが残る澄んだ空気の中で、ベンチにそっと腰を下ろす。

リリアの肩に上着をかけてきたエドアルドが、その肩を抱き寄せて短く息をついた。

「リリアの泣き顔は、他の誰にも見せたくないからな」

王殿に戻らず、庭園に移動した理由を教えてくれる。カティエとの別れについ涙を流してしまったが、確かにその顔のまま王殿に戻れば侍女や騎士たちが心配するだろう。

エドアルドは他者からの追及を免《まぬが》れるために、人の目に触れない場所へリリアを連れ出してくれたようだ。

「ほら、いくら泣いてもいいぞ」

「……もう大丈夫です」

安心して泣いていい、と言われたが、リリアの涙はすでに止まっている。というより、誰かに見られるかもしれない場所で身体を密着させていることに緊張してしまい、泣いている場合じゃなくなってしまったのだ。

「一人になりたいときは、よくここで過ごした」

気恥ずかしさに硬直していると、エドアルドがぽつりと呟いた。

「エドさまのお気に入りの場所なのですね」

「ここに来れば、また君に会えるかもしれないと思っていたからな」

エドアルドが、ふ、と笑顔を作る。このフラワーアーチは、幼いリリアとエドアルドが初めて会った場所だ。そしてリリアとの再会を望んでいたエドアルドは、この場所へ度々《たびたび》足を運んでいたらしい。

「まぁ、結局一度も会えなかったが」

しかし結局、このフラワーアーチの中でリリアに会うことは出来なかった。それでもエドアルドにとっては、ここは初恋の思い出が吹き抜ける大切な場所だった。

「花は散ってしまいましたね」

エドアルドの肩に頭を預けながら呟く。

実りの時期を終えた王国は、これから冬を迎える。森にも山にも平原にも雪が降り積もり、動植物たちも長い眠りにつく。その前兆として、王宮庭園の花はもうすべて散ってしまっていた。

「そうだな。だが春になれば、また花は咲く」

今は悲しくて寂しい別れのときかもしれない。しかし冷たい雪が溶ければ、土や木々から新芽が出て、蕾《つぼみ》が膨《ふく》らみ、花が綻《ほころ》ぶ。未来に託した希望の種子は、いつかまた美しい花を咲かせるだろう。

「花が一番綺麗な時期に、リリアは俺のものになる」

生命の営みにカティエの姿を重ねていたリリアだったが、エドアルドは別のことを考えていたようだ。嬉しそうな呟きに顔を上げると、麗《うるわ》しい笑顔と青い瞳にまた胸が高鳴る。

「私はもう、エドさまのものだと思うのですが……」

「まだ婚姻誓約書に名前を書いてないからな」

借りていた肩と反対側の腕が動き、手のひらでそっと頬を包まれる。そのまま首元に滑《すべ》り込んだ指先が、器用にリリアの宝物を拾い上げた。

「あっ」

涼やかな金属音と共に零《こぼ》れ落ちたのは、サファイアブルーのペンダントだった。鎖の先に小さな宝石がついたそれは、普段は胸元に仕舞い込んでいた。

「ずっと身につけているのか？」

「……はい。エドさまにもらった、私の宝物ですから。私とエドさまを繋ぐしるし、です」

以前エドアルドに言われた言葉を思い出す。

リリアがエドアルドのものであるという証。リリアとエドアルドを繋ぐしるし。

そう言って贈られたペンダントは、あの夜、リリアに真実を教えてくれた。確かに二人を繋いでくれた。

「リリア。目を閉じて」

視線を下げて青い石を眺めていると、エドアルドに名前を呼ばれた。艶を含んだ言葉に従って目を閉じると、すぐに唇が重なった。

「きょ、今日は額《ひたい》ではないのですか……？」

人目につかない秘密の花園の中とは言え、ここは屋外だ。てっきり昨晩と同じく額《ひたい》に口付けられると思っていたのに、あっさり唇を奪われてしまった。恥ずかしさのあまり、焦ってエドアルドの身体を押し返す。

照れて視線を逸《そ》らすと、こめかみに口付けていたエドアルドが楽しそうに笑った。

「昨夜も、ここがよかったか?」

「そ、そうは申しておりません……!」

エドアルドの指先が、リリアの唇をやわらかく押すように撫《な》でるので、さらに慌てて否定する。

そんなことは言っていない。リリアには額《ひたい》に口付けられるだけでも十分に恥ずかしい出来事だった。

「他人の前で君に口付けるのは、ベールで顔を隠せる婚姻の儀式のときだけだ」

「え……? ベール、ですか?」

「そうだ。君は自分が口付けの後にどんな顔をしているか、自覚していないだろう?」

「!?」

「この顔は……誰にも見せたくないな」

エドアルドが悪戯《いたずら》っぽくくすくすと笑う。指先が再び唇を撫《な》でる。朝の空気の冷たさなど忘れてしまいそうなほど、顔が熱い。

口付けの後にどんな顔をしているのかなど、自分にはわからない。しかしエドアルドがわざわざ教えてくれるということは、人には見せられない恥ずかしい顔をしているのだろう。そんな顔は確かに誰にも見られたくない。

「エドさまにしか、見せません」

「ああ、そうしてくれ」

リリアの宣言に対する返答の中には、小さな喜びの色が含まれている。

特別な人であることが嬉しいとでも言うように、リリアの顎《あご》先を掬《すく》い上げて再び唇を重ねてくる。

だからリリアも、大きな背中に手を回し、甘い口付けに身を委《ゆだ》ねるようにゆっくりと目を閉じる。

とくとくと高い音を奏でる胸元には、愛しい人の色と同じサファイアブルーが煌《きら》めいていた。

書き下ろし番外編

甘える王女と大人の秘蜜

ほんの一時間ほど前に、彼女は自分の部屋で眠りについたはずだった。だがリリアが離れて少し経った頃に目が覚め、急に泣き出してしまったらしい。

「おとうさまとおかあさまと、いっしょにねるの」

目に涙を溜めてぐずぐずと鼻を鳴らすのは、三年半前にリリアとエドアルドの間に生まれた娘のルティアだった。

「おいで、ルティア」

ベッドに入ったばかりのエドアルドが声をかけると、ルティアがぱぁっと表情を綻《ほころ》ばせる。普段は騎士院の総帥《そうすい》補佐として凛々しい表情や毅然《きぜん》とした態度を崩さないエドアルドだが、愛娘にはどうにも甘いようだ。侍女の手を離れ夫婦のベッドに駆け寄ってきたルティアをエドアルドがひょいっと抱き上げたので、リリアもベッドの中央に彼女が眠る用意を整える。

侍女がお辞儀をして退出する姿を見届けると、エドアルドが少しご機嫌に戻ったルティアの髪を撫《な》で始めた。

「ルティアはだんだん、リリアに似てきたな」

スーランディア王国に生を受ける王族は、皆必ずプラチナホワイトの髪色を生まれ持つ。王家の血統者にのみ発現するこの特別な色は、第二王子であるエドアルドの娘・ルティアにも受け継がれた。また瞳の色はリリアとエドアルドの中間色ともいえる、ターコイズブルーである。

だから外見の印象はリリアとあまり似ていないが、仕草や挙動、言葉遣いや考え方は少しずつリリアに似てきた気がする。リリア自身もそう思っていたが、エドアルドも同じように感じていたらしい。

「ほんとう？　じゃあわたしにも、おとうさまみたいな王子さまがくる？」

「いや、来ないな。来ても追い返す。俺に勝てない男にルティアは渡さない」

「エドさま……」

ルティアの無邪気な質問を全力で否定する大人げないエドアルドに、リリアはただ苦笑するしかない。騎士院の総帥《そうすい》補佐ということは、エドアルドはスーランディア王国で二番目に強い騎士だといえる。そのエドアルドに勝てる者がそう簡単に現れるはずもない。

愛娘を欲する相手は容赦なく叩き切る勢いで拒否するエドアルドだが、ルティアの興味はすでに別のところに移っていた。

「おとうさま、絵本よんでください」

「ん？　またいつものか？」

「はい。おかあさまも、おとうさまの絵本すき？」

「もちろん大好きよ」

「そうか。可愛い娘と妻にねだられたら断れないな」

そう言ってベッドの中央にルティアを横たえたエドアルドがベッドボードの棚から取り出したのは、一冊の絵本だった。その表紙をぱらりとめくって、わくわくと目を輝かせているルティアが見やすい位置に絵本を掲《かか》げると、綴《つづ》られた文を穏やかな声で読み上げていく。

「昔むかし、ある小さな国にとても勇敢なお姫さまが――……」

ルティアがお気に入りのこの絵本は、幼い子どもへの読み聞かせとして定番の可愛らしいおとぎ話だ。魔女に呪われた姫が隣国の王子と困難に立ち向かい、自らの運命を切り開いて最後は二人が結ばれるという、ありふれた物語である。

スーランディアの王族は比較的早い年齢から一人で眠ることを教えられるが、ルティアはまだ三歳半だ。だからリリアや侍女が見守っていてもなかなか寝つけないときは、無理はさせずにこうして夫婦の寝室に連れてくる。

結局週に四度から五度は親子三人で眠っているので、エドアルドが絵本を読み聞かせることもさほど珍しくない。いい父親ぶりである。

「……エドさま」

「ん？　……ああ、寝たのか」

物語の中盤を過ぎる頃まではリリアもエドアルドの語りに聞き入っていた。だがふとルティアの様子を確認すると、いつの間にか夢の世界に落ちてすぅすぅと寝息を立てている。

気付いたリリアがエドアルドにひそひそ声をかけると、彼もルティアの寝顔を確認したのち、そっと絵本を閉じた。

眠ったルティアを子ども部屋のベッドに戻すと、エドアルドがリリアのすぐ傍《そば》へやってきた。きっとおやすみのキスだろうと予想したリリアだったが、目が合う前に肩を押されてシーツにぽすっと押し倒された。

「えっ？　エドさま……？」

「先ほどの続きをしよう。可愛い娘の頼みは断れないが、最近ルティアに乱入されてばかりだ。俺も、リリアに触れたい」

そう告げながらベッドに――リリアの上にのしあがってきたエドアルドの、熱を含んだ視線と台詞《せりふ》に焦る。

確かにルティアがやってくる直前まで、夫婦の間には甘い空気が流れていた。彼の誘いの意味を悟《さと》ってふるふると首を振るが、リリアの首筋に顔を埋《うず》めて肌を強く吸うエドアルドは止まらない。

「あ……ま、まって……！」

「待って？　ルティアが一人で眠れるようになるまでか？」

「そ、それは……ん……っ」

ルティアが完全に一人で眠れるようになる正確な時期は、リリアにもエドアルドにもわからない。だが明日から突然ひとり寝が可能になるとも思えない。それどころかルティアはここ最近、以前よりも頻繁にこの部屋で眠りたがるようになった。

やがてはルティアも親の庇護下から離れるだろう。だがそれまでの間、エドアルドに夫婦の営みを我慢してほしいとは言えない。

「ひぁ……っん」

エドアルドが首に舌を這《は》わせながら、両手でリリアの胸をふわふわ揉《も》み撫《な》でる。布越しとはいえ、リリアの身体を知り尽くした手は怖いぐらい的確だ。こうしてシルクの上から尖端をすりすりと撫《な》でられるだけで、全身が勝手に反応する。

(だめ……声、でちゃ……う)

エドアルドの指遣いは今夜も優しく淫《みだ》らだ。

「っ……ぁ～～っ……ん――ぅ」

リリアは手で口を押さえようとしたが、先に唇を重ねられて声を奪われた。すぐに舌を差し込まれ、熱を食《は》むような口付けが繰り返される。その間も乳首を摘《つ》まむ指の動きは止まらず、愛《め》でるような優しい愛撫が続いている。

「ふ、ぁ……っぁ」

「気持ちいいだろう？　でも、静かにな」

リリアの顔を覗《のぞ》き込むサファイアブルーの瞳には、熱い温度が宿っている。その綺麗な青色に見惚《みと》れていると、太腿《ふともも》の内側にエドアルドの右手がそろりと滑《すべ》り込んできた。そのまますると上昇する指に、背中がぴくっと飛び跳《は》ねる。

(うそ……このまま……)

エドアルドの指がネグリジェの裾《すそ》をたくし上げ、ショーツの結び目をほどき、秘めた股の間に忍び込む。完全に脱がされたわけではないし、腰から下は寝具に隠れている。しかしシーツで覆われているとはいえ、隣の部屋ではルティアが眠っているのだ。何かの拍子に目が覚めたら……彼女が再びこの部屋にやってきたら……と不安が膨《ふく》らむリリアをよそに、エドアルドの指先は期待と緊張で濡れた花唇の中へ侵入する。

「ふ、ぁ……あ……っぁ」

声を出してはいけない——そう思えば思うほど秘部に熱が集中していく。全身を巡るその熱がとろりとした蜜に変わると、閉じた花弁を穿《うが》って奥へ差し込まれる指の動きも円滑になっていく。

寝具の中からぬちゅぬちゅ、ちゅこちゅこと恥ずかしい音が響く度《たび》にルティアの部屋の様子が気になる。

「えど、さま……だめ……っ」

「ああ、俺も駄目だ。久しぶりだからな……もう止まってやれそうにない」

布に包まれた中でリリアのショーツを完全に奪って足を広げ、取り出した自身の熱棒をリリアにあてがうエドアルドはいまさら止まらないだろう。

「っぁ——ッ……っん」

ぎゅっとシーツを掴《つか》んで挿入の衝撃を堪《こら》えようとしたが、やはり声が零《こぼ》れてしまう。

今のでルティアを起こしてしまったのではないかと焦るが、部屋のほうを確認する前にエドアルドが再び勢いをつけて腰を突き入れてきた。

「ふ、ぁ……っ……！」

そのまま何度も奥を突かれる。声が漏れないようにと必死になればなるほど、エドアルドの腰が激しく淫《みだ》らに揺れ動く。

「は……ぁ……っ……っぁ……ん」

そっと視線を上げると、リリアを見下ろす瞳にはやはり濃い情欲の炎が宿っている。その熱の中にわずかな独占欲が含まれているように感じた瞬間、エドアルドが笑みを浮かべて腰を打つスピードを上昇させた。

（もう、だめ……声……！）

我慢出来ない。ルティアが隣の部屋にいるのに、声も、絶頂の波動も止められない。だからエドアルドに視線を送って首を振るのに、彼もやはり止まらない。

「んぅ――っふぁ……あっ」

「ん……リリア……っ」

「えど、さま……ぁ」

ぐちゅ、ずちゅ、と猛《たけ》った雄竿が蜜筒を貫く音が聞こえる。寝具の中なので肌がぶつかる音は響かないが、濡れた音と抽挿《ちゅうそう》の衝撃がリリアを強く攻めたてる。

やがて繋がった場所のもっと奥——身体の芯がびりびりっと激しく痺《しび》れ始めた。エドアルドと何度も愛し合ってきたリリアは、この気配の先にさらに激しい快楽と甘い倦怠感が待っていることを知っている。身体はもう、制御不能だ。

「ふあ——っ……あ、あぁっ……ん」

「——っぅ……」

ごりゅ、と最奥を突かれた瞬間、全身が激しく反応した。直後に秘部をきゅうぅ、と締《し》め付けながら快楽の極みに達すると、その刺激を受容したエドアルドの腰もぶるる、と震える。互いの声を奪い合うように再び唇を重ねて舌と指を絡めるが、結局濃い蜜液はたっぷりと中に注がれた。

エドアルドはいつだってリリアを存分に愛してくれる。

けれど今夜は、何だか少しだけ物足りない。……気がする。

「エドさま……こんなことしちゃ、だめ……です」

「そうだな、俺も全部脱がせてちゃんと抱き合いたい」

リリアは、中途半端な愛し合い方ではもどかしさが募ると指摘しているのではない。ルティアに知られることを心配しているのだ。

やましいことはしてないが、やらしいことをしている自覚はある。

「ルティアはきっと、魔法が使えるようになると思う」

むうっと頬を膨《ふく》らませていると、リリアの中から自身を引き抜いたエドアルドが、ふとそう呟いた。突然の一言を疑問に思い首をかしげると、エドアルドが優しい笑顔を向けてくれる。

「姉上に聞いたことがあるんだ。魔法の素質を持つ者は、幼い頃は特に精霊の声がよく聞こえるらしい」

「精霊……ですか？」

「ああ。精霊は母親が身籠《みごも》る前から、次の子が生まれる兆《きざ》しを愛し子に囁《ささや》いて、未来を教えてくれるという」

「ではルティアが私たちに甘えてくるのは、すごく早い『子ども返り』？」

リリアの疑問に、エドアルドが頷く。

エドアルドによると、ルティアは両親がそう遠くないうちに第二子をもうけることを無意識に察しているらしい。ゆえに生まれてくる弟や妹に両親の愛情が奪われることを恐れて必要以上に甘えてくる。あるいはその弟や妹に生誕直後の愛情を譲る代わり、今のうちにめいっぱい甘えようとしているのかもしれない。

その説明に『なるほど』と納得する。ルティアはエドアルドによく似て聡明で、思いやりのある優しい子だ。

「ルティアの思いを叶えるために、頑張らなくてはな?」

「……。……え?」

「俺もそろそろ、次の子が欲しい。リリアはどうだ?」

真っ直ぐな言葉と熱の宿った視線で訊《たず》ねられ、一瞬たじろぐ。だがエドアルドの要望はリリアの希望とも一致していて、だから頷くことに迷いはない。

「私も……」

ゆっくり顎《あご》を引くと、エドアルドが表情をゆるめて優しい笑みを向けてくれる。次はどっちだろうな、と呟く夫に腕を伸ばすと、すぐに抱きしめ返されて唇を重ねられた。

キスに身を委《ゆだ》ねるように目を閉じる。次は今日よりも甘く激しい夜になりそう——なんて、照れと期待に胸を高鳴らせながら。

★ ノーチェ文庫 ★

熱愛に陥落寸前!!

男色（疑惑）の王子様に、何故か溺愛されてます!?

綾《あや》瀬《せ》ありる

イラスト：甲斐千鶴

定価：704円（10%税込）

ローズマリーは幼い頃に王子オズワルドと大喧嘩をして以来、年上の男性にばかり恋をしていた。ある日、「オズワルドと部下のエイブラムは共に男色家で、相思相愛の恋人」という噂を耳にする。その後、オズワルドに求婚されたが、エイブラムとの仲を隠すためだろうと了承して!?

詳しくは公式サイトにてご確認ください

https://noche.alphapolis.co.jp/

本書は、2021年8月当社より単行本として刊行されたものに書き下ろしを加えて文庫化したものです。


この作品に対する皆様のご意見・ご感想をお待ちしております。

おハガキ・お手紙は以下の宛先にお送りください。

【宛先】

〒150-6019 東京都渋谷区恵比寿4-20-3 恵比寿ｶﾞｰﾃﾞﾝﾌﾟﾚｲｽﾀﾜｰ 19F
（株）アルファポリス　書籍感想係

メールフォームでのご意見・ご感想は右のＱＲコードから、
あるいは以下のワードで検索をかけてください。

アルファポリス　書籍の感想　検索

ご感想はこちらから

Noche BUNKO

魔女《まじょ》に呪《のろ》われた私《わたし》に、王子殿下《おうじでんか》の夜伽《よとぎ》は務《つと》まりません！

紺乃《こんの》 藍《あい》

2024年3月5日初版発行

文庫編集－斧木悠子・森 順子
編集長－倉持真理
発行者－梶本雄介
発行所－株式会社アルファポリス
〒150-6019 東京都渋谷区恵比寿4-20-3 恵比寿ｶﾞｰﾃﾞﾝﾌﾟﾚｲｽﾀﾜｰ19F
TEL 03-6277-1601（営業）　03-6277-1602（編集）
URL https://www.alphapolis.co.jp/
発売元－株式会社星雲社（共同出版社・流通責任出版社）
〒112-0005 東京都文京区水道1-3-30
TEL 03-3868-3275
装丁・本文イラストーめろ見沢
装丁デザイン－AFTERGLOW
（レーベルフォーマットデザイン－團 夢見（imagejack））
印刷－中央精版印刷株式会社

価格はカバーに表示されてあります。

落丁乱丁の場合はアルファポリスまでご連絡ください。

送料は小社負担でお取り替えします。


ISBN978-4-434-33507-5 C0193

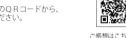